新潮文庫

# 冷蔵庫を抱きしめて

荻原 浩 著



新潮社版

10788

# 目次

# 冷蔵庫を抱きしめて

# ヒット・アンド・アウェイ

不機嫌そうな赤色がS字カーブの先まで続いている。テールランプの赤だ。休日の昼どきの高速道路は、サービスエリアへの進入路まで渋滞していた。

ハンドルに置いた指を鳥の羽根みたいにばたつかせていた琢真《たくま》が呟《つぶや》く。

「たまんないな」

火のついていない煙草をくわえて助手席の幸乃《ゆきの》に笑いかけてきた。幸乃は気が気じゃなかった。後部座席のチャイルドシートにいる星羅《せいら》がぐずついている。たぶんおむつが濡れているのだ。

「いいかげん、動けよ」

琢真がダッシュボードのライターのボタンを押す。ひとつ前の車がのろのろと動きはじめた、と思ったとたん急停車する。ブレーキを踏んだ琢真が舌打ちをした。

「急にとまんなよ、クソが。ど下手なくせにアウディなんか乗ってんじゃねぇ」

幸乃は自分が怒鳴られたみたいにうつむく。シートベルトの下に手を差し入れてお腹を押さえた。胃がちくちく痛い。縫い針で内側から刺されているみたいだ。

「たまんないな」運転席から、また同じせりふ。幸乃の返事がないとわかると、首をねじまげて同意を求めてきた。「なぁ」

しかたなく返事をする。「うん」

「誰がSAに入ろうなんて言ったんだっけ」

「だって、星羅のおむつを替えないと」

車の中でおむつを替えると、シートが汚れるって怒りだすから、サービスエリアに入って、と頼んだのだ。

「お前だろ」

いきなりうなじにシガーライターを押しつけられた。

「熱《あつ》」

琢真は唇の片側をつりあげて、煙草のけむりを吹きつけてくる。

「嘘つくな。熱くねえよ。縁んところで突ついただけだろが」

星羅が泣きだした。琢真がまた舌打ちをする。胃を内側から刺す針が、錐《きり》になった。

「静かにさせろ」

カーコンポのボリュームを上げて言う。アイドルユニットの曲が、中古の左ハンドルのレンジローバーの中に満ちた。

「だから私も後ろに乗るって」

琢真がハンドルから右手を離す。そのとたん、左顎に衝撃。顔が痺《しび》れ、いつものように痛みはそれに一瞬遅れてやってくる。手の甲で殴りつけてきたのだ。

「言いわけすんな。人のせいにすんじゃねぇよ」

痛みの後には、涙。前の車のテールランプがにじんで見えた。

「お前が行きたいって言うから、無理して出てきたんだろが。ラジエターの調子が悪いのによぉ」

行き先は、サファリパークだ。別に行きたいなんて言ってない。琢真の機嫌がいい時に、星羅が描いたライオンの絵を見せただけだ。「見てこれ。紫色だから、花を描いたのって聞いたらね」星羅に少しでも愛情を持ってもらえたらと思って。

そうしたら、自分から言い出したのだ。「そうか、本物のライオン見せてやらないとな」ぬいぐるみのクマみたいな笑顔で。でも、スマホで動物園を検索しているうちに、不機嫌になった。お目当てだった都内の動物公園のライオンゾーンが、マイカーでは入れず、専用バスに乗らなくてはならないとわかったからだ。「俺がどこにも連れて行かないって、保育園でグチってるんじゃないだろな」

同じせりふをしつこく繰り返す。ぬいぐるみのビーズ玉みたいな目をして。

そんなことないよ。ぜったいに話してない。お喋りするほど親しい人いないし。幸乃がなにを言っても、琢真の目がビーズになったら、もうだめだ。

「なんで、俺ばっかり、こんな苦労させられるんだよぉ」

スマートフォンの角で頭を殴りつけてきた。いつものことだ。

翌日、ひたいに絆創膏を貼った幸乃に平謝りするのも、いつものこと。

「ごめん。やりすぎた。今度の日曜に三人でライオン見に行こう。静岡のサファリパークなら、車で入れるから」


サービスエリアのベビールームで、おむつを替える。星羅は二歳十か月になるのだが、まだおむつが取れない。おむつと普通のパンツの中間のトレーニングパンツで、おもらしの気持ち悪さを教えたいのだが、トレーニングパンツにすると、琢真が怒る。

「それやめろ。部屋じゅうがションベン臭くなる」

おむつが取れないのに、星羅の口はずいぶん達者になった。顔をくしゃくしゃに歪めて「ごめんなさい」「ごめんなさい」と繰り返している。

「あやまらなくてもいいの、次からはチッチしたくなったら、教えてね」

しゃくりあげながら星羅は喋り続けた。

「おじちゃん　せいらを　おこる？」

同じ言葉を何度も何度も。

「おじちゃん　せいらを　おこる？」


結局、サービスエリアでお昼ごはんを食べていくことになった。食欲がまるでない幸乃が頼んだサンドイッチを運んできた年配の店員さんが、顔を覗きこんで言う。

「あらぁ、あなた、どうしたの」

「え？」

「唇から血が出てる」

幸乃が指をあてるより早く、琢真がナプキンを差し出してきた。「これ、使いなよ」

店員さんと幸乃の口を塞ぐように早口でまくし立てる。

「だいじょうぶ？　絆創膏買ってこようか。さっき、前の車に急ブレーキかけさせられた時、ぶつけたんじゃないかな。ひどいよな、あの運転マナー――」

この男です。こいつがやったんです。お店にいるみんなに叫びたかった。

琢真と暮らしはじめたのは八か月前。「僕、星羅ちゃんの本当の父親になるつもりですから」そう言ってくれたからだ。

幸乃のアパートにころがりこんできて二か月目、不慣れで強引なあやし方に星羅が泣きだした時、加減も方法もわからずに注いでいた、琢真の自分を飾るためだけの嘘っぱちの優しさが、もともと小さな彼の器からあふれ出た。

「うるせえ、黙れ。泣き顔がブスだな、このガキ。ダンナ似か」

「子どもの前で、そんなこと言わないで。無理に腕をつかむからでしょ」

幸乃が琢真を詰《なじ》ったのも、その時が初めてだった。今度こそ失敗したくなくて、幸乃は幸乃で、自分の気持ちに蓋をしていたのだと思う。疑念や危うさと一緒に、厳重に。

なんの前ぶれもなく、頬に平手が飛んできた。

一度こぼれてしまった心は、二度と元へは戻らなかった。

若い子ぞろいの保育士さんにいい顔をしたくて、ときおり思い出したように琢真が送り迎えをする保育園では「パパ」と呼ばれているが、まだ籍は入れていない。

また胃が痛み出して、段ボールを噛んでいるようだったサンドイッチは、二切れでやめた。

もう限界かもしれない。

本当にここでいいのだろうか。表通りから一本入った先は、にぎわっているとはいえない商店街だった。道を間違えてはいないはずだけれど、幸乃が想像していた街並みとはずいぶん違う。

バッグから地図が描かれた紙片を取り出す。腕を曲げると肘が痛んだ。昨日、琢真に思いきり蹴られたからだ。「テレビのリモコンを寄こせ」という言葉に、洗濯物を畳んでいた幸乃がすぐに応えなかっただけで。あの男の暴力には理由らしい理由も、まともなきっかけもない。

琢真とは、星羅の父親と別れてから働きはじめたコンビニエンス・ストアで知り合った。店に置いたコピー機がたびたび故障し、短気な店長に怒鳴りつけられて、あわてて駆けつけてくる事務機器メーカーのサービスマンが、琢真だった。

きちんと結んだネクタイの上に作業着を着、機械の前に正座するようにしゃがみこんで、寒い季節でも汗をかいて修理をする丸い背中は、ぬいぐるみみたいでちょっと可笑しかった。ぬいぐるみに縫いつけたビーズ玉みたいな黒目がちの丸くて小さい目がおどおどしている様子に愛嬌があって、そして誠実そうに見えた。

店長の厭味がひときわ酷かったある日、なんだか可哀相になって、幸乃が缶コーヒーを差し出したのがきっかけだった。琢真は客としてしばしば店へ顔を出すようになった。最初のうちは、週に一回ぐらい。営業所は別の区で、管轄区域はかなり広いだろうに、そのうち週に二回。間隔が短すぎると訝しがられると思ったのか、月の次は、木か金。

二か月後にまたコピー機が故障した時、修理完了確認書と一緒に映画のチケットを渡された。ダンナと別れて一年が過ぎた頃だ。

「私、子どもがいるの。バツ一なんだ」そう言って断ると、その翌週にはレジで支払うお札と一緒に、遊園地のチケットを二枚寄こしてきた。

琢真はひとつ年下の二十六歳だった。二度目の誘いを断らなかったのは、言葉もろくに話せない星羅との二人の暮らしが寂しかったからなのか、まだ二十七なのに、この先ずっと、女としてではなく母親として生きていく自分が哀れに思えたからなのか、いまとなってはわからない。

地図と狭い通りを交互に眺めながら、幸乃はめざす場所を捜して歩く。信用金庫の先、喫茶店の手前。やっぱり合っている。まさか、あそこ、じゃないよね。

別れたダンナは、名古屋から半ば家出みたいに東京へ出てきた幸乃が、ほかにあてもなく働いていたスナックの常連客だった。

建設会社の作業員。両サイドを刈り上げた髪にラインを入れ、口髭を生やし、作業《トラ》ズボン《イチ》のダボダボのふくれ具合を自慢にしている男。喧嘩早くて、店では大学生の客とよく揉めた。お店に出入り禁止になった直後にプロポーズされた。あの男の「結婚してくれ」という言葉に頷いたのも、いま思えば、東京での独りの暮らしが切なかったからだと思う。相手が好きというより先に、自分が誰かに求められていることが嬉しかった。

男を殴る男は、女を殴らない、なんて嘘だ。別れたダンナも、酔うと幸乃を殴った。お酒を飲みはじめると気が大きくなって「俺はこんなもんじゃ終わらない」と決まり文句を口にする。さらに飲むと自分を認めないこの世のすべてに怒り出す。まずモノに当たり、それから人に当たる。目の前にいる自分より弱い人間なら誰でもいいのだ。

酒に弱く、人より機械を相手にするほうが得意そうな琢真は、まったく違うタイプの安全な男に思えた。

でも、結局一緒だった。男を殴れない男も、女を殴る。

どんな基準があるのだろう。基準がないのなら、おでこに「俺、女を殴ります」と書いておいて欲しい。世の中に、女を殴る男がどれぐらいいるのか知らないが、少なくとも、二回連続で「凶」のくじをやすやすと引いてしまうほど、多くはないはずだ。

なぜ私だけ、こうなるのだろう。

自分が悪いのかもしれない、と考えたこともある。自分では気づいていない言葉づかいや態度が、相手を苛立たせるのかもしれないと。鏡の前で笑顔の練習をした。話をする前に心の中で「愛嬌、愛嬌」と唱えたりもした。でも、何をどう改めても、結果は変わらなかった。

もしかしたら、自分の体の中には、そういうタイプの男の匂いを嗅ぎつけて、知らず知らず引きつけられてしまう見えない磁石のようなものでもあるのだろうか？

だとしたら、そんな磁石なんかいらない。

くじ運が悪いだけだと思いたい。

商店街のはずれで見つけたそこは、外観も想像していたものとは違った。錆の浮いたトタンの庇《ひさし》の下に、全面ガラスの扉が四枚並んでいる。どれも素通しガラスだけれど、貼り紙やポスターで埋まっていて、中の様子ははっきりと見通せない。ダンダンダンダン。低く鈍い音が聞こえてくるだけだ。

幸乃が手にしている紙片は、勤めているコンビニに置かれた、地域情報のフリーペーパーから切り取った一ページだ。

そこの名前は、確かにフリーペーパーの広告ページに載っているものと同じだった。「初心者歓迎・練習生募集」と書かれたガラス扉の貼り紙の下に、赤いシール文字でこう記されている。

『武政《たけまさ》ボクシングジム』

**1R**

たっぷりふくらんだエコバッグをキッチンに置くと、いきなり発泡酒の缶を投げつけられた。

「遅えよ。どこ行ってた」

時刻は七時前。『帰りはいつもぐらい。八時過ぎ』夕方、そんなメールを送ってきたのに、琢真は家にいた。またお得意のフェイントだ。

琢真は離れていても幸乃を束縛する。仕事中に突然メールや電話を寄こすのもしょっちゅうだ。「いま何をしている」「いまどこにいる」それでも不安なようで、時々、こうして嘘をついて早く帰宅して、幸乃が自分がいない間もちゃんと家にいることを確かめようとする。

何を疑ってるの？　浮気？　おむつの取れない子どもを抱えた母親に、そんな余力はないよ。まして暴力男と一緒に暮らしていれば。

「買い物」

「どこまで」

何ごともなかった顔で空き缶を拾い、ここからは遠い場所にあるスーパーマーケットの名前を出した。

「お肉、特売してたから。今日はステーキにしようと思って」

献立を肉料理にしておけば、琢真は機嫌がいい。一緒に暮らしはじめた当初は、ちょっと太めの琢真を私の力で痩せさせよう、なんて考えてヘルシーメニューを用意していたのだけれど、煮魚のせいで殴られるのはもうごめんだ。

琢真の体はこの八か月でさらに肥大し、いまは八十キロ近くあるだろう。体重にまかせた凶悪な拳を育ててしまったのは、幸乃自身だ。

「俺に精をつけさせてどうするつもり」

あんのじょう機嫌を直した琢真がすり寄ってきて、背後から幸乃を抱きしめた。荒い鼻息が髪を逆撫でする。

「なんか汗くさくね？」

「急いで走ってきたからだよ」

遅くなったのは、先週から通いはじめたボクシングジムに行っていたからだ。トレーニングウエアとタオルを底に隠したエコバッグを、足で突ついて遠くへ押しやった。

「汗の匂いも悪くないね。な、俺、いますぐでもいいんだけど」

「だめだよ、星羅が見てるじゃない」

琢真の自分勝手でへたくそなセックスは、いまでは苦痛でしかない。

「なんで、俺ばっか、そうなる。なんで我慢しなきゃなんないんだよぉ」

幸乃の体にまわした腕に、必要以上の力がこもる。息が苦しい。

腕をふりほどいたとたん、拳が飛んできた。

頬が痺れ、頭蓋骨の中で脳味噌が揺れた。幸乃は、遅れてやってくる痛みを冷静に待つ。

　オージービーフのステーキ肉を頰にあてがって熱と疼《うず》きを冷やした。琢真は外へ出て行ってしまった。どうせ近くに借りた駐車場へ行って、幸乃の体より愛しているレンジローバーをマイクロファイバーの布で撫でまわしているのだろう。ステーキが惜しくて、夕飯は食べに帰ってくるはずだ。

　ランプ肉をミートテンダーで叩く。ダン、ダン、ダン。その音が、今日はじめて挑戦したシングル・パンチングボールを幸乃に思い出させた。

　ボクシングジムの高い場所にぶら下がっている、いちじくみたいな形の革のボールだ。目線より少し上の高さに位置を調整して、片手で打つ。動体視力を養い、肩の筋肉をつけるものだといわれたが、猫が毛糸玉にじゃれているみたいなあんな練習に、効果なんてあるのだろうか。

　一週間前、見なかったことにして帰ろうかと迷った末に、二回深呼吸をしてから、武政ボクシングジムのドアを開けた。

「ボクシングを教えてください」

　会長だという五十がらみの鼻の潰れた男の答えは、そっけなかった。

「あいにくだけど、うちはボクササイズなんてのはやってないよ」

「いえ、本格的なものを」

幸乃の顔を見返してきた会長は、へこんだ鼻梁《びりょう》を何度も指でこすりあげた。

「なんでボクシングを覚えてぇ」

「興味を持ったもので」

　ボクシングにも女性の選手がいることは聞いていたが、実際の試合の映像を見たのは、つい最近。スポーツニュースの特集でだ。スポーツはゲームで覚えた海外のサッカーにしか興味のない琢真が途中でテレビを消して浴室に行ったから、つけ直して見続けた。ある若手選手の練習風景と試合のダイジェスト。女子ボクサーにもプロがいて、タイトルマッチがあるということも初めて知った。

　かっこ良かった。特集が紹介する、髪をコーンロウにした彼女は、スポーツブラがなければ男かと思う体つきだったが、美しかった。

　殴られ、倒れてもまた起き上がり、相手に立ち向かう。結局、判定で負けたようだけれど、対戦相手の長身の外国人選手は立っているのがやっと。彼女が勝者のように見えた。

　先々週、胃痛が治まらなくて、病院へ行ったら、胃潰瘍寸前の胃炎だと診断された。

「ストレスが原因でしょう」と医者は言う。星羅を連れていったから「育児にあまり根をつめすぎないことです」とも。

もちろん原因は星羅じゃない。琢真を殴り返すことなんてできっこないから、かわりにサンドバッグというやつを思い切り叩いてみよう。そうすれば、ストレスの解消になるんじゃないか——

最初はそう思っただけ、だった。

「女の面倒は見たことねえからなぁ」会長はもともと渋面に見えるガマガエルみたいな顔をさらにしかめてから、人の少ないジムを見まわして言った。「まぁ、いいや。いつから来れる」

ミートテンダーでランプ肉を叩いているうちに、つい力がこもりすぎて、ただでさえ薄いステーキ肉がぺちゃんこになってしまった。

**2R**

素通しガラスの引き戸を開けるといつもまず、ボクシングジム特有の匂いが幸乃の鼻にパンチをくらわす。

凶暴な汗の匂い、グローブやサンドバッグやメディシンボールの革の匂い、いつも軋《きし》んでいるチェーンの鉄錆臭さには、血の匂いも混じっているかもしれない。星羅のおしっこの匂いにちょっと似ている。

武政ジムに通いはじめて二週間が経った。

コンビニの午後四時までのシフトが終わると、隣街にある自転車で十分のここへ駆けつけて、一時間半ぐらい、延長保育料をとられないぎりぎりの時間まで練習している。月会費さえ払えば、いつ何回来てもいいシステムで、このところは琢真が家にいる土日以外は毎日通っている。だからジャンクフード好きの琢真は気づいていないけれど、このところの夕食は冷凍食品かでき合いのお惣菜。ちゃんとつくっているのは星羅のご飯だけだ。

トレーニングウエアに着替えて、まずストレッチング。平日のいまの時間に来ているのは、幸乃のほかにはアルバイトをしながらプロをめざしている練習生が二人だけ。

時間をかけて体をほぐしたら、グローブをつけてシャドーボクシング。鏡の中の自分に向かって、まず左腕をまっすぐ伸ばして拳を放つ。左ストレート。会長は「ジャブ」と呼ぶパンチだ。それから右腕をまっすぐ伸ばして打つ。右ストレート。これをひたすら繰り返す。なにしろ教わったのは、いまのところこの二つだけだ。

最後にロープスキッピング（縄跳びのことだ）。たまにパンチングボールを叩かせてもらえるぐらいで、一時間半の練習は毎日だいたいこんな感じで終わってしまう。会長がほんのときたまアドバイスを寄こしてくるが、たいていはこの言葉だけ。「うん、それでいい。とにかく続けな」

女には本気で教える気がないのだろう。前例がないとかで、入会金も月会費もジュニアコースと同じ料金だ。フィットネスのつもりじゃないことは、最初に伝えてあるのに。

勝手にサンドバッグを使うことにした。シャドーボクシングと同じ要領で、大きな革袋を叩く。

ぽて。

パン生地をまな板に叩きつけた時みたいな情けない音しかしなかった。ジュニアの子たちだって、布団叩きのような軽快な音を立てることができるのに。やっぱり女には向かないスポーツなんだろうか。

少し強めに叩いてみる。拳が痺れた。何度か打ち続けたら、腕の骨も痺れてきた。殴るという行為は、自分の腕や拳も痛むのだ、と知った。私を殴る琢真の痛みはどのくらいなんだろう。

巨大な柱に見える革袋をぽてぽてと叩いていると、後ろから空《から》うがいをするような濁声《だみごえ》が聞こえた。

「細いけど、いい足してるな」

会長の武田《たけだ》だ。頭が禿げ上がり、本当にこの人が格闘技の選手だったのかと疑いたくなる小柄で痩せた男。夏が近くなったし、練習は単調でもすごく汗をかくことがわかって、幸乃は今日からトレーニングウエアをTシャツとショートパンツに替えている。

「腰つきも悪くない」

お尻に手が伸びてきた。両手が幸乃の腰にまわされる。指導はしないくせに、セクハラはするのか。振り返って睨みつけてやった。

セックスを求めてくるときの琢真みたいに、鼻の穴を広げた間抜け面をしているかと思ったら、会長の顔は、いつもと同じ不機嫌そうなガマガエルのままだった。

「この体勢から、左を打ってみろ」

言われるままに、腰を押さえられたまま基本の構えをとった。

半身《はんみ》の不自由な体勢だ。自分の体が自分のものではないような感覚に陥《おちい》る。錯覚じゃなかった。それは、別人の体だった。

左腕が蛇みたいに伸びてサンドバッグに襲いかかった。いままでとは違う音がした。小柄な体からは想像できない力強さで、体をぐいっと後ろにひっぱられた。

「続けろ。バランスを崩されても体を立て直せ」

幸乃の拳が立て続けに軽やかな音を奏でる。肉叩きと変わらない単調さに思えていた動作が、急に体の奥底に火をつける格闘になった。

今度は腰を横にずらしてくる。

「右を打て。足の親指の根もとに力をこめろ。踵《かかと》は使うな」

「筋肉を、ぴゃっと伸ばしてから、きゅっと縮めるんだ。そう、それだ」

「こいつを繰り返せば、力もスピードも増す。大切なのは繰り返しだ。よし、今日はアッパーを教える」

会長のがっしりとした両手が肩と肘にまわる。幸乃を女扱いしていない手荒さで。

タオルを頭からかぶって荒い息を吐いている幸乃に、会長が尋ねてくる。

「あんた、何かスポーツ、やってたのか」

「スポーツというか、ダンス……バレエを」

「なるほどな。フットワークがいい」

バレエとボクシング、少し似ているかもしれない。「踵は使うな」バレエの先生にも同じことを言われた。「あなたの踵は切りとってなくなっちゃったと思って」

バレエ教室には三歳の時から通いはじめた。早すぎると言われたが、八歳でトゥシューズを履き、九歳からコンクールに出るようになった。母の意向だ。母自身にはバレエの経験はない。たぶん、娘をバレエ教室に通わせている母親になりたかったのだと思う。一人娘だった幸乃をバレリーナにするつもりもなかったはずだ。

レッスンのない日には進学塾にも通わされた。幸乃には友だちがいなくなった。

「いい学校に入って、いい就職をしないとね」それが口癖だった。「それでどうするの」という幸乃の問いには答えようとしなかったが、小学校の高学年になる頃には、聞かなくても、その先のせりふがわかるようになった。

「いい会社のいい旦那さんを見つけて、幸せな結婚をするのよ」

つけ加えるとしたら、「私みたいにね」だ。幸乃の父親は、愛知が本社の大手企業の管理職だった。母親の考えによれば、バレエはより良い（どんな基準だか知らないけれど）結婚と家庭生活のためのスキルのひとつにすぎないようだった。

幸乃がバレエを好きだと思えるようになったのは、小学六年生の時、県のバレエコンクールで2位になってからだ。それからは必死で練習した。1位になりたくて。県内どころか全国の。幸乃自身の将来の夢は、バレリーナになることだった。でも、それも中学二年の時までだった。

中二の春に両親が離婚した。父親の浮気が原因。父親が勤めていた会社にほんの数年腰掛けで在籍した以外、アルバイトの経験すらない母は、外へ出ようとはしなかった。彼女にとって自分が働くことは敗北なのだ。幸乃たちは父親が出て行った広い家で、慰謝料と養育費と実家からの援助だけで暮らした。お金がないのに、塀に並べたフラワーボックスにたっぷりの花を飾って。

その年の発表会に、幸乃は初めてレンタルの衣裳を着て出た。母は顔を出さなかった。家事しかしていないのに多忙を理由にして。娘のレンタル衣裳が屈辱だったのだ。そして、先生に渡すお花（幸乃の教室の場合、それは謝礼金を意味する）が少なかったからだと思う。月謝自体は、他のお稽古ごととさして変わらないが、バレエは発表会のたびにお金がかかる。辞めてくれ、母がそう言っている気がして、教室を退会し、ストリートダンスの仲間に入った。

母は、幸乃が高校二年の時に再婚した。相手は熟年お見合いパーティーで知り合った二十近くも年上の会社経営者。むりやり引き合わされた「新しいお父さんになる人」は、幸乃の目には、ドラマによく出てくる、若づくりの中年女に騙されているおじいちゃんにしか思えなかった。

前の家よりもっと大きな家で暮らしたのは、一年半ほどだった。母が行かせたがっていた高望みの地元の大学に落ちた幸乃は、いい予備校に通いたいという口実で東京へ出てきた。義父の金で母が用意した女性専用マンションは、予備校には通わずダンサーのオーディションを受け続けていたことがバレた時に飛び出した。行き先も連絡先も知らせずに。

もし自分に、ダメ男に引きつけられる磁石があるのだとしたら、それはじつは母親に反発する磁石じゃないだろうか。幸乃はそう思うことがある。

母のような人生は送りたくない。あの人みたいな女にはなりたくない。そう考えて遠ざかろうとする磁石だ。

女は結婚し、子どもを産み、いい家庭を築くのがいちばんの幸せなのよ。

いい伴侶と巡り合うのが、人生の最大の目的でしょう。

まっぴらごめんだ。

でも、考えてみれば、反発し合う磁石は、いつだって同じ磁極どうしなのだ。

## 3R

「どこかよそのジムでスパーリングでもしてるのか」

ジムに通いはじめて一か月が経った。幸乃はシャドーボクシングを終えてスポーツドリンクを飲んでいたところだ。

「はい？」

ぼろぼろになったパンチミットを針と糸で修繕していた会長が、ガマガエルの顔で右目をウィンクさせる。

「右、腫れてるぞ」

紫色になった目のまわりは、ファンデーションを濃くして隠していたのだが、汗で落ちてしまったようだ。

「ちょっと、冷蔵庫のドアにぶつけちゃって。私、そそっかしいから」

会長が大きな目玉で幸乃の顔を覗きこんでくる。選手や練習生のコンディションを一瞬で見抜く勘の鋭い目だ。男ばかりの武政ジムが、なぜ幸乃の入門を許可したのか訊いたことがある。会長はこう答えた。「あんた、うちのプロの連中よりよっぽど思いつめた顔をしてたからさ」

「なぁ、ちょいと俺が説教してやろうか。元ボクサーの説教って、なぜか効くんだよ、そういう連中には。弱い犬ほどよく吠え、強い相手にはすぐ尻尾を巻く、ってな。心配すんな、手なんか出さないよ。こっちからは。たまにしか」

右の拳で空《くう》を撃つ。さすが二十年前の東洋太平洋チャンピオン。空気が震える、ぶんという鈍い音がした。

「なんのことです」

顔をそむけて右目を隠すと、会長が鼻を鳴らして唇をひん曲げた。

「ま、いいけどさ」

曲げた唇をまっすぐ張り直してから、幸乃に訊いてくる。

「あんたウエイトは？」

「五十一、二です」

女同士の会話では四十九キロ、なんてサバを読んでいるのだが、ここでは嘘を言えなかった。試合前の選手たちは、過酷な練習を終えても食事がとれず水も飲めず、夏でも焚かれるストーブの前で、分厚いサウナスーツを着てロープスキッピングを延々と続け、キロどころかグラム単位の減量に死ぬ思いをしているのだ。

「男なら、スーパーフライか」修繕に戻った会長が、ミットに話しかけるように言葉を続けた。「ボクシングってなぁ、体重制限のスポーツだ。ちょっとでも重いほうが有利だ。五十キロの人間は、六十キロにはまず勝てねえ」

「わかってます」

「でもな、それは同じぐらいの技量のボクサー同士の話だ。相手が素人なら話は別さ。体重が百キロあろうが、格闘技の経験のないヤツなら、フライ級のボクサーにもあっさり倒せる」

よし、直った。会長がミットを両手に嵌《は》めて、幸乃に顔を振り向けてきた。

「ヘッドギアをつけて、リングにあがりな」ミットをぱしりと叩き合わせる。「教えてやるよ。おたくの冷蔵庫を、ぶっ飛ばす方法」

初めてあがるリングは、想像以上に広かった。降り重なった汗じみが複雑な模様を描いている。ところどころに黒々と残っているのは血の痕だ。

会長がミットを構えた。

「とりあえずワンツーだけ覚えりゃあいい。相手の身長はどのくらいだ」

「百七十二、三です」

思わず正直に答えてしまった。会長は表情を変えずに、自分の顔より少し高い位置にミットを構え直す。右のミットを突き出して指示を送ってきた。

「ジャブ」

左腕をまっすぐ伸ばす。左肩も前に出るように。インパクトの寸前に拳を強く握り締めること。

「ストレート」

右足のつま先をはね上げ、腰をまわして右の拳を突き出す。右半身を前に押し出すように。

「もっと早く。ワンツーの『ワ』でジャブ。『ン』でストレート。『ツー』で体を戻せ」

あっという間に息があがった。会長は「ワンツー、ワンツー」と呪文のように唱えながら、左右のミットを矢つぎ早にくり出す。

「ワンツー、もっと踏みこめ、ワンツー、ワンツー、遅い」

弱音なんか吐けない。会長の顔が、試合の近いプロたちを教えている時と同じ表情になっていたからだ。

「ワンツー、もっと早く」

「ワンツー、そうだ」

## 4R

ぱん。ぱん。ぱん。サンドバッグが甲高い音を立てる。幸乃が連打を繰り出すうちに、以前は不動の柱に思えた重い革袋が、ゆらゆらと揺れはじめる。

「あと1ラウンドだ」

会長の声が飛ぶ。1ラウンドは女子の場合、2分間。ボクシングは練習も試合と同じラウンド単位で進められる。プロの新人の試合は4ラウンド。A級ライセンスを取り、8ラウンドを戦えれば一人前。世界戦などは女子でも10ラウンドまである。幸乃のサンドバッグ打ちはまだ3ラウンド目だ。

サンドバッグの向こうには、顔が浮かんでいた。

琢真の顔だ。

このあいだの日曜の午後、星羅を置いて買い物に出た。星羅がお絵描きに夢中になってスケッチブックから離れようとしなかったからだ。琢真は昼寝をしていた。もうクレヨンを誤食する歳ではないし、ベランダに続く鍵さえ閉めておけばだいじょうぶ、そう思って出かけた。

帰ったら、星羅が夜の猫みたいな声で泣いていた。琢真に尋ねても「知らねぇよ。漏らしたんじゃね」三歳二か月になった星羅は、もうおむつが取れた。そんなことも琢真は知らないのだ。

星羅が腿の間にはさみこんでいた両手を持ち上げてみた。両方の手の甲に、大きな痣《あざ》ができていた。

「星羅になにしたの」

幸乃の声は悲鳴に近くなった。

「だから、知らねぇって」

「待ちなさいよ」

レンジローバーのキーを手にして出ていこうとする琢真の肩を摑んだ。痣ができるぐらい強く。子どもを守るためなら母親は、小動物だって鳥だって、肉食獣と戦う。振り返った琢真の目は、暗いビーズ玉になっていた。握った拳を斜め上から振り下ろしてくる。武政ジムに入門したら、ただちに矯正されるだろう、モーションの大きすぎる非効率なパンチだ。

幸乃は腰を落とし、首をパンチの軌道の外側にねじる。琢真の拳が耳すれすれをかすめた。アウトサイドヘッドスリップ。少しの動きで相手のパンチを避ける防御法だ。

「あへ」

空振りをした琢真は、バランスを崩して前のめりに倒れた。

座卓の角に頭をぶつけて、呻《うめ》き声をあげる。

「ぐがぁ」

額を押さえてころげまわり「痛い、痛い」と繰り返す。大げさな。私がいつも食らっているのは、そんなもんじゃないからね。

二発目が来るだろうと思って身構えていたが、琢真は舌打ちをしただけで、車のキーを拾い上げて出ていってしまった。

激しい泣き声がようやく嗚咽になった星羅は、幸乃がどんなになだめても、何を聞いても、同じ言葉しか口にしなかった。

「いっちゃだめなの」「いっちゃだめなの」

行っちゃだめ、ではなく、言っちゃだめ、という意味だと気づいたのは、少し経ってからだ。琢真が口止めしたに違いない。暴力に暴力を重ねて。

星羅の描きかけのスケッチブックには、牙を剝いた人間とも動物ともつかない化け物が大きく描かれている。色は紫。片隅に丸と線だけで描かれた小さな人影が二つ。色は赤。

このところ、星羅の描く絵は、人も動物も花もなにもかも、紫か黒か赤で塗られている。

しばらく治まっていた胃痛が、また始まった。

## 5R

少し前までスーパーへ買い物に行くときには自転車を使っていたのだが、いまは片道十五分の道を歩いている。エコバッグは二つ。片方にはミネラルウォーターの2ℓペットボトルとお徳用サラダ油。もう片方には食材のほかに、琢真が毎日ビールがわりに一本を空ける、コーラの1ℓボトル二本。

歩きながら、二つのエコバッグを肘を直角にして持ち、上に振り上げる。アッパーカットを連打するように。人通りの少ない場所では、腕を横に振る。これはフックのトレーニング。

ボクシングを始めて四か月が経ち、幸乃の腕はいちだんと太くなった。腕に筋肉がついてきたのは、ジムに入門する前からだ。独身だった頃の幸乃の腕は、茹でた白アスパラガスのように細くてぷよぷよだったけれど、結婚したらいつのまにか太く固くなった。家族の生活が詰まった重いレジ袋をぶら下げたり、日に日に体重が増える赤ん坊を抱きかかえる毎日は、それだけでウエイトトレーニングをしているようなものだからだ。子持ちの主婦はじつはみんな腕力がある。

少し遠回りをして神社の石段を登るのも、このところの日課だ。荷物を持ったまま一段飛ばしで駆け上がる。境内までは五十六段。

最初の頃は登りきると酷く息切れして、両手で膝を押さえてしばらく動けなくなったものだが、いまは、ひとつため息を吐く程度。石段を三往復してから家に帰る。

料理をしている時は、爪先だち。星羅のために小さなオムレツをつくるときでも、この家でいちばん重い中華鍋を使う。ｉＰｏｄのイヤホンで聴いているのは、『ロッキー』のテーマだ。

胃痛は再発したままだ。幸乃にパンチを避けられたあの日以来、バツが悪かったのか、琢真はしばらくおとなしくしていたが、それも一か月と持たなかった。幸乃へ当たることが減ったぶん、星羅に当たっていたのだ。

気づかなかったのは、星羅の背中やお尻を標的にしていたからだ。

数日前の朝、ゴミ出しから戻ったら、遅刻する時間でもないのにあわてて家を出る琢真と玄関ですれ違った。部屋では星羅が泣いていた。

何を聞いても、また「いっちゃだめなの」としかいわない。

「おじちゃん、ママには言ってもいいって、いま言ってたよ。どこが痛いの？」

あやしながら、耳打ちしたら、あっさりひっかかってくれた。お尻を指さし、床にころがっていた木製のハンガーに目を向けた。

星羅にはお尻から背中にかけて青痣と見分けがつきにくい蒙古斑がある。私に気づかれないように、いつもそこを狙っていたのだ。いや、そんなの言いわけにならない。それでも母親なら気づくべきだったのだ。

ごめんね。また口止めされてたんだね。

夜、帰ってきた琢真を問い詰めても、「そんなことするわけないじゃん」の一点張り。そのうち「俺より、あんな小さなガキを信じるのか」と例によって逆ギレしはじめた。

「今度、星羅に手を出したら――」

「出したら、なに？」

琢真は手を上げかけたが、身構えた幸乃に訝しげな視線を向けてから、拳を引っこめた。

体が煮えたぎった。沸点を超えた、と思った。

今度、手を出したら、その時には幸乃のゴングが鳴る。「別れてくれ」と言っても聞かないだろう。童貞だったらしい琢真は、セックスの時だけ優しくなる。

自分の家なのに、星羅を連れて逃げ出すことも考えた。でも、このところ何度も起きている「ストーカー殺人」という言葉をニュースで聞くたびに思う。「女にも問題あるよな」なんて、やけに犯人に肩入れする琢真は、きっと彼らと同じタイプだ。人を殺す度胸なんかないと信じたいが、ほぼ間違いなく、しつこくつきまとってくるだろう。

きちんと決着をつけないと。

そのためには、力が必要だった。

男の暴力に負けない力が。

## 6R

会長がパンチミットで右フックを繰り出してくる。幸乃は頭を低くして真下に逃れる。ダッキング。腰ではなく膝を使うのがポイントだ。最近のミット打ちには、会長からの反撃も加わるようになってきた。もちろん手加減はしてくれているのだが、ちょっとしたスパーリングだ。

今度は右アッパーが飛んできた。

下から突き上げてくるミットをスウェーバック。上体逸らしで避《よ》ける。

「よし、いいよ、その調子だ」

会長はおだて上手だ。練習生も選手も叱るより誉める。素人のパンチはたいていフック気味かアッパー気味、つまり横から弧を描くか、下から突き上げるかたちになるから、いまの防御法を覚えておけば、怖いものなし、だそうだ。

そしてパンチをくり出したら、相手の攻撃圏の外へ逃げる。

「ヒット・アンド・アウェイだ。弱者の戦法ってヤジる客もいるけどな、立派な戦術よ。逃げるが勝ちって時もある。ただ逃げるだけじゃねえ。退《ひ》くのは次の攻撃への布石だ。チャンスを待て。パンチを食らってばっかりの敵さんが熱くなりゃあ隙もできる。そのときは、ぱぱぁんと、フィニッシュに持っていけばいい」

時刻はまだ午後四時前。ジムでの毎日の練習をいままでより一時間多くした。

先月から、コンビニのシフトを一時間前倒しにしてもらったのだ。「一身上の都合」が解決したら、フルタイムで働くことを約束して。

琢真と暮らすことになった去年の秋、幸乃はフルタイム八時間だったコンビニエンス・ストアのシフトを六時間に変えた。あの頃はゆくゆくは琢真と結婚するつもりで、準備してしまったのだ。他人の収入をあてにして、仕事より家庭にエネルギーを注ぐ、いい奥さん、いい母親になる準備を。

誰かさんと、変わらない。

別れて、と強く言えなかったのは、琢真の給料がなければ、生活が立ち行かなくなる、そんな打算がいつも頭をよぎっていたからだ。

3ラウンドのミット打ちが終わってすぐ、サンドバッグを叩きはじめた幸乃の背中に、会長が声をかけてくる。

「プロになってみないか。あんたには素質があるよ。うちの男どもより先に、チャンピオンになれるかもしれねえ」

プロテストの受験資格年齢は、男子も女子も三十二歳まで。女子プロボクサーはまだ層が薄いから、二十八の幸乃なら可能性はじゅうぶんあると会長は言う。

「女の面倒は見れねえ、じゃなかったんでしたっけ」

「気が変わった。女のほうが根性あるし。女子練習生募集って貼り紙、つくるよ」

サンドバッグを叩く手を休めずに答える。

「私、そんなつもりで、始めたわけじゃない、ので」

会長は本気らしかった。両手でファイティングポーズをつくって幸乃へにじりよってくる。

「どんなつもりでやってんのかは、もう、あえて聞かねえけどさ、プロになっても平気だよ。ボクサーの拳が法律で凶器扱いになるって話は、ガセだから。まぁ、正当防衛も過剰防衛扱いになっちまうのは事実だけどな。女子選手で、相手が男なら、誰も過剰防衛とは言われねえだろうよ」

サンドバッグ、1R終了。自分でも驚くほど大きく揺れたサンドバッグを眺めていたら、会長がまた空うがいの声を浴びせてきた。コーナーから選手をリングへ送り出すように。

「もし、あんたさえよければ、俺がセコンドにつくよ。田辺《たなべ》も、なぁ」

「うす」

幸乃と入れ代わりにリングに上がっていた大きな体が答える。田辺くんは、ジムで唯一の日本ランカー。ウェルター級の7位だ。

「暴力はいけない——ってことを教えてやらないと。自分の弱さを知らねえガキには。暴力がどんなに怖いかを。ボコボコにしてやりな」

# 7
# R

琢真が今日も一人のドライブに出かけ、星羅がうたた寝をしている、休日のつかのま静かな部屋で、幸乃は服を脱いでスタンドミラーの前に立った。

左の乳房の上に痣。右の二の腕にも。左の肘には擦り傷。

一度止《や》みかけた琢真のDVは、いままでどおり幸乃が反抗しないとわかったとたん、前よりも酷くなった。

幸乃は黙って耐えている。それで気がすめば、星羅には手を出さないだろうと考えたからだ。

鏡の前に立ったのは、いまさら暴力の傷痕を眺めるためじゃない。自分の体をチェックするためだ。

悪くなかった。お腹には腹筋がくっきり浮き出ている。自分の腹筋を見たのはひさしぶりだった。お腹が胃袋のかたちにぽっこり膨らんだ幼児体型を抜け出たあと、まだ女の体になる前の、バレエの練習が厳しかった頃のほんの一時期以来だろう。

腕を肩の高さに上げて肘を曲げると、上腕二頭筋がぷくりと盛り上がった。ボクシングを始めて半年。太くなっていた腕は、この一、二か月で逆に細くなった。贅肉が削げ落ちたのだ。

夜の行為は拒否し続けているから（それが最近のDVのおもな原因になっているのだが）、琢真は幸乃の体の変化に気づいていない。練習中にかかってくる電話やメールも、うまく受け流している。ジムに通っていることもまったく知らないはずだ。

足を肩の幅に開き、斜め四十五度の半身に構える。右の拳は顎の脇。左拳は目線の高さで少し前に。両腕は垂直。基本の構えだ。ボクサーの。

スタンドミラーを相手にシャドーボクシングをしてみる。映っているのは自分じゃなかった。鏡の向こうの琢真に向けてパンチを放つ。

ジャブ、ストレートのワンツー。

何度も繰り返す。

念のために、琢真が優しかった頃の表情や、大汗をかいて生真面目にコンビニのコピー機を修理する背中を思い浮かべようとした。

もう無理だな。思い出せない。

相手の右フックをイメージして、ダッキング。アッパーを避けるスウェーバック。

鏡の中の幻影が、琢真からいつのまにか母の姿に変った。熟年お見合いパーティーに出かける時の、ファンデーションが真っ白で、虫を誘う花のような毒々しい赤色の紅をさし、丸い体を補整下着で締め上げた姿だ。
行方を隠していた幸乃が、母が乳癌で亡くなったことを知ったのは、お葬式が終わった一か月もあと。ダンサーの道の険しさに音をあげて、スナックに勤めはじめた頃だ。

いい大学に入って、いい会社に就職すればいいの。いいヒトと巡り合うために。
いい奥さんになれば、幸せになれるのよ。
子どもを守るためなら母親は、小動物だって鳥だって、肉食獣と戦う。
母は何と戦っていたのだろう。
さよなら、ママ。
自分の姿が映った鏡に右ストレートを打ちこむ。
幸乃のパンチは自分の想像を超えて伸びるようになった。
寸止めのつもりがいきおいあまって、ガラスが砕け散った。

## FINAL ROUND

別れ話を切り出す場所は、外にすることにした。ＤＶ男に家の中で、というのはやっぱり怖かった。星羅に何かされても困るし、どんな事態になるにしろ、最近、アニメの格闘シーンに興味しんしんの星羅には見せたくなかった。

その日を今日と決めたのは、三時すぎにジムに着いたとたん、琢真からメールが来たからだ。

『今日は遅くなる。メシは家で食う。肉がいいな』

人の居場所や行動はしつこく詮索するくせに、琢真が自分の予定を連絡してくることはめったにない。残業で夕食がいらないことすら教えてくれない男だ。いつものフェイントだとすぐにわかった。だから、こんな返信をした。

『こっちも遅くなるから平気。保育園の近くのオープンカフェの店で、友だちと会ってきます』

店にやってくるはずだ。幸乃の「友だち」が誰なのかを確かめるために。こんなメールを打つのは初めてだった。幸乃がプライベートで出歩くことを琢真が許さないから、ただでさえ少ない友だちとも、もうずいぶん会っていない。

人のいる場所のほうが安全だと思った。外面《そとづら》だけはいい琢真は、他人の目があるところではめったなことはしないだろうし、諍《いさか》いになったとしても、証言してくれる人がいる。連れこまれるかもしれない暗がりも、あの店の周囲には少ない。

いつものとおりストレッチのあとにシャドーボクシングを始めたのだが、体を駆けめぐる血がざわざわしてまったく身が入らない。琢真が来るのは、早くて五時半、それがわかっているのに、練習を切り上げて、明るいうちにジムを飛び出した。

店までは、裏道をこまめに縫っていけば、自転車で七、八分だ。

左手に工場の高い塀が続く一方通行路に入った。ここを抜けた先が、オープンカフェのある通り。幸乃の胸は、昂《たかぶ》りと脅えの両方が入り乱れて化学反応を起こして爆発しそうだった。

出口の手前に車が停まっていた。白い地味なライトバン。

それが事務機器メーカーの営業車だと気づいたのは、運転席のドアからのっそりと、横幅のある人影が出てきたあとだった。

スーツのかわりに窮屈そうに作業服を着ている。琢真だ。

幸乃が自転車を停めるより早く、叫び声をあげた。

「誰と会うんだ」

幸乃が無言で自転車のスタンドを立てると、また。

「男とだろう？　そうなんだろ」

琢真が歩み寄ってくる。目玉は早くもビーズ玉だ。三メートルの距離まで近づいた時に、幸乃は言った。遅すぎた言葉だ。

「もう別れましょう」

「あ」

琢真が立ち止まり、ビーズの目が一瞬揺れた。玩具をむりやり取り上げられた子どもの目だった。

「なんだよ、いきなり。なんでそうなる。やっぱり、男か」

違うよ。人を束縛するのは、自分に自信がないからだ。浮気を疑うのは、自分が他の女のことばかり考えているからだ。

「男、関係ない。自分の胸に手を当ててみて。もう限界なの」

琢真が首を激しく振りはじめた。

「嫌だいやだ。そんなの認めない。やだやだやだ」

唇を突き出して「やだやだやだ」と連呼する。星羅より子どもだ。こんな男との結婚を夢見た時期があったなんて、とんだ悪夢だ。

「やだじゃない、もう終わりっ」

幸乃が叫ぶと、しゃっくりをして黙りこんだ。また首を左右に振る。今度はゆっくりと。両目がビーズに戻っていた。ぬいぐるみに縫いつけられた偽物の目玉と同じ、何も見えていない、他人の姿を映さない目。人通りがないことを確かめているのだ。

道の右側は住宅街だが、琢真が車を停めたこのあたりには月極駐車場のフェンスが続いている。幸乃がここを通ることを知っていて、待ち伏せしていたんだろう。

琢真がゆっくり歩み寄ってくる。幸乃に笑いかけてきた。出会った頃はつつましげに見えた、他人との関わりから自分を防御するための、赤ん坊の生理的微笑と変わらない、ただの反射行動。

「だめだよ、そんなの、許さないからね、俺が」

いきなり右の拳を振りかぶってきた。予想通りフック気味の、無駄に力の入ったのろのろパンチ。ウィービングを使った。相手のパンチの方向にあえて向かっていき、上体と首の動きで空振りを誘う防御法。ダッキングより高度だが、フック対策にはこれがいちばん。しかも相手のふところに飛びこめる。

体勢を崩した琢真は、作業着の上からもぽっこり腹がふくらんでいるボディががら空きだ。パンチを繰り出したいのを我慢した。目撃者が誰もいなくたって、正当防衛の姿勢は貫きたい。

「なななんだてめえ、なまいきによけやがって」

また右の拳。今度はアッパーともフックともつかないめちゃくちゃなパンチ。会長の言うとおり「素人は右ばかり使う」から楽だ。スウェーバックのタイミングを遅めにして、顎をかすめる程度にわざとパンチを受けた。

「痛《いった》い」

おおげさに痛がってみせると、得意気な鼻息が降ってきた。

「俺をなめんなよ」

はい、正当防衛、成立。

幸乃は初めてファイティングポーズを取った。いまの時期にはちょっと早いけれど、両手には手袋を嵌めている。来る途中で買ってきたのだ。拳を痛めたくなかった。会長に即答はできなかったけれど、プロになるのも悪くないかもしれない。星羅にかわいい服を買ってあげられる。

防御体勢を取っていない、そもそも防御体勢なんて知らないだろう琢真の体は、どこもかしこも隙だらけ。作業ジャンパーを着たサンドバッグだ。

「はぁ？　なんのまね――」

最後まで喋らせなかった。顔めがけてジャブを繰り出した。

鼻を狙った。

サンドバッグの革より少し柔らかい感触。

左拳を引くと同時に右ストレート。ワンツーだ。

「あがが」

琢真が鼻を押さえて棒立ちになる。指の間から血がこぼれ落ちていた。

がら空きのボディにフック。胃《ストマック》を狙ったから、サンドバッグよりずっと柔らかく、拳に優しい。

体を折り畳んだ琢真の下がった顎《チン》にアッパーカット。

すぐに後退。ヒット・アンド・アウェイだ。

琢真が膝からくずおれる。

「おっおえっ」

うずくまってゲロを吐き出した。昼に何を食べているんだか、ほとんど液体なのに臭いゲロだ。

「わかった？　人に殴られるって、こういうことなんだよ」

「げっげっおええげげっ」

初めて人を殴って幸乃にもよくわかった。ちっとも気持ちのいいものじゃない。琢真のゲロは、鼻から垂れた血と混じって、鋪道をピンク色に染めている。

琢真が体をふらつかせて立ち上がった。虚ろな目をして作業着のポケットを探っている。とどめを刺すべきかどうか幸乃が迷っていると、

「がぁうあ」

獣じみた声をあげて、腕を振りまわしはじめた。手に何か握っている。修理工具のスパナだ。

「うがっぁぁ」

スパナが顔面すれすれで空を切った。ボクシングを習っていなかったら、頭を直撃されたかもしれない。

「おいっ、なにやってる」

背後から声が飛んできた。狭い裏道にやけに大きく響く、幸乃には聞き慣れた濁声。

琢真が棒立ちになる。

振り向くと、道のむこうに自転車にまたがった会長がいた。

よく響くはずだ、口にメガホンをあてている。隣に立っている長身のトレーニングスーツは、田辺選手。

ロードワークの途中といった体裁だが、勘の鋭い会長のことだ。いつもお迎えの時間いっぱいまでジムにいる幸乃が、練習を途中で放りだして出ていったのを心配して、

捜してくれていたのだと思う。

「それ、痴話喧嘩じゃすまねえだろ。殺人未遂だぜ、きっと」

「あ、や、え」

琢真がスパナを両手に握りこみ、なぜこんなものを持っているのか自分にはわからない、という表情をしてみせる。コンビニの店長に対してもそうだった。自分より上の人間の前では、とたんに弱気になる男なのだ。

田辺くんが言う。「自分、写メ、撮りました」

琢真が静電気を浴びたようにスパナを放り捨てる。

「喧嘩なら、正々堂々と素手でやんなよ。あんた、うちのジムの大事な女子選手を、いつも殴りとばしてるんだろ」

琢真が目と口を丸くして幸乃を見つめ返してきた。「え？」

「星羅と私にはもう近づかないで」

「え？　え？」

「あなたの荷物はまとめて外へ出しておくから、今夜中に取りに来て」

「おう、俺たちも手伝うよ。そのあんちゃんが、どこか遠いとこに運ぶのを、な」

「うす」

琢真は寝ぼけ顔を洗うように両手で顔をこすっている。顔中がゲロと血のまじったピンク色になった。ビーズではなく焼き魚の目になってしまったまなざしを幸乃に向けてくる。

「ねぇ、幸乃。こんなのなくない？」

かわいそう、と思う気持ちはあいにくもう持ち合わせていない。いままでどおり、そのちっぽけな子どもの脳味噌で、かわいそうなのは自分だと、自分だけで駄々をこねていればいい。

「ほら、やるなら、徹底的にやりな。ファイト」

けしかけるように会長が言う。琢真が両手を広げ、ひきつった笑顔を向けてくる。

「やり直せないかな、俺たち」

ワンツーを放つ。今度は当てず、寸止めの威嚇だけでやめた。誤解しないでよ。買ったばかりの手袋をゲロで汚すのが嫌なだけだからね。

「今度こそ、俺、ちゃんと——」

そう言いながら琢真が会長たちに背を向けた。おどおどしていた目が、またかすかにビーズ玉になるのを、パンチングボールで培った幸乃の動体視力は見逃さなかった。

手袋をはずす。

「お前を俺色に染め——」

答えはフィニッシュブロー。顔面への渾身の右ストレートだ。

# 冷蔵庫を抱きしめて

成田に着いたのは午後七時すぎだった。手荷物受取所へ歩く直子《なおこ》の両足はまだふわふわと雲の上を歩いていた。ロサンゼルスを発ったのがカレンダーにしたがえば昨日で、あきれるほど長い時間を機内で過ごしたというのに、鼻唄を歌いたい気分だった。曲は「らいおんハート」。

ターンテーブルにキャリーケースが吐き出されるのを待ちながら、隣に立つ自分より二十センチ上にある顔を振り仰ぐ。すっきりと顎が削れた細面。越朗《えつろう》の顔だ。ああ、やっぱり、夢じゃない。現実であることをさらに確かめるために、越朗の大きな手を握った。長い指に自分の指をからめてみた。薄いピンクに色を変えたネイルで小指の腹をくすぐってみた。「なんだよ」越朗が笑い、直子の手を強く リアルに握り返してくれた。二人は先週の日曜日に結婚し、七日間の旅行から帰ってきたところだ。

キャリーケースを引きながらロビーを抜ける。旅行に行くときはいつもあれこれモノを持ちすぎてしまうのが直子の悪いくせだが、今回のキャリーケースは軽い。直子のぶんの荷物を越朗が持ってくれているからだ。その軽さが幸せだった。

越朗が肩を寄せてきた。直子に顔を近づけて、ぼそりと呟く。

「夕飯《ゆうめし》どうしよう」

もうっ。もっとロマンチックな言葉を期待していたのに。

「機内食、わたしのぶんまで食べたじゃない」

大学までバスケットボールをやっていたからか、越朗は痩せているくせに大食いなのだ。そこがまた好もしいとこなんだけど。

機内食にはほとんど手をつけないで眠ってしまったから、直子もお腹は空《す》いているはずなのだけれど、食べ物のことは頭に浮かんでこなかった。幸せでお腹がいっぱい、なんてね。この一週間、アメリカ料理を食べまくっていたからだ。

昔ほどじゃないと聞いていたけれど、やっぱりアメリカンサイズは凄かった。男物の靴のサイズのステーキ。厚さ3センチのローストビーフ。巨大未知生物みたいなロブスター。そのすべてに笑っちゃうほどの量のポテトやコーンがついてくる。

全部食べ切ろうとするとメインディッシュになってしまう具だくさんのスープ。上天丼クラスのエビが五匹のシュリンプ・カクテル。グラタン皿か、とつっこみを入れたくなるような器に盛られたアイスクリーム。

旅の後半にはさすがに辟易して、朝と昼はホテル近くのパン屋さんや、ファーストフードで済ませていた。が、こちらはこちらで強敵だった。

一度食べてみたかったサワードウブレッドの大きさはほぼかぼちゃだった。あえてマックを避けて、地元のハンバーガー屋さんに行けば、肉の厚さは2・5センチ。ドリンクの紙コップはシネコンのポップコーンの容器並み。

「やっぱり和食かな」

越朗の言葉に直子は大きく頷いた。

「だよねぇ」

二人で同時に声をあげてしまった。

「米食いたい」「ご飯食べたい」

越朗と知り合ったのは、一年半前。職場の後輩の結婚式の二次会だ。アドレスを交換し、その週のうちに誘いのメールが来た。迷わずオーケーしたのは確かに、眼鏡をかけたテディ・ベアみたいだった新郎の友人とは思えないルックスに惹かれたからなのだけれど、いまでは内面が好き、とはっきり言える。

相性がいいのだ。越朗にも言ったことがある。「わたしたち、磁石みたいにぴったりだね」と。好きな音楽。観たい映画。読もうと思っている本。二人はことごとく意見が一致する。スポーツは、スノボー。観るなら、サッカー。動物は、猫派。年齢も同じ三十二歳で、昔のテレビドラマや給食の話題でも同窓会みたいに盛り上がれる。結婚が決まってからも、住む街や選ぶ家具で揉めたことはない。今度のアメリカ西海岸への旅行もどちらからともなく言い出した。

「ねぇ、じゃあ、お寿司にする？」

うん、と越朗が言ってくれるのはわかっていた。この一週間、同じ風景にいっしょに歓声をあげた。同じせりふを何度もハモった。ソフトウエアの会社の営業をしている越朗が忙しすぎて、二人きりで旅行らしい旅行をしたのは初めてだったけれど、旅に出ればお互いをわかりあえるという言葉は本当だ。二人の磁力は、いままで以上に高まっている。

「うん」越朗が言った。「いいね。でも、いまの気分は焼肉かなぁ」

「え」うっそぉ。一年分ぐらい食べたじゃない、肉。そもそも和食か、焼き肉。

「ステーキ食ってるとき、なんかもの足りないなぁって、俺、ずっと思ってて。で、気づいたんだ。あ、米がないからだって。ほら、焼肉屋とかで食う、肉を上でちょんちょんって振ってタレをつけたご飯、あれ食べたくない？」
「え――っ」いまはそれ、無理。

目

新しい家のキッチンを使うのは、式の前の週の日曜に、注文したダイニングテーブルが届くのを待っていたとき以来だ。とはいえあのときは前日に運びこんだお互いの引っ越し荷物の整理が忙しくて、カップ麺のお湯を沸かしただけ。ちゃんと使うのは初めてだった。

昨日は結局、お互いの意見を尊重し合って、駅からマンションへ向かう途中の和食のファミレスで夕食を済ませた。直子は海鮮丼。越朗は焼き肉定食。

直子はがんばって早起きをして、おろしたてのチェリーレッドのエプロンをきりりと締め、味噌汁のだしを取っている。毎晩の習慣みたいに、昨日も越朗が乳房に手を伸ばしてきたが、直子は睡眠欲のほうに身を委ねてしまった。時差ぼけでぼんやりした頭の中ではまだカリフォルニアの青い空が浮かんでいたけれど、独り暮らしの頃みたいに、だしの素で済ませたくなくて、昆布を水から煮出し、昆布の縁に気泡が浮かぶのを化学実験みたいに見つめ、鰹節を投入するタイミングを待っている。

直子は今日まで休暇を取っているが、仕事のスケジュールをむりやり空けて式を挙げ、新婚旅行に旅立った越朗は、もう今日から仕事なのだ。

道具も調味料もまだまだ揃ってはいないけれど、とりあえず必要なものは昨日、深夜営業のスーパーに飛びこんで買ってあった。

新妻としてつくる記念すべき最初のメニューは、塩鮭。ほうれん草入りの卵焼き、大根おろし添え。納豆。軽く炙《あぶ》った明太子。味噌汁の具は豆腐とわかめと玉ねぎ。コンセプトは「帰国記念、ザ・日本の朝食」だ。

「お、素早い。もう化粧してる」

短めの髪の後頭部にひよこみたいな寝ぐせをつくった越朗が、ダイニングに顔を出した。

「おはよう」

「今日まで休みだろ。寝てればよかったのに。俺、一人で飯食って出て行くつもりだったんだ」

「そうはいかないよ」

とはいえ、口先だけじゃない、その優しさが嬉しかった。昨日、越朗は、スーパーのカゴにメロンパンをつっこんでいた。夜食にするのかな、ほんとによく食べるヒト、なんて思っていたら、朝、ダイニングテーブルの上にメロンパンが載っていた。妻になった以上、夫に菓子パンの朝ご飯なんて食べさせるわけにはいかない。

「え」洗面所から戻ってきた越朗が、テーブルに並んだ料理に目を見張った。「これ、朝メシ？」

「そうだよ」ふふ、品数の豊富さに驚いたか。

「鮭とか豆腐とか買ってたのは、夕飯の材料かと思ってた」

「いえいえ、このくらいはやらせてもらいまっせ」最初のうちだけかもしれないけれど。

「そうかぁ」

「なに？　多すぎた？」

「いや、俺、朝はいつもパンなんだ」

「だめだめ。和食も食べなくちゃ。アメリカでおおぜい見たでしょう、ＸＬサイズのおじさんたち。今後、越《えつ》くんのウエストサイズはわたしが管理しますからね」

直子の軽口に、いつものように乗ってはくれなかった。貰われてきた猫が居場所を探すようなしぐさで、テーブルの向こう側に座る。ステーキや焼き肉定食を前にしたときとは、あきらかにテンションが違う。小さな子どもじゃないんだから、好きなものだけ食べてちゃだめよ、なんてお母さんの気分になって、さくさくとご飯をよそって越朗の前に置いた。

「さ、食べましょ」

越朗は熱意なく塩鮭を突つきまわす。卵焼きはお気に召したようで、いっきに片づける。味噌汁をかき回しているときに、ようやく言葉を発した。

「玉ねぎ？」

「うん、コレステロールを下げなきゃ」

玉ねぎは好きなはずだ。アメリカでもステーキに添えられたオニオンリングが気に入って、次の日もビールのつまみとしてオーダーしていた。

「あのさ……」

「なぁに？」

「いや、いい」

「気になるよ、言って」

「味噌汁に玉ねぎはないんじゃないの」

「そお？」直子が就職するまで暮らしていた千葉の実家では定番だった。

「ふつう、長ねぎじゃない？　昨日買ってたでしょ」

「あれは納豆用。ほら、ちゃんと混ぜといたよ」

納豆の小鉢に初めて気づいたらしい越朗は、チャイナタウンで素材すらわからない料理を出された時の表情になった。

「納豆に長ねぎ？　入れないでしょ、ふつう」

「えーっ」妙に確信のこもった『ふつう』の意味がわかんない。「入れるよ」

「俺は入れたことない。納豆のＣＭなんかでも入ってるの見たことないよ」

いや、あれは商品のための演出だから。

「じゃあ、これ、わたしが食べるから」

いいよいいよ、食べるよ、という言葉を期待していたのだが、返ってきたのは、新たなぼやきだけだった。

「そうかぁ、白味噌かぁ」

そうだった。このヒト、案外に強情で、素直に人の言うことを聞かないのだ。

「まだ何か？」

「いいや、なんでもない」

次の日の朝食は、パンにした。六枚切りトーストとコーヒー。カリカリに焼いたベーコン。目玉焼き。ロサンゼルスについた翌日に食べたホテルの朝食と同じアメリカンブレックファーストだ。缶入りのコーンポタージュを鍋で温め、マーマレードの瓶も並べた。

新しい家での二人の二度目の食卓だった。昨日の夜、越朗はさっそく残業で、直子は一人の夕飯をお茶漬けですませている。

「おお、パンだ。ありがとう」

「どういたしまして」

ベーコンは越朗に二枚だけ。直子はなし。越朗が目玉焼きをフォークで突つくと、半熟の黄身がとろりと溶け出した。

「この目玉焼き」

「なに」つい声が挑戦的になってしまった。直子はこのくらいの焼き加減が好きだが、もっと柔らかい、スープみたいな黄身をパンにつけて食べたいという人もいるし、かちかちに硬くないと食べられないという人も知っている。越朗はどうだったろう。ホテルのサニーサイドアップには、うまいともまずいとも言ってなかった気がする。

「焼き加減、最高だよ」

「ああ、よかった」

「ねぇ、ケチャップある？」

「ケチャップ？　まだ買ってない。何で」

「何でって、目玉焼きだから」

「は？」直子の両目は目玉焼きになった。「目玉、焼きに、ケチャップ？」

卵料理、好きらしい。越朗の目が新鮮卵の黄身のように輝いている。「そう」

いやいや、それはない。初めての卵料理だから気張って、昨日、六個パックで313円もするのを買ったのだ。高い卵をだいなしにしないで。パンのときは塩と胡椒でしょう。ご飯の時なら醤油だ。それがふつう、だと思う。

「ホテルじゃそんなこと言ってなかったよ」

「我慢してた。家ではベストの状態で食べたいんだよぉ」

ケチャップがベストって。「だよぉ」なんて体を揺すって言われても。越朗がときおり使う幼児言葉を、直子はカワイイと思ったりしていたのだが、いまはちょっと薄気味悪かった。

「わかった。買っておくから、今日は我慢して」

「はーい」

「は」と「い」のあいだが間のびした、幼児が不服を隠さないときの「はーい」だ。

食べ物のことで機嫌が変わるなんて、案外にちっちゃな男。

男ってみんなこうなのだろうか。直子の父親がそうだった。偉そうなことを語る同じ口で、日々の食事の味の濃さや薄さや焼き加減に文句をつけ、意地汚くものを食べるのだ。

「ねぇ、新妻の料理だよ。少しはおいしいとか言えないの」

料理にはわりと自信がある。人にまずいと言われた経験は直子の記憶にはない。

越朗がトーストを口にくわえたまま宙を見上げた。熟考しなくていいよ。理屈じゃなくて、ねぎらいの言葉が欲しいだけなんだから。男って面倒臭い。

ひとしきり宙を見つめて、答えを見つけたらしい。咀嚼を再開した越朗が、口の中のトーストを呑みこんだ。

「でもさ、味覚って人それぞれだから。一度、おいしいって言っちゃうと、ずっとそれを食べさせられることになるじゃない。最初に分かり合っておいたほうがよくない？」

まぁ、確かに、男の人には男の人の苦労があるのかも、ってちょっと待った。

「食べさせられるって、越くん、自分では料理つくらないつもり？」

共働きだから、家事はできるかぎり分担するって言ってたじゃないの。

「洗濯と掃除なら手伝えるけど。料理はむりかも」

「なんで」

「俺、ほとんどやったことないし。インスタントラーメンの茹で方すら下手って言われる。根本的にセンスがないみたい」

越朗は東京出身で、結婚するまで親と同居していた。きょうだいはお姉さんと妹。しっかりしているように見えるけれど、甘やかされて育った王子さまなのかも。

◻︎

食に関して直子と越朗はことごとく嗜好が合わなかった。

たとえばカレーライス。直子は挽き肉と刻み野菜を入れるキーマ風が好きなのだが、越朗は肉とじゃがいもがゴロゴロしているのがいいと言う。しかも辛口がだめ。小学生か。

味噌汁は、直子は白味噌派、越朗は赤味噌派。

直子は蕎麦派、こしのある手打ちが好き。越朗はうどん派で、しかもくたくたに煮たのが好き。

ラーメンはみそVSとんこつ。

ドレッシングは和風ごまVSサウザンアイランド。

許せないのは、なんにでもケチャップをかけることだ。コロッケやカキフライならまだわかるけれど、信じられないことに、天ぷらや冷や奴にもかける。イタリアントマトをことこと煮こんでつくったペスカトーレにケチャップを足された時には、トングで頭をひっぱたいてやろうかと思った。そのくせ、オムライスにケチャップででかいハートマークを描いて出したら、「ああ、オムライスにはデミグラスがいいんだけど」なんでそうなる？　わけがわからない。

そういえば、越朗の会社は休日出勤が当たり前の忙しさで、結婚前に会っていたのはたいてい夜。イタリアンとか居酒屋に行くことが多くて、直子は男に手料理を食べさせたがるタイプではなかったから、家庭料理の好みに関しては、ノーチェックだった。

結婚式のとき仲人さんが挨拶で言ってくれた、「似合いのカップル。まさに破《わ》れ鍋にとじ蓋」だと信じていたのに、こんなことでつまずくなんて。

新妻生活二週目の金曜日、今日こそ文句を言わせまいと決意して、夕食のメニューをハンバーグにした。ケチャップ好きには間違いのないメニューのはずだ。挽き肉はできあいの合い挽きではなく、国産豚と国産牛のを別々に買った。

八時には帰れると言っていた越朗の言葉に合わせて、生地を小判のかたちに成型していると、携帯の着メロが鳴った。斉藤和義の「ウエディング・ソング」。越朗専用の曲だ。

「ごめん、急に残業になっちまった。飯は家で食いたかったけど、無理だと思う。かなり遅くなるし、課長が出前を取るからつきあえって言うだろうし」

どうすんのよ、これ。直子はバットの中の大小二つの肉の塊にため息を落とす。一個は250グラムはあるジャンボハンバーグにしたのに。ご飯も二人分炊いてしまった。大きなお茶碗でおかわりをする越朗のために二合半も。

冷凍保存する？　でも、ハンバーグって生卵が入っているのに、つくり置きしてもだいじょうぶなのだろうか。独り暮らしのときは外食と自炊が半々ぐらいだったけれど、ハンバーグなんてわざわざ自分ではつくらないから、よくわからない。とはいえ国産豚&国産牛の挽き肉を無駄にするのも惜しかった。

よし、焼くだけ焼こう。食べられるだけ食べちゃおう。余ったら明日の朝ご飯だ。

デミグラスソースは用意していなかったから、ポン酢と大根おろしで食べた。憤懣を食欲にすり替えて直子はもくもくとハンバーグを片づける。なかなか上出来なのが悔しい。越朗のジャンボのほうはどうだろう。気になってひと口食べてみた。

こっちはいまひとつだった。大きくて厚いぶん、焼き時間が足りなかったのかもしれない。中のほうが少しナマっぽい。焼き直したほうがいいかな。半ナマの肉の味を口から消すために、ご飯を放りこむ。

頭の中に、アメリカ旅行で食べたミディアムレアステーキが蘇った。あの時の直子は皿に広がる血の混じった肉汁を見ないようにして食べた。本当は肉はあまり好きじゃない。馬鹿みたいに肉を食べたのは、せっかくアメリカに来たのだからという気持ちが半分。あとの半分は、知らず知らず越朗の好みに合わせていたからだ。

口の中のものをむりやり呑みこんだら、血にまみれた白いご飯の映像が浮んでしまった。テーブルを叩くように箸を置く。

お腹が苦しい。満腹感ではなく、胃痛とも違う。いま食べたものが固まりかけた粘液になってお腹の底にへばりついている感じ。間違ったものを体内に取りこんでしまった違和感。

トイレに駆けこんだ。異物を吐き出してしまいたかった。でも、吐き気はない。喉の奥に中指とひとさし指をつっこむ。そして奥歯の裏側をこする。こうすればすぐに嘔吐できることを直子は知っていた。たちまち吐き気がやってきて、胃の中の重くて熱いどろどろの半固形物を便器にぶちまけた。

あれ？

トイレットペーパーで口を拭い、荒い息を吐きながら、直子はスリッパやペーパーホルダーカバーとお揃いの、クローバー柄のトイレマットに目を落とした。

あれ、わたし、何をしてるんだ。

これじゃあ、昔と同じじゃないか。

直子が摂食障害になったのは、中学三年生に進級したばかりの頃だった。ある日突然、食べることを嫌悪するようになってしまったのだ。

その日に特別なことがあったわけじゃない。朝食と給食はごく普通にとった。部活が終わった後、同級生たちとコンビニで買い食いをするのも、店の駐車場で食べながらお喋りをするのもいつもどおりだった。

直子はコロッケパンを食べていた。会話の輪からつかのまはずれ、コンビニの全面ガラスを鏡にして、少し伸ばそうと考えていたショートの前髪をいじっていた。

窓鏡には、同級生たちがポテトチップスの粉やパン屑や唾を飛ばし合っている姿が映っていた。そのときに、ふいに思ったのだ。人がモノを食べる姿ってどうしてこんなに浅ましいのだろうと。みんなが養鶏場のニワトリに見えた。

コロッケに申しわけ程度混ざっていた挽き肉が、誤って口に入った砂粒に感じられた。目の前に立つ、安物のコロッケパンを嬉々として馬鹿みたいに食べている少女がひどく醜く思えた。

この子、なんてデブなんだろう。

実際には太っていたわけじゃない。当時もいまも直子はどちらかといえば痩せているほうだ。だけど、その時には、砂粒みたいな挽き肉がその醜さの元凶であるように思えて、あわてて吐き出した。

その夜、直子の家の夕食は、ポークソテーだった。母親がきれいに焼き上げた肉をナイフで切り、フォークで突きさして口に入れたとたん、気づいてしまったのだ。

いま口の中にあるこれは、動物の死骸なのだ、と。

小麦粉がまぶされた白っぽい肉は、屍肉そのものだった。少し前に授業で聞いた、イスラム教徒が豚肉を食べないのは寄生虫を忌《きら》うからだ、という話を思い出した。肉の中に蠢《うごめ》く細長い虫を想像してしまうともう駄目だった。体の調子が悪い。そう言いわけをして食卓を逃れ、自分の部屋のベッドに逃げこんだ。

次の日には魚も口に入れることができなくなった。塩焼きの鰺《あじ》の目が自分を睨んでいるように思えて。鰺の開いた口がこう言っているようだった。「ねぇ、わたしの腸《はらわた》の中に何が入っているか、知ってる？」

一度、食べ物に対する視点が変わると、もうだめだった。

最初のうち親はお腹をこわしただけだと思っていたから、しばらくは肉や魚を避けて日々の食事をやり過ごせていたのだが、そのうちに野菜も食べられなくなった。

このレタスやキャベツには、どんな虫が這い回っていたのだろう。地面に埋まっていたニンジンやじゃがいもなんて、土の中の何を吸い取って大きくなったのかわかったもんじゃない。

お粥だけにして。母親にわがままを言っていられる間は良かった。すぐにお米も駄目になった。お米の匂いは——とくにお粥は——あらためて嗅ぐと牛乳を拭いた雑巾の臭いがする。

摂食障害の原因のひとつは、思春期のストレス。後からそう聞かされた。ストレスという言葉の意味がよくわからない年頃だったけれど、振り返ってみれば、その頃の直子の毎日は確かにストレスに満ちていた。直子の父親は市内の別の中学の教師だった。その当時は教頭。二年後には校長になったのだから、教師の中の教師だ。

家での両親の躾けは学校の続きのように厳格だった。それ以上に重荷だったのは、周囲の目だ。誉められるにせよ、叱られるにせよ、直子のすることには、こんな前置きがつく。「やっぱり学校のセンセイの子だから」「どうしてセンセイの子なのに」

悪さなどしたら、大変だ。直子の通っていた学校では黙認されている買い食いだって、心の中では冷や汗をかいていた。近くの学区だった父の学校の生徒に見つかったら、こう言われるに決まっているからだ。「うちの学校では禁止なのに、教頭先生の娘は買い食いしてるぞ」

直子の六つ年上の姉は、頭が硬すぎる両親に反旗をひるがえして、高校を卒業するとすぐに、アルバイトでひそかに貯めていた資金で海外留学へ旅立ってしまった。四学年上の兄も、大学に進学したその年の春、通えない距離ではなかったのに、独り暮らしを始めていた。だから、「教師の子」の期待と重圧は、直子一人にのしかかっていた。

これも後から知ったことだが、親との確執、とくに母親との関係性も摂食障害の引き金になるそうだ。でも、ごく平凡な専業主婦の母とは、特別に不仲だったわけじゃない。不満があったとしたら、何につけ、子どもより父親の肩を持つことだった。「お父さんの言うことを聞きなさい」母は一家で唯一の父親の信奉者だった。なにしろ父親の元教え子だ。だから、家での直子は、自分をひとりぼっちだと感じていた。直子にとっての引き金は、むしろ父親のほうだったと思う。

コンビニのガラスに映った自分の姿に、直子は父親の姿を重ね合わせていた。背が低くて色白で丸い体格の人だった。学校でのあだ名は、同じ塾の子から聞いていた。「雪だるま」だ。

丸い体には理由があった。食べ物への執着が激しいのだ。外では子どもたちに人の道を説いているくせに、家では母のつくる献立や味つけに細かく文句をつける。お酒を飲まない人だったから、朝と夜の食卓はいつも家族と一緒で、毎度、料理への品評やら蘊蓄《うんちく》を聞かされた。たいしたご馳走を食べているわけでもないのに、日記に毎日のメニューを詳細に書きこんでいた。

焼き魚も煮魚もしゃぶるように食べた。骨や、直子たちきょうだいが残した皮や腸《はらわた》は、茶碗の中に入れ、湯をかけてかきまわし、汁物のようにして飲む。「戦争中に生まれ、モノのない時代に育ったから」それが父の誇らしげな言いわけだった。食べ物に対する態度としては正しいのかもしれないが、直子が思い出すのは、どろどろの魚の残骸が浮いた汁をすする、気味の悪い音だけだ。ずず。ずずずず。ずずずず。

もっとも嫌だったのは、脂身だ。直子も姉も肉の脂身が嫌いで、皿に残してしまう。それを叱るときの父親には熱意がない。自分が食べたいからだ。人が残した脂身を、目を細めてくちゃくちゃと嚙む姿は、人間じゃない別の種類の生き物のようだった。

何も食べなくなった直子を、無理なダイエットをしていると思ったらしい両親は叱り、父親からは、食べ終えるまではテーブルを離れるな、と小学生に対するような命令が下された。

直子は鼻を閉じ、頭の中を空にして、無理やり食べ物を吞みこんだ。苦手だったピーマンを食べるときと同じ要領で。そのときにはすべての食べ物がピーマンだった。後でこっそり二階のトイレで吐いた。吐けなかったときには下剤を使った。体の中に食べ物が入っている。それがとても不浄なことに思えてならなかった。

一学期の終わりには、四十九キロあった体重が、四十キロを切った。中三の女の子なのにあばら骨が浮き出るようになった。中一から始まっていた生理も止まった。どこかで「摂食障害」という言葉を聞きつけてきた母親に、医者へ連れて行かれた。毎回、ごく短時間のカウンセリングと、大量の薬を受け取った。

拒食は夏休みにぴたりと止まった。治療になるのでは、と母方の祖父母の家で過ごしたのがきっかけになった。祖父母のところは農家で、家畜も飼っていた。豚や鶏の世話をしながら、豚肉も鶏肉もおいしそうに食べる二人を見ているうちに、あれほど嫌だった肉が喉を通るようになった。正体は知ってしまったほうが怖くない。

だが、摂食障害が終わったわけではなかった。今度は歯止めが利かなくなった。まるでそれまでの数カ月を取り戻すかのように過食に転じてしまったのだ。「よく食べるようになった」祖父母はのん気に喜んでいたが、まともな量じゃなかった。「俺も若い頃は、味噌だけをおかずにして、米を一升食ったことがあるよ」一升飯を食う女子中学生が誕生した。

拒食症と過食症。行動はまったく逆だが、じつはひとつの根を持つ同じ病気なのだ。心の中に巣くってしまった制御不能の魔物が気まぐれに、脳の食欲スイッチをオンにするかオフにするかの違いだけ。なぜそうなるのかは、医学書を読んでも、医者に説明されても、さっぱりわからない。自分でもわからないことを、患者になったこともない他人に説明されても困る。

専業主婦のお母さんは、子どもべったりにならず、働きに出た方がむしろいい場合がある。医者からのそんな言葉を信じて、二学期からは母親がパート仕事を始めたから、誰もいない家で、一人、ひたすら食べまくった。アメリカンショートヘアが欲しくて貯めていたおこづかいをすべてお菓子に使った。お金がなくなると、冷蔵庫や食品棚の中のものを気づかれないように少しずつ食べた。七人の小人の食事をつまむ白雪姫みたいに。どれとどれを食べればバレないか、巧妙に計算するために毎日ノートもつけた。

いくら食べても体重はさほど変わらなかった。その頃には吐く技術が格段に進歩していたからだ。胃の中に半分を残し、半分だけ消す、そのくらいは朝飯前だった。だから、過食が母親にバレたのは、うっかりお歳暮のボンレスハムをまるごと消してしまった、冬休みになってからだ。

過食症は高校一年の秋まで続いた。海外留学をしていた姉が、向こうで知り合ったカナダ人と結婚するのしないのという騒ぎが一家に持ち上がると、直子の過食は顧みられなくなった。それが終了の契機だったと思う。

気づかれないように細心の注意を払っているつもりで、本当は誰かに気づいて欲しかったのかもしれない。誰も聞いていなければ、心の悲鳴をあげる必要はない。

四葉のクローバーばかりで埋めつくされたトイレマットに吐瀉物がこぼれていないことを確かめてから、便器の縁をトイレットペーパーで手早く拭き、換気扇を回し、消臭剤をスプレーした。かつて同じことをどれくらい繰り返しただろう。

もう遠い昔のことだと思っていた。思っていたのに。思春期特有の病気。大人になるまでの試練。医者はそう言っていた。実際、その後は何ごともなかったように、どんなものもふつうに食べてきた。苦手だったピーマンもいまでは好きだ。

どうしていまここで？

二

駅前のスーパーマーケットは二十四時間営業で、直子が独りで住んでいた私鉄沿線の街の小さなスーパーよりはるかに広くて、品数も豊富だ。

仕事の帰りにここへ寄って買い物をするのが、このところの日課だった。時刻は午後六時すぎ。直子が勤めている社団法人は、もともと残業が少ない職場だが、結婚したとたん、上司がきっかり定時に帰してくれるようになった。女は家庭が第一と言われているようで、ちょっと癪《しゃく》にさわるけど、早い時間に買い物ができるのはありがたい。

この時間のスーパーは人が多くて誰もが忙しげなのだけれど、なぜか直子は心が落ち着く。職場と家、オンとオフのスイッチが切り替わる気がするのだ。

二階の野菜売場で大根とじゃがいもをカゴに入れた。練製品のコーナーではちくわやこんにゃく、その他もろもろ。今夜のメニューはおでんだ。もうすぐタイムセールが始まるはずの卵は後で買うことにして、一階へ降り、牛乳1リットルパック、バター、チーズ、四枚切りの食パンふた袋。

タイムセールの開始予想時間まであと十分。時間潰しに三階へ行き、ホールトマトや桃や洋梨の缶詰を買う。スナック菓子コーナーでは、うす塩煎餅、チョコビスケット。お菓子は好きだ。初めて見るパッケージにはつい手が伸びてしまう。いちごジャムのパイと棒チョコとわらび餅。

途中でカゴがいっぱいになり、二つめのカゴを取ってきてカートに載せた。

えびせん、バーベキュー味のポテトチップス、キャラメルコーン、チョコチップクッキー、ひとくちカステラ、じゃがいもスティック、かぶき揚げ、かきピー、アーモンドチョコ、レーズンサンド。

二人暮らしのために買った大きな土鍋に水を張り、昆布を敷く。最初に入れるのは、面取りと下煮をしてある大根。それから卵とこんにゃく、がんもどき。しばらく煮てから、ちくわぶ、さつま揚げ、ちくわ、餅入り巾着、イカ巻き、つみれ。越朗は今日も残業。これは直子一人のための夕食だ。

旅行から帰って三週間経つが、越朗が家で夕食をとるのは、休日もふくめて数えるほどしかなかった。最初は、新婚の夫に遅くまで残業を命じる会社に腹を立て、そのうちに、それを苦にしていない様子の越朗が腹立たしくなったが、三週目ともなると、一人の夕食にすっかり慣れた。結婚前に戻っただけだ。

好きなものを好きなように食べられるのが、ありがたいことだと改めて知った。気心が知れているとはいっても越朗と向かい合わせだと、大口は開けられないし、がつがつ食べるのも気が引ける。おちおちげっぷもできない。

くつくつと音を立てている鍋をダイニングテーブルの卓上コンロに移す。指にお箸をはさんで両手を合わせ、お鍋に「いただきます」と声をかけた。

最初は大根だ。お醬油の色に染まった半円の大根をさらに二つに割って、かぶりつく。口の中でほふほふと転がす。うん、じっくり煮こんだから、だしがよく染みている。

はんぺんは煮すぎないうちに食べないと。これも大口でぱくり。

一杯目のご飯は大根をおかずにして食べた。醬油だしがたっぷり染みこんだ大根をご飯の上でちょんちょんと踊らせる。焼肉のタレ載せご飯より、こっちのほうがよっぽどいいと思う。

昼間は何も食べていないから、箸が進む。職場には空のお弁当箱を持っていき、ビルの屋上で昼休みが終わるのをやりすごした。

二杯目はちくわと卵で。三杯目はちくわぶ。炭水化物をおかずに炭水化物を食べるのは、なぜか背徳な気分。越朗のより小ぶりな夫婦《めおと》茶碗の小ささがもどかしい。お米は三合炊いてあったのだが、鍋が片づく前に炊飯器が空になった。

おでんだけを食べているうちに、お腹が苦しくなってきた。でも、人間の満腹感というのはただの脳からの信号だから、胃袋がいっぱいになったわけじゃない。まだまだ入ることを直子は知っている。ジーンズのボタンをはずした。それでも苦しい。そうか、どうせ越朗は遅くまで帰ってこないんだから、パジャマにしているスウェットパンツに穿き替えよう。

ウエストサイズや体重のことは心配していない。胃袋が一時預かり所であることも、直子はよく心得ていた。

鍋を空にしてから、トイレに立つ。クローバー柄のマットにひざまずき、便器に突っこむように顔を近づける。ついいましがたまでおでんだったものを、体から解き放った。

凄い量だ。トイレが詰まらないように、半分吐いたところで流す。そしてまた喉の奥に指を差し入れた。吐きながら、心が安らかになる呪文を唱える。だいじょうぶ、これでだいじょうぶ。私には何カ月もろくに食事を摂らずに生きてきた経験がある。食べなくても生きていける体を持っているのだ。

十一時を回ったが、越朗はまだ帰ってこない。今日も終電かもしれない。だとしたら帰りは午前一時だ。引っ越しのおかげで直子の通勤時間は短くなったが、越朗は会社までの道のりが遠くなってしまったのだ。昨日は先に寝てしまったから、今日は起きていようと思って、直子は見たくもないテレビを眺めている。ポテトチップスのお徳用袋を手にして。ひと袋がたちまちなくなった。座卓にこぼれた粉をていねいに拾い、袋を小さく小さく丸め、生ゴミ用のダストボックスの底に突っこむ。プロの犯罪者みたいに証拠を残さないことが、直子の習い性になっていた。

次はかきピー。塩味のきいたピーナツをかじりながら思う。お酒が飲めたらいいのに、と。お姉ちゃんもお兄ちゃんもふつうに飲めるのに、直子だけ父親に似て、アルコールはまったくだめだ。

かきピーがなくなると、冷蔵庫を開けた。料理をがんばるつもりだったから、新しい冷蔵庫は大型だ。直子の背丈より二十センチは高い。使いはじめた頃には、空き倉庫みたいにがらんとしていたのに、いまではぎっしり食材が詰まっている。牛乳やビールを取り出すときにしか開けない越朗は、何をいつ使っているか知りもしないだろう。

結局、吐き出してしまうくせに、冷蔵庫が隙間なく埋まっていると安心する。この食べものたちが、自分の体の中の隙間も埋めてくれるのだから。

チーズを食べようかな。短時間でお腹をふくらますことができる。箱チーズの包装フィルムをチョコレートの銀紙みたいに剝いて、そのままかぶりついた。もしいまの自分の姿を鏡に映されでもしたら、正視することは絶対にできないだろう。

チーズの臭いのげっぷを吐き出して、直子は背の高い冷蔵庫に抱きつくようにもたれかかる。けっして裏切らない恋人にそうするように。押し当てた頰の冷たさに気づくまで。

誰かこれに鍵をかけてくれればいいのに。

ココットを買ったのは、越朗から指輪をもらった翌日だ。トマト色をした楕円形の大きな厚手鍋。たまたま入った輸入雑貨の店でひと目で気に入って、衝動買いしてしまった。

買ったのはいいけれど、二人の食卓には大きすぎるし重いし、まだ一度も使ってはいない。

ココットでグラタンをつくってみようと思い立ったのは、越朗が「どうしても参加しなくちゃいけないゴルフコンペ」に出かけた土曜日だ。具は玉ねぎとマッシュルームだけ。味の単調さがグラタンの良さだ。よけいな食材がないほうが直子は好きだった。

玉ねぎまるまる二個分を炒めてから、バターを溶かし、小麦粉を加え、牛乳1リットルを少しずつ注いでホワイトソースをつくる。マカロニは六人分の量。別にお腹が空いているわけじゃない。直子は夕刻前の早めの時間からジンジャエールをちびちび飲みながら、のんびり、ゆっくりと下ごしらえをした。レンジからチーズが焦げる匂いがしてきたのは、午後七時すぎ。

うん、外はかりかり、中はねっとり柔らかい。いい感じだ。レンジにぎりぎり入るサイズのココットいっぱいのグラタンを、半分平らげたところでスウェットパンツの紐をゆるめた。このごろ、トイレに立つ前に嘔吐感に襲われることが多くなった。今日はここで一度、吐いておいたほうがいいかもしれない。

トイレのドアノブに手をかけたときだ。玄関のチャイムが鳴った。

え？

チェーンをかけたまま薄く開いたドアの向こうに、ゴルフバッグを担いだ越朗が立っていた。直子の顔を見下ろして、部活帰りの中学生みたいな声をあげる。

「腹減った。何か食べるものある？」

「電話してくれればよかったのに」

「ごめん。携帯、うちに忘れちゃってさ。課長の車に乗せてもらってたし」

「夕飯、食べてくるって言ってなかったっけ」

吐き気をこらえてふくらませた頰から声を絞り出す。お相撲さんみたいなしわがれ声になってしまった。

「そうなんだよ。でも、お得意さんが、今日はもう帰るって言い出して。たぶんスコアがめちゃくちゃだったから、ヘソを曲げたんだな」

直子より先に大股でダイニングへ向かった越朗が声をあげた。

「おっ、グラタンだ。量、すごくない？」

これでも半分に減っているのだけれど。みだらな秘め事を見られた気分だった。言いわけの言葉も、隠した羞恥にかすれてしまった。

「もしかしたら夕飯いるのかもって思って、多めにつくっておいた」

「おお。俺、車の中でテレパシーを発信してたんだ。やっぱり通じたか」

「先にお風呂入る？」

ああ、トイレに行きたい。早く吐いてしまいたい。急がないとお腹の中のバターとチーズとマカロニが脂肪になっちゃう。豚の脂身みたいにべとべとと体に張りついてしまう。

「いや、ゴルフ場で入ってきた。飯を食うよ」

まるで直子に隙を与えまいとするように、いつになくすばやく着替えをすませた越朗が、冷蔵庫からいそいそと缶ビールを取り出す。

「吐きたくなったら、笑うといいよ」直子にそう言ったのは、過食症のときに通った二番目の病院のカウンセラーだった。「表情筋を活発に使えば、喉の緊張が解けるし、脳にも楽になる信号を送れるの」十七年前のその言葉を信じて、グラタンをビールのつまみにしている越朗に、表情筋をつり上げた顔を向けてみた。

「どう？」

越朗はマカロニを突き刺したフォークを馬鹿みたいに振った。

「うん、おいしい」

「ほんとに？　今日のは節約レシピだよ。鶏肉もエビも入れてないのに」

「ほんとに。おいしいものは、ちゃんとおいしいって言わないと、次にまたつくってもらえなくなるからね」

私のためのメニューだったのに。変なヒト。直子はもう一度、笑ってみた。カウンセラーの言葉は、表情が乏しくなっていた直子を立ち直らせるための方便だと思っていたのだけれど、まんざら嘘ではないかもしれない。吐き気が少しやわらいだ。

□

月曜の朝、越朗が起き出してくる前に食べてしまった、バターをたっぷり塗った四枚の食パンを、いつ吐こうか考えながら食器を洗っていると、ネクタイを結んでいる途中の越朗が寝室から顔を出した。

「そういえば、今週、だいじょうぶそうだよ」

「今週？　なんだっけ」

「土曜日。お義父《とう》さんの三回忌。休日出勤はなんとか回避する」

「越くんはいいよ、って言ったじゃない。お兄ちゃんも来れないみたいだし」

「そうはいかないよ。式のとき、お義母《かあ》さんに、行きますって約束したんだ」

父親が死んだのは、一昨年の秋だ。直子の実家へ挨拶に来たとき、越朗は仏壇に向かって「娘さんをください」と頭を下げた。

胃癌だった。病院食にも文句をつけ、日記に書きこんでいた。指が動かなくなるまで。

小柄な人だと思っていたのに、焼き場から出てきた父親は、骨壺に入りきらないぐらいの骨になった。「昔の人はたいていそうです。骨太な方だったのですね」斎場の人はそう言っていた。たぶん魚のだし汁のおかげだろう。

# 円

お寺での供養が終わった後の食事は、「お父さんが好きだったから」という母のひと言で中華料理になった。前菜にくらげや蒸し鶏が出てくる、昔ながらの定番タイプの店だ。結局、九州に単身赴任している兄も義姉や甥とともに出席することになり、回転台付きの円形テーブルを囲んだのは七人。越朗は姉や兄にかいがいしくお酌をしている。

「直子、ちゃんと嫁やってます？」

姉にお酌を返された越朗が答える。

「ええ、そりゃあもう」

お姉ちゃんに言われたくはない。カナダ人と結婚した姉は、結局、五年前に離婚し、日本へ戻ってきた。

母はお店の人に八人分の皿を頼んでいた。父親のための偲《しの》び膳。料理が運ばれてくるたびに、たっぷりの量を取り分けて、自分のすぐ隣に皿を置く。

チンゲン菜としいたけのオイスター炒め。春巻き。海老チリ。直子は出される料理を流れ作業のように口に運んでいる。このところ、何を食べても、ろくに味がしないのだ。吐き気を抑えるためにさっきトイレで胃薬を飲んでおいた。

豚の角煮が出てくると、母は父親の皿に大きな塊を二つも入れて、ぽつりと呟いた。

「これ、好きだったよね、お父さん」

自分の皿の小さな肉片から脂身をこそげ取って偲び膳に加える。もう母のテーブルの前は、下げられない取り皿でいっぱいだ。

「あ、わたしもあげよ」

姉も脂身を小皿に取り分け、回転台をまわして、母の元に送りつける。かつての直子の家では日常風景だったが、越朗や義姉の前では気恥ずかしい。六歳の甥も便乗していた。

「ぼくもジージにあげる」

てらてらと生白く光る脂身が盛られた皿に目を走らせた母がまた、誰にともなく呟く。

「食べさせてあげたいねぇ」

あの度の強いぐりぐり眼鏡をかけた雪だるまみたいな人のことを、死んだ後まで、こんなふうに思えるのはなぜだろう。夫婦ってわからない。

「越朗さんは、脂身だいじょうぶなの」

母がいまそう言うと、お前も脂身を差し出せと催促しているみたいに聞こえる。

「ええ、僕は好きです」

「うちは直子も実子《のりこ》も駄目でねぇ。お肉の料理のときは、いつも残しちゃうの。うちの人がそれを全部食べてね」

「子どもの頃の話じゃない。わたしはとっくに平気だよ、お姉ちゃんと違ってね」

直子は脂身を口に放りこんでみせた。本当のことを言えば、いまでも好んで食べたいものじゃない。食べ物の味を感じられなくなっているのが幸いだった。手早く嚙み砕いて、ぐにゅぐにゅと歯にまとわりつく感触を消す。お寺での読経の続きみたいな母の声が、円卓の上をさまよっていた。

「俺がうまそうに食べれば、あいつらも食べられるようになるんじゃないか、なんて言って。まぁ、自分が好きだったこともあるんでしょうけど、食べ物を残すのがほんとうに嫌いな人だったの。終戦直後にすぐ上のお兄さんを栄養失調で亡くしていたからじゃないかしらね」

そんな話、初めて聞いた。喉が詰まって、脂身のかけらが舌の奥にへばりついてしまった。むりやり呑みこんだら、それを押し戻そうとするように、吐き気がこみあげてきた。

「ちょっとごめん」

口を押えて立ち上がった直子を母の視線が追いかけてくる。

「もしかして」

丸めた背筋が伸びるかと思った。母親というのは鋭いものだ。

「つわり?」

鋭いようで鈍い。十六年前までのことをすっかり忘れている。

「まだ早いんじゃないの」

姉の一人娘はカナダにいる。共同親権だから、日本には連れて帰れないのだ。

「でも、実子ができた時も、すぐに始まったのよ。あなたの時はほんとにもう、つわりが早いし重いし」

「はいはい。すいませんね、面倒かけっぱなしで。生まれる前から。大人になっても」

母と姉ののんきな会話に背を向けて、急ぎ足で部屋を出る。

お店のトイレに駆けこんだ。便器にかがみこんで力む。どうしたんだろう。量を食べていないせいか、自分の家のトイレではないためか、うまく吐けない。あきらめて、もう一服薬をのむことにした。

洗面台で胃薬を口に含み、手ですくった水といっしょに流しこむ。ドアに向けて歩きだした瞬間、胃が不吉な痙攣をした。直子は棒立ちになる。トイレにも洗面台にも戻る間もなく、逆流してきたすべてを床にぶちまけてしまった。服を汚さないようにするのがせいいっぱいだった。

男女兼用のトイレだ。いつ誰が入ってくるかわからない。口を拭うより先に、ペーパータオルを引き出して、吐瀉物をすくい取る。しゃがみこんだ背中に声が飛んできた。

「だいじょうぶか」

越朗の声だ。

「平気。閉めて」

自分の吐瀉物を見られるのは、丸裸で足を開くより恥ずかしかった。この酷い臭いを越朗に嗅がれたかと思うと、体を消し去りたくなった。だが、越朗は素直に人の言うことを聞く男じゃない。

「平気じゃないだろ」

「やめて。汚いから。自分でやるから」

「水臭いことというなよ。一緒に風呂に入ってる仲じゃないか。俺なんか、流し忘れたウンコまで見られてるんだから」

個室に体を突っこんだ越朗が、ホルダーからトイレットペーパーを引き抜く。バージンロードを敷くみたいに芯のほうを放り投げ、床の上をころがす。何度か繰り返して、トイレットペーパーを床に敷きつめた。おそろしく手ぎわがいい。

「よくあることさ。飲み会で慣れてる。介抱するのもされるのも」

二人で懸命にトイレの床を拭く。越朗が、結婚式の司会者の口調で言った。

「二人の最初の共同作業です」

「馬鹿」

四

越朗まですっかりその気になっているようだったから、医者に行くしかなかった。

直子は次の土曜の朝、駅向こうの産婦人科へ出かけた。インターネットで調べた女医さんがやっている個人病院。もちろん結果は、陰性。「吐き気が続くようなら胃の検査をしましょう」「薬は出さないでおきます。少し様子をみましょう」とても親切なお医者さんだったから、摂食障害のことを告白しようかと、最後まで悩んだ。

昼近くに戻ったマンションのドアはいつになく重かった。

開けたとたん、炒め物の匂いがした。キッチンに直子のエプロンを窮屈そうにつけた越朗が立ち、オーブントースターの上に置いたノートパソコンを真剣なまなざしで見つめていた。

「何してるの」

「昼飯つくろうかと思って」

パソコンの画面には、きのことほうれん草のパスタの写真とレシピが浮かんでいた。越朗が握ったフライパンでは、見本とは似ても似つかない怪しげな物体が、焦がしすぎの匂いを放っている。

「ごめん。違ってた。陰性」

「ああ、やっぱり」驚いた様子はなかった。避妊はしている。母や姉に比べたら、越朗は半信半疑だったろう。「謝ることじゃないじゃない」

「そうだけど、ごめん」他のこともいろいろと。

怪しげなパスタをおそるおそるダイニングテーブルに並べて、越朗が訊いてくる。

「どう、味は」

「……うん」

越朗がつくってくれた初めての料理は、残念ながら、このところの直子の常で、ぜんぜん味がしなかった。だけど、三種のきのこがどれも見事に焼け焦げていて、ほうれん草は茹ですぎのうえに赤い根っこがついたままだったから、おいしくないことは見ただけでわかった。

「うん、じゃなくて。正直に言ってよ。そうしないと、この先一生、こいつを食うことになるよ」

確かにそうだ。それだけはかんべんして欲しい。お言葉に甘えて、正直に言った。

「うん、まずい」

「やっぱりかぁ。俺もそう思う。きっと料理のセンスが決定的に欠如してるんだな。でもさ」

越朗が直子の目を捉える。

「でも？」

「食った以上、吐くなよ」

力なくパスタを巻いていたフォークが止まった。息も止まってしまった。越朗を見返したが、目は合わせられなくて、越朗がコンタクトをしていないときだけかける眼鏡のブリッジを見つめた。

「知ってたの」

「あの日、お義姉《ねえ》さんから聞いた。いや、その前からなんとなく。俺、確かに鈍感だけど、冷蔵庫の中とか、戸棚の中のお菓子の袋を見れば、さすがに、おや、とは思うよ。最初は子ども向けのチャリティーに参加するつもりなのかと思ってた」

顔をあげられなくなった。軸がちゃんと切られていないしいたけをずっと眺めていた。人がものを食べることは、美しくはない。醜くもない。ただ毎日そこにある行為だ。越朗の料理は、まずいけれど、嬉しかった。

「ごめんね」謝ることも説明すべきこともいろいろあるはずだけど、それ以外に何の言葉も見つからなかった。

「俺のほうこそ。直子の症状が、その、つまり、俺のせいだったら、言ってくれ。直子は何でも自分でためこんじゃうから。俺も言う。たとえばほら、直子が前に、俺たちのこと、磁石みたいに相性がいいね、って言ってただろ。あれ、ちょっと違うなって、俺、ずっと思ってて、いつか言おうと思ったままずるずると」

「わたしたち、じつは相性が良くないってこと？」

「そうじゃなくて。磁石がくっつき合うのは、S極とN極だからなんだよ。似た者同士なんかじゃない」

ようやく越朗の目を見返せた。結婚式のとき「イケメンじゃないの」と友だちに羨ましがられた大粒のくっきり二重《ふたえ》が、分厚いレンズでしじみ貝みたいに小さくなっている目だ。

「なんか深い話だね」

今度は越朗が目を伏せた。

「いや、いちおう理系だから、訂正しようと思っただけ」

「ちゃんと病院に行くよ。でも、吐くのをやめて食べ続けてたら、わたし、ぶくぶくになっちゃうかも」

「ぶくぶく、上等。太った直子も、きっと俺、好きだよ」

「百キロあっても？」

越朗が宙を見つめる。熟考のポーズ。真剣に考えてくれなくてもいいんだけど。

「……八十までかな。俺も直子のことは言えない。この一カ月で三キロ太った。会社じゃ幸せ太り、ってからかわれてる」

「……百二十までかな」

「おお、スーパーヘビー級だ」

「頼みがあるの」

「オーケー」

まだ何も言ってないよ。

「料理はつくらなくていいから、材料は越くんが買ってきて。わたし、スーパーに行くと絶対に歯止めが利かなくなるから」

「イェッサー。あそこ二十四時間営業だもんな。刺身とかも前の日に買っていいの？」

お刺身は直子の好物だ。これからは越朗の好きな肉をもう少し食べさせてあげよう。スーパーへビーにならない程度に。

「大きなサクのやつなら、すぐにチルド室に入れれば平気」

自分のつくったパスタにしかめつらをしていた越朗が、しじみの目を直子へ向けてくる。けっこう真剣なまなざしだ。

「こっちも、ひとつ頼みがある」

「何？」

「このパスタに、ケチャップかけてもいい？」

だいじょうぶ。わたしは治る。すぐにかどうかはわからないけれど。昔と違って、いまは一人ぼっちじゃないから。

直子はパスタをつるりと呑みこむ。味がしないのは直子の体のせいというよりきっと、越朗が茹でるときに塩を入れ忘れているからだ。足りない塩味を足すように、お皿に涙が落ちた。

# アナザーフェイス

1

外回りから戻ってきたヤマザキが、デスクに座っていた僕に横目を走らせたかと思うと、「えっ」と声をあげて立ちすくんだ。

クライアントへの返信メールの「ありがとうございます」につける「！」マークをひとつにするか、ふたつにするかで悩んでいた僕は、パソコンから顔を引きはがす。

「なにさ」

ヤマザキがくっきり筋ができるほど首を伸ばして、眼鏡のブリッジを押しあげる。

電柱の匂いを嗅ぐ犬の表情だ。

「ずいぶん早いな、浅川《あさかわ》」

「早い？」

「ワープか。さっき地下鉄のホームにいただろ」

「地下鉄？」

「うん、銀座線。新橋駅」

「いや、ここにいたよ」

何を言っているんだ、という表情をつくってヤマザキを見返すと、むこうも隠すなよ、という目を向けてきた。

「声かけたら、背中向けてスルーされたから、ああ、そうか、聞こえないふりか、話しかけられたくないのかって思って。あ、別に俺、気にしてないけど」

まぁ確かに、同期で隣の部署ってだけで、ヤマザキとはとくに親しいわけでもなく、話題は僕には興味のないスマホゲームと仕事の愚痴ばっかりで、楽しい話し相手ではないのだが、外で会って知らないふりをするほど僕はコミュ障じゃない。

「俺のこと、避けてる？」

「いやいや、だから、午後は会社で仕事してたから。ねぇ、ニシノ」

隣のデスクのニシノに助けを求めた。黒のロングヘアをバレッタでとめた頭が頷く。

「ええ、仕事というか、プライベートのSNSが忙しかったみたいですけど」

「それは言わないで」毎日睡眠時間を削って働いているんだ。少しぐらいいいじゃない。

ヤマザキはまだ納得がいかない表情だ。

「でも、確かにお前だったんだけど。浅川って、双子の兄弟いる?」

「いない。ひとりっ子。他人の空似ってやつだろ」

ニシノがあいづちを打つ。

「そういえば、自分にそっくりな人間って、この世に三人いるって言いますもんね」

ニシノのおかげで笑い話ですみそうだったのに、ヤマザキはしつこかった。

「にしても、似すぎ。スーツだって黒だったし、眼鏡はフレームの太ぉい角縁。髪もおとなしめのレイヤーで……」

「お前もいっしょじゃん」

僕が言うと、ヤマザキが軽めレイヤーヘアを指でつまんだ。

「あ、そういやぁ、そうだ」

サラリーマン、二十代男のファッションはいつも、モテたい欲と、出世欲のはざまで揺れる。人よりちょっと個性的だと誰もが思っている格好が、じつはいちばん平均的だったりするのだ。

「浅川さんっぽい感じの人、けっこう多いですよ」

フォローのつもりらしいニシノの言葉に、僕は少なからず傷つく。ヤマザキの「だよなぁ」というリアクションにも。

「でも、ほんとに似てたんだよ。てゆうか、うりふたつ」

ヤマザキは自分のデスクに戻りながら、なおもぐずぐず呟き続け、もう一度僕を振り返った。いまほんとのことを言えば許してやるよ、という眼差し。よほどその誰かが僕に似ていたらしい。

いるもんなんだな。自分に似ている人間。会ってみたいような、みたくないような。だけど、もし会ったらきっと思うだろう。なんだよ全然違う。俺のほうがかっこいいじゃん、って。

## 2

その日もいつものようにエンドレスで残業し、午後十一時をすぎてようやく帰りの電車に乗った。一人分だけ空いていたシートに体を潜りこませ、バッグからスマホを取り出す。行き帰りの電車の中は、数少ない貴重なプライベートタイムだ。まずはフェイスブックに投稿。

『仕事終了。本日のWorkは次の通り。AM／クライアントへ提出する資料作成。得意先回り（新規開拓のトライ二件。残念ながら空振り）。PM／見積書作成。事務処理。N／クライアントへの提案書を作成（プリント5枚）。ああ、体が二つ欲しい』

先月、課長にむりやり友達申請をさせられてしまったから、めったなことは書けない。といって仕事のことにまったく触れないとサボっていると思われるし、課長を避けていると疑われる（ま、避けているのだけれど）から、多少は書かざるを得ない。本音っぽくじつはごく無難に。いまやフェイスブックはただの業務日誌だ。

他人の投稿に反応するのも、私的な営業のようなもの。読んだコメントすべてに「いいね！」を押す。「いいね」とは思わなくても、押す。コメントもこまめに書く。「大変ですね。僕なんかまだまだ」「行ってみた〜い。羨ましい」「○○さん、さすがだなぁ」。そうすれば、こちらの投稿にも「いいね！」やコメントを寄こしてくれる確率が高くなる。これがひととおり終わる頃には、乗り換え駅に到着する。

いくらか本音を吐けるのは、本名を明かさずにやっているツイッターだ。私鉄に乗り換えてさっそく呟く。

『やれやれ仕事、終了っ。糞上司がいつまでも帰らないから、今日もサービス残業。

うちはブラックかもしれないと、ふと思う今日この頃。軽く飲みに行こうかな。いまからだと、ソルティードッグがうまい店がいいね。ウォッカ系のカクテルは手っとり早く酔えるから、残業疲れの酒飲みにはありがたい』

打ち終わったとたん、大きなくしゃみが出た。

ぶるりと体を震わせて思う。誰かが僕の噂をしているのかな。してないか。ただの夏風邪だ。先週から鼻水が止まらないのだ。医者に行く暇がなくて市販の風邪薬でごまかしてる。

ソルティードッグのうまい店というのは、あくまでもツイッター上の発言。架空の店だ。本当の僕が知っているのはハイボールの安い店だけ。

毎晩遅くまで残業させるくせに、朝は始業時間の三十分前に出社するのが会社の不文律だ。おまけに僕は狭いワンルームじゃない部屋に住むリア充をフェイスブックに載せたいってだけの理由で、半年前に職場から一時間以上かかる街に引っ越したばかり。

平日の僕にまともな睡眠時間なんてない。じつはまっすぐ家に帰って、さっさと寝るつもりなのだけれど、せめてツイッターにはこう書いておかないと、自分がかわいそうだ。心のクールダウン。フェイスブックの公的な〈Ｓｈｉｎｉｃｈｉ　Ａｓａｋ awa〉ではなく、ハンドルネーム〈ももきち〉の気持ちなのだから、好きなように書ける。どうせフォロワー少ないし。

最寄り駅に着き、何度チェックしてもリアクションのないスマホをまた取り出して、着信に気づいた。LINEではなく通常のメールだ。表示されている名前を見てもすぐに相手がわからなかった。なにしろアドレス帳には二百人近い名前が入っている。

『Re：ごめん。今回はパス』

大学時代の同級生だった。Reって。いったいいつのメールだよ。何カ月か前、飲みに誘われたのだが、断った。その時の僕の件名。連絡が来たのは夜遅くで、どうせメンツが寂しくなって、じゃあ浅川でも呼ぶか、って流れの誘いに決まっているから。

『おーいお台場でナニやってたんだよ。先週見かけたぞ。まさかの女連れ。〝彼女いない歴＝年齢〟についにさよならしたかwww』

お台場？　ここ何年も行った覚えがなかった。彼女いない歴＝年齢は余計なお世話。高校時代には半年だけどガールフレンドがいた。それからずっとつきあっている女の子はいないから、反論の余地は少ないとはいえ。送り先、間違えてないか。

ふいに昼間のヤマザキの言葉を思い出した。「似てたんだよ。ていうか、うりふたつ」

僕とよく似た男が、都内をうろついている？　頬と顎を片手でつるりと撫でてみた。というより、ニシノの言うとおり僕の外見に特徴がなさすぎるのだろうか。自分でも思う。人に不細工と言われることはないが、イケメンと評されることもない、平凡な顔だちだ。身長と体重もほぼ平均値。

ほうっておこうとも考えたのだが、送り間違えではない場合、メールも返さない非常識な人間だと思われるのもシャクだ。いちおう返信しておくことにする。

件名を考えはじめたが、むこうがReなのにこっちがちゃんと考えるのは悔しいから、ReReReReにしてやった。

『お台場なんて行ってないよ。人違いじゃないの』という言葉に、前回の飲み会に行けなかったことを軽い調子でワビる文章をつけ足した。人のつながりは必要だ。たいして必要のない人間とであっても。自分がこの世に存在していることを認識し、証明するのは、自分じゃなくて他人なのだから。

やつはなんて返してくるだろう。あくまでも僕だと信じこんでいて、「またまたwww隠すなよ」だろうか。それともあっさり納得して「なんだお前もやっぱりリア充じゃないのか」かな。

むこうのリアクションに応じた返事の文面を何パターンか考えているうちに、自宅マンションに着いた。

結局、返事はなかった。

## 3

『プレゼンテーションを三回重ねて、僕の企画がようやくクライアントに通りました。難航続きでしたが、プロジェクト、いよいよ始動します』

得意先にメールを返すふりをして、フェイスブックに投稿した。「フェイスブックには一日三回は記事を載せないと友達は増えない」という記事を某ユーザーのフェイスブックで読んだことがあるからだ。ついでに昔のガールフレンドの近況をリサーチしていたら、いきなり課長の声が飛んできた。

「何やってるんだ、浅川」

ワンクリックで画面を切り換え、こういう時のための言いわけ集を頭の中から引っぱり出す。「仕事がらみでしたので」「有益な情報が手に入りそうだったので」

情報が手に入ったのは嘘じゃない。ただし有益ではなかった。彼女は最近、エスニック料理にはまっていて、「カレ」としばしば評判の店に行くことがわかっただけ。

だが、課長が怒っていたのは、別のことだった。

「サカタさんから電話で聞いた。まったく、なんてことしてくれたんだ、お前は」

サカタ。いましがたフェイスブックに書いた「クライアント」の部長の名だ。

「なんのことでしょう」

サカタ部長とはこの二週間、顔を合わせてはいない。フェイスブックによると、サカタ氏は先週いっぱい夏休みで、家族とプーケット島へ行っていた。

「お前、昨日の昼休みに、ランチ大王の弁当を買ったって？」

「はい？」

「よりによってペコペコフーズさんの本社ビルの近くで。なんでわざわざ得意先の目の前でランチ大王なんか買うかなぁ。サカタさん、裏切られたってカンカンだったぞ」

薄毛をスキンヘッドでうやむやにしている課長の頭頂部が赤く染まっていた。こっちのやかん頭もカンカン。剣幕に驚いて、隣のニシノが頭をパソコンのモニターに退避させる。ペコペコフーズは首都圏に五十店舗を展開している弁当チェーン。ランチ大王はそのライバル社だ。

僕の会社はプラスチックの食品容器を製造販売している。僕たち営業二課の企画が通って、ペコペコ弁当に入れるタレビン（醬油入れのことだ）に、ペンギンのかたちのオリジナル製品を採用してもらえることになったばかりだ。本当のことを言うと、〝ペンちゃんタレビン〟は「僕の企画」ではなく、ニシノのアイデアなのだが、ニシノは僕のフェイスブックのコミュニティの外にいるから、問題ないのだ。

「いえ、昨日は浅草橋には行ってませんし」ペコペコフーズの本社は浅草橋にある。「僕はランチ大王なんか食いませんから」

後半は嘘だけど。はっきり言って、ペコペコ弁当は、うまくない。北海紅鮭海苔弁当は、白透明蓋（電子レンジ対応の我が社製品）を開けると、いっしょに海苔がぜんぶ剝がれる。ロースカツ弁当のカツはハムカツ並みの薄さ。独り暮らしだから弁当はよく買うが、たいていはコンビニ。弁当チェーンのものをあえて選ぶとしたら、だんぜんランチ大王だ。

「サカタさんがでたらめを言っているとでも？　そりゃあないな。あの人は仕事はできないが、嘘は下手だ」

嘘が下手だから、無能なのだ。いや、そんなことはどうでもいい。

「人違いでは？」

これで何度目だ。僕に似たタイプは多いらしい。フェイスブックやツイッターではいつも「僕らしく」「僕的には」なんてコメントしているのに。僕は軽く自信喪失中だった。

「いや、確かにお前だったそうだ。ちゃんと鼻の脇のほくろまで見たって」

思わず鼻に片手をあてがってしまった。僕の顔に特徴というべきものがあるとすれば、それは小鼻の右脇にあるスイカの種ほどのほくろだ。フェイスブックには自分の顔写真を晒しているが、ほくろが写らないように、左側の横顔にしている。

「ほんとうに行ってないんです。プレゼンが終わってからは一度も」

「いいよもう。サカタさんには、他社製品の研究をするのも仕事のうちですので、って弁解して機嫌を直してもらったから。でも、二度とやるな。もう少しで〝ペンちゃんタレビン〟の話がふいになるところだったんだぞ」

「でも、僕はやってません」

僕に似た誰かが、サカタさんの思いこみでなければ、ほくろの位置まで似ている男が、僕を知る人々の周辺を徘徊している。そう考えるだけでいい気分はしなかった。この世には自分に似た人間が三人いるなんて、もう笑い話ではすまない。なにしろこうして実害まで被《こうむ》ろうとしているのだ。

「言いわけは聞きたくない」

「証拠があります」

見せるしかなかった。スマホを取り出して画面をタップする。呼び出したのは、自分のブログだ。

「昨日の僕の昼飯は、京橋『三文銭《さんもんせん》』の冷しタンタン麺です」

ブログにアップした記事と写真を見せる。訪問日時は昨日のAM11：50。

「日付はほんとに昨日なのか？」

「もちろん。コメントもちゃんともらってますし。ほら、『いいね！』が二つ。冷しタンタン麺は『三文銭』の昨日からの新メニューです」

課長は証拠写真より、僕のブログに興味しんしんの様子だった。四十近い年齢だが、部下のフェイスブックへ友達申請をねだったり、業務連絡にLINEを使ったり、SNSを使いこなすのが、これからのデキる上司、と思いこんでいる人だ。ブログも始める気かも。

「なるほどな」

「わかってもらえました？」

「うん。よくわかった。なるほど、お前は十二時前に昼飯を食いに行ってたわけね。外回りの時でも昼休憩は十二時から一時まで。うちはそういう決まりだよな」

「あ、いや、その……」

「しかも、勤務中にブログやってたってわけだ」

結局、怒られた。

外回りの時の昼飯なんて、日によっては立ち食いそばで三分。公園のベンチで菓子パン一個なんてことも多い。十分早かったぐらいなんだって言うんだ。朝から夜まで働いて、成果は弁当の中の醬油入れ。ああ、こんな会社、もう辞めたい。

仕事中のプライベートのＳＮＳがどれだけ会社を毒しているか、自分だってやってるくせに、奥のデスクの営業本部長に届く声で延々と続く課長の説教を、右から左へ聞き流しながら考えていた。僕はこんなもんじゃない。本当の僕は、こんなところには、いないのだ。

4

食べ物ブログを始めてから、もう三年が経つ。僕の最大にして最良の発信の場だ。

僕に趣味らしい趣味があるとすれば、それは食べ歩きぐらいのもの。学生時代には金がなくて、せっかく東京へ出てきたのにグルメ情報は見るだけ、読むだけ。カップ麺ばかりすって暮らしていたけれど、就職してからは、それなりの店に行けるようになった。クルマやブランド品には興味がないし、彼女いない歴はふた桁台に突入。月々の自由になる金の多くは外食に費やしている。

めあての店へ行く時は、たいてい一人だ。友だちがいないわけじゃないけれど、好きなものを妥協なく食べるには、連れがいない方がいいのだ。ここ数年はラーメンにはまっている。

そのうちに誰かに教えたくなった。うまい店やメニューではなく、自分のB級グルメに対する知識を。情熱を。費やした少なくない金額を。

金にあかしたおっさんグルメブログには勝ち目がないから、内容はラーメンだけに特化した。タイトルは『タマゴボーロのラーメン見聞録』。

ブログを始めた当初は、アクセスがまるでなくて、日記をつけているのと変わりがなかったのだが、ブログは日々の積み重ね。二年目から少しずつアクセスが増えはじめた。誰かが読んでくれている、そう思うだけでやる気は増す。週末を中心にこの一年で二百食は食べた。

就活に失敗してしかたなく入った会社の仕事はつまらない。ブログを書いている時の自分こそが、本当の自分だと僕は思っている。いつかプロのブロガーになれたら、なんて淡い夢を抱いている。

だから、僕の外回りのスケジュールは、じつはラーメン店への訪問スケジュールだったりする。得意先に一人で行く時のアポイントは、たいてい昼前に取る。飛び込み営業と称して、荻窪や巣鴨へ通っているのは、じつは新しい店にチャレンジするためだ。コンビニやチェーン店の格安弁当や立ち食いそばの昼飯も、浮いた金をラーメン店巡りに費やせると思えば、苦にはならない。

いくらがんばっても平日に訪問する回数には限界があるから、集中して店を訪れるのはどうしても土日になる。「良いブログには決め言葉が必要」某ブログに書いてあった「アクセス数を飛躍的に増やす法則」に従って、『というわけで、完食！！』というのを決め言葉にしているのだが、実際は、無理なはしごに僕の小食の胃袋がついていけず、残してしまうことも多い。

正直、いまではブログのためにラーメンを食っているようなものだ。本当はたまには焼き肉を食べたい。ラーメン店巡りをしない平日には、カロリーに気を使って、なるべくかけ蕎麦を食べるようにしている。

日曜の今日も、遅い朝飯、昼、夜。すべてラーメン。焦がしネギ＆魚介系スープの匂いのゲップをしながら、寸評と採点を書きこんでいる。会社じゃおおっぴらに吸えない煙草をくわえながら。

『というわけで、完食！！　動物系スープでなく、あえて煮干しで勝負をしているところに店主の気合いを感じた。こういう店があるから、ラーメン食いはやめられない。

ラーメンLOVE！』

ああ、和牛カルビ食いたい。コメが恋しい。夜ぐらい定食屋にしておけばよかった。

そういえば、このブログのこと、課長に知られてしまったんだっけ。これからは平日に更新する時は、時刻を改竄《かいざん》する必要がありそうだ。

昼のうちにアップしていた一軒目の記事にコメントがついていた。おおっ、三件も。

『麺や仁右衛門ｗｗｗあそこはもうダメだよ。。。。スープの味落ちてる。麺は海の家レベル

byラーメンマン』

なんだこいつ。アクセス数が増えると、こういうやつも多くなる。とりあえず人をけなして優越感に浸ろうとするタイプ。匿名のコメントだからだ。名前を晒すフェイスブックじゃ同じことを言う勇気もないくせに。腹立ちを押し殺して冷静に返答する。ここで下手にキレたら、炎上しかねない。

『スープの味、落ちてたんですか。初来店だったので気づきませんでした。麺は人の

好みでしょうか』

二つ目は、これ。

『管理人様　はじめまして。ワタクシもこのたびラーメンブログ始めました。昭和50年代生まれ。♂。豚骨、味噌、醤油、なんでも系です。ＴＢさせていただきました。ぜひ遊びに来てください。

ｂｙ麺喰い学園ラーメン部』

売りこみかよ。コメントがなくて焦ってるな。昔の自分のようだ。とはいえ、すべての読者を大切にするのがブログのアクセスを増やす秘訣だ。返事はこれ。

『ぜひ。語り合いましょう』

ぜったい行かない。♂だし。昭和50年代生まれっていうプロフィールの書き方からすると、たぶん生まれ年は昭和50年からせいぜい54年あたりだろう。50年代後半だったら確実に「１９８０年代生まれ」を選択する。かなりオヤジだ。まさか課長じゃないだろうな。

最後のひとつ。ハンドルネーム〈ぽんＣＨＡＮ〉。これは安心。僕のブログの常連さんだ。

『タマゴボーロさま。いつも楽しく拝見させていただいています。きのうの土曜日、

〝福助〟でお会いしてびっくり！！』

なんだこれ？　文面はこう続いていた。

『目が合って会釈したら、無言で名刺を差し出されて、w(ﾟoﾟ)w。思っていたよりお若い方なんで、w(ﾟoﾟ)ww(ﾟoﾟ)w、でした。でも、完食ひと筋な方のはずなのに、ネギもやしラーメンを半分残していかれたのは、ちょっとショック（笑）』

『福助』は僕の住む街にある、極太麵こってり豚骨系のラーメン店だ。僕のお気に入りの店のひとつ。そして確かに僕は、ブログ用の「タマゴボーロ」名義の名刺を持っている。一度、ブログ仲間のオフ会に呼ばれた時につくったのだ。だけど、『福助』はもう何度もブログに取り上げているから、ここしばらくは行っていない。アクセス数が少ないブログとはいえ、常に新しい情報をアップし続けないと読者には飽きられる。そもそも僕は、どこかの店で知らない誰かに名刺を渡したことなど、一度もない。

『えええ？　人違いですよぉ。昨日、僕は福助には行ってません（汗）』

そんなお気楽な返信をしたのだが、たった三十数文字を打ち出すのにずいぶん手間取った。僕に似た誰かだけじゃない。今度は僕の名をかたる人間まで現れたのだ。同じヤツだろうか。僕はくしゃみをし、そして背中を震わせた。

その夜遅くなって、ぽんＣＨＡＮさんから追加コメントが来た。

『ニセ者？　失礼しました。タマゴボーロさん、ラーメン好きのあいだでは、けっこう有名人だからなぁ。そういえば会ったのは暗そうでキモイやつでした。指名手配しておきましょう。そいつは、ありがちな眼鏡をかけた特徴のない髪形の二十代から三十代前半。右の鼻の脇にほくろ』

## 5

ニシノがつまんだ枝毛をより目で眺めながらぽつりと言う。

「それって、あれじゃないですかねぇ」

ここ一週間のあいだに、僕に起った妙な出来事のたいていを、ニシノは知ってしまっているから、つい、つぶやいてしまったのだ。「なんか、おかしくないか？」と。ツイッターではなく、リアルなつぶやきだ。

「あれって？」

お台場で僕を見かけたという同級生からは、その後も返信がないままだった。だから、こちらから連絡してみた。僕としては珍しく電話で。気になってしかたなくて。

仕事中だったヤツは迷惑そうな声でこう答えた。

「なに言ってんだよ。しらばっくれんなよ。確かに浅川だった。いつものバッグ持ってただろ。休みの日でも持って来る、あのだっせぇ茶色のバッグ。あれ、女と会う時には、どうかと思うよ」

茶色のバッグ。古田カバンの縦型ショルダーだ。どこへ行く時もブログを書くためのiPadを持って出る僕の愛用品。いかにもなブランドは持たない僕にしては、さりげなくこだわっていて、わりとセンスがいいって思っているのだけど。

「ほら、あれですよ」

ニシノがより目を上目づかいに変えた。黒髪の隙間から、霊柩車の屋根にとまったカラスか何かを見る目を向けてくる。

「ドッペルゲンガー」

顎だけで頷いた。

「ああ、ドッペルね」

ってなんだっけ。力の足りないあいづちがただの知ったかぶりだと見抜いたのか、ニシノが言葉を続ける。

「この世に、もう一人の自分が現れる現象です」

「うん、あれね」

まだ知ったかぶるか、という冷やかな視線とともにニシノは赤色のスマホを突き出してきた。画面に呼び出されていたのは、日々情報量が増殖するＷｉｋｉｐｅｄｉａではなく、十数行、ものの一、二分で概要がわかる記事だ。

ドッペルゲンガーというのは、ようするに『自分と同じ姿の人間を目撃してしまう現象』であるらしい。容姿が酷似している人間というレベルの話ではなく、記事をストレートに引用すれば、『もう一人の自分が出現する』のだ。第三者が見ることもあるし、本人自身が目撃することもある。世界中で目撃、報告されている現象だそうで、ドッペルゲンガーはドイツ語の「二重に歩く者」の意。中国では「離魂病」と呼ばれている。一般的には、分身は言葉を発しない。

慢性的な寝不足でぼんやりしている頭に氷柱《つらら》が刺さった気分だった。

「ちょ、ちょっと待ってくれ。それって幻影みたいなものだろ。僕の偽者は、見ず知らずの人間に名刺渡したり、女を連れてたり、明らかに行動的なんだよ」僕よりずっと。

「でも、誰も声は聞いてないんでしょ」

「ひと言も喋らずに女の子とデートってありえる？」

「無口な男が好きってコ、多いですよ。あ、手話の使い手かも。無言の愛の告白っていうのも、ロマンチックっ」

「そういうことじゃなくてさ」

そうだった。ニシノはこの手の話が好きなのだ。営業部の飲み会で突然、「死んだおばあちゃんが仏壇の前でお手玉をしてた」なんて言い出したこともあった。電車の窓からUFOを目撃したって真顔で話すし。あいにく僕は、超常現象とか、超能力とか、超過勤務とか、超のつくものは好きじゃない。

「だって、それじゃあ、ただの怪談話じゃないか。自分と同じ顔の人間が三人いる、っていう都市伝説のほうがまだ信じられる」

ニシノが眉のあいだに深いしわをつくった。

「そうかな。私には、浅川さんが三人いるほうが怖いです」

もしかしたらニシノは僕に気があるんじゃないか、なんてひそかにうぬぼれていたのだけれど、勘違いだったか。眉間のしわ、深すぎ。ちょっとショックだ。

「浅川さん、そのうち、ドッペルゲンガーに会っちゃうかも。だんだん近づいてきてません？　時系列的に見ると」

「時系列なんてどうでもいいよ」僕は不機嫌な声で答える。ニシノ、よく見るとカワイイかもな彼女にしてもいいかなぁ、と考えたことのある自分に、女として見ていないふりをしてじつは彼女とセックスをする妄想を一度か二度は、いや四、五回はしていた自分に、腹が立って。

「最初がお台場でしたっけ。で、先週の火曜が新橋で、木曜が浅草橋。近づいてるでしょ」

ニシノが思わせぶりに柑橘系のリンスの香りが鼻をくすぐる距離に顔を寄せてくる。

「ああ、まぁ」

「で、そのなんとかっていうブログのコメントだと、土曜日には、浅川さんの家の近く」

「やめろよ」ほっぺにまで鳥肌が立ったじゃないか。

「気をつけてくださいね」

ニシノは上唇だけめくりあげて、ひひっと笑った。

「な、なにを」

「もし本当にドッペルゲンガーだったら、会ったら、死にますから」

「なんで？」

「さぁ。だって、ほら、ここにも書いてあるもの。『本人がドッペルゲンガーに会うと死ぬ、と言われている』って。合理的な説明はないけれど」

「……僕は合理的な説明が欲しいな」自分の声が震えていなかったと思いたい。

「うーん、合理的かぁ」ニシノがオフィスの天井を見上げる。本人は理知的な表情をしたつもりなんだろうが、白目が怖い。「考えられるのは、なりすましですかね」

「なりすまし？」

「自分じゃない誰かにならないと本音を吐けない人、自分を特定されないとわかった時にだけ、威張ったり、ヒトの悪口を言ったりする人って、けっこういるでしょ」

ニシノの顔から目を逸らした。自分を見透かされた気がして。僕もネットの中でときどきやっていることだ。いや、ときどきじゃなくてしょっちゅう。匿名だから好きなことが言える。自分を装える。偽れる。軽い気持ちで毒を吐ける。リアルな僕を知っているヒトの前では、けっして口にできない恥ずかしいことをたくさん発信している。

「そういうの、ふつうはネットでやるものだけど、現実の世界でだって、やろうとすればできますよね。現実にはできないからネットでやる、そういう風潮が一回転しちゃって、ネットではあきたらないから、現実でやる、そういう感じで」

なるほど。一理あるような、まったくないような。

「そう、ほくろはつけぼくろかも」

なるほど。鼻につけぼくろをすれば、特徴的とは言えない僕の容姿には、本人だと思わせる絶大な効果を生むだろう。だけど——

「だけど、有名人だとか、人に憧れられる人間ならともかく、僕の真似をして何のトクがある？」

ニシノの返事は僕の自虐的な予想よりさらに速かった。

「ですよねぇ」

「なにも、そんなに素早く納得してくれなくても」

「ストーカーの可能性は？」

「僕に？」

「いや、浅川さんのことだって、誰か好きなコがいないともかぎらないし」

「だってって。でも、そいつはどう考えても男だよ」

「ボーイズラブ？」

「いやいや」たとえ僕がゲイでも、自分に似た男は好きにならないと思う。

「そうじゃないとしたら、浅川さん、誰かに恨まれてるとか？」

「それも、どうだろう」

誰からも恨まれてはいないと思う。リアルでもネットの別名の世界でも。匿名の場合は除いて。嫌われないように努力と細心の注意を払っているから。僕はヒトに好かれても嫌われてもいないと思う。言葉を変えればそれは、自分では言いたくないけれど、誰からもたいして気にされていないということだ。

## 6

子どもの頃、不思議な体験をしたことがある。

いまでも覚えている。小学四年生の時、夏休みが終わった翌日だ。

家を出たものの僕は学校へ行きたくなくて、両側に田んぼしかない道をのろのろと、買ったばかりのサイズが大きすぎるスニーカーをかぽかぽさせて歩いた。そして田んぼの先のT字路をかぽかぽと左に折れた。学校とは反対方向の山へ向かって。

当時、僕が住んでいたのは、山の中だった。生まれ故郷じゃない。埼玉でサラリーマンをやっていた父親が起業に失敗して、その年の春にUターン就職をしたために、やってきた町だ。

学校にはどうしても足が向かなかった。八月の下旬。埼玉だったらまだ夏休みが続いているはずの日づけなのが不満だった。なにより、よそ者だった僕は、学校で、そして夏休みの間も、ひとりぼっちだった。前の学校ではどちらかというと、クラスの中心にいたのに。

ランドセルを背負って山道を登った。父親の実家の離れに間借りしていたあの頃の住まいは、一学年二クラスしかない田舎の小学校の中でも、一、二を争う遠い場所にあったから、誰にも会うことはなかった。僕をはやし立ててくるのは、夏の終りの蟬だけ。

山道がトラクターも通らないほど細くなった頃、むこうからやってくる人影に気づいた。誰もが顔見知りの狭い町だ。サボっているのがバレないように、道の脇のすすきの繁みに身を隠した。

家など一軒もないはずの山から下りてきたのは、大人の男だ。葬式に出るような黒い服を着ていた。小学四年生には、子ども以外は誰もが大人だが、いま考えれば、まだ若い男だった気もする。

僕が潜む繁みを男が通りすぎていく。やれやれ、なんとかやり過ごした、と思ったとたん、その男が振り向いた。僕がいることを知っていてそうしたように思えた。すすきの穂に半分隠れていたから、顔ははっきりとは見ていない。四角いレンズで横のつるがやけに太い、田舎では見たこともないような眼鏡をかけていたことだけを覚えている。

怖くなった僕は繁みの奥の斜面を駆け上がった。そして、僕だけが知っている蟬採りの穴場へ行った。田舎の蟬は素手でもつかまえられるのだ。

つかまえた蟬は羽根をむしって、川に放り捨てた。もがきながら川を流されていく妙に人間じみた蟬を眺め続けた。そうすれば、僕の不遇が相殺される。小学四年生の僕にはそう思えたのだ。蟬採りに飽きると、川べりの岩場で少し眠った。夏休みの間、ひとりでよくそうしていたように。眠ってしまえば、つまらない毎日が早く終わるから。家に帰ったのは、始業式が終わっているはずの昼になってからだ。

もちろん学校を休んだことは親には黙っていた。もし担任やクラスメートから連絡が入ったらと思うと、心臓がハートの型になって胸を突き上げそうだった。

でも、どこからも電話はなく、誰も訪ねては来なかった。

翌日は学校に行った。大好物だった冷し中華の昼食もろくに喉を通らない緊張に、二日目も耐える自信がなかったからだ。

先生は僕の無断欠席を咎《とが》めたりはしなかった。同級生にひやかされることもなかった。

僕は何も言われなかった。

それどころか休み時間に、いままで口をきいたこともない同級生の一人にこう言われた。

「なぁ、昨日のドッジボールの続き、やろうぜ」

最初はイジメかと思った。誰もが昨日、僕が休んだことには触れようとしない。

いまにして思えば、僕が不登校になるのを心配した担任教師が、クラスのみんなに説教をしたのかもしれない。親もそれを承知であえて叱らなかったのかもしれない。いや、なにもかもが考えすぎで、ただ僕に存在感がなく、誰も僕がいないことを気にとめなかっただけかもしれない。すべてはまだ九歳の子ども時代のことで、記憶もだいぶ曖昧になっている。本当のところはもうわからない。

当時の僕はこう思うようにしていた。

僕は山へ行く夢を見ていただけで、ほんとうは学校に行っていたのだ、と。

あるいは、T字路で僕の体は二つに分かれて、一方は学校へ行き、もう一方は山へ出かけたのだと。

# 7

長野の実家に電話をするのはひさしぶりだった。

「あれ、珍しい。慎一《しんいち》？　もうっ、ちっとも電話を寄こさないで。母さん助けて詐欺じゃないだろうね」

母親のあいかわらずの甲高い早口がミンミンゼミの合唱のように耳を突き刺す。

「野沢菜が切れた？　水元屋《みずもとや》のたまり野沢菜なら、すぐに送るよ」

「いや、そうじゃなくて。あ、やっぱ、送っといて。ちょっと聞きたいことがあってさ」

「元気のない声だね。あいかわらず忙しいの？　ちゃんと寝てる？」

寝てない。ただでさえ睡眠時間が少ないのに、夜、寝つけないのだ。

「あのさ」鼻をすすり上げてから声を出した。風邪もまだ治っていない。これから母親に訊くことが、いままでの出来事を説明する理由として、いちばん現実的に思えた。

「俺ってひとりっ子だよね」

「いきなりなんなの」

「いや、なんとなく、聞きたかっただけ」

「きょうだいが欲しいなんて、いまから言われても困るよ。あたしだって二人目は欲しかったよ。でも知ってるだろ。流産しちゃったから」

「別にそんなこと言ってないじゃない。双子だったってことはないよね」

なんらかの事情で二人は養えず、一人を養子に出したとか。

「あんた、酔っぱらってるんじゃないだろうね。大酒飲みはお父さん一人でたくさんだよ」

父親がよそに子どもをつくった可能性はないだろうか。父親の酒ぐせをグチりはじめた母親に便乗して、冗談めかしに尋ねてみた。

「よそに一人ぐらい俺の兄弟がいてもおかしくないよね」

熱帯雨林の怪鳥みたいな笑い声が返ってきただけだった。

「お父さんにそんな甲斐性、あるわけないじゃない。どうしたの、妙なことばっかり訊いて。もしかして、いいヒトでもできた？　先方の親御さんに身辺調査をされてるとか？」

「違うよ」

どう考えても、ありそうもない。僕にそっくりな男兄弟がいるなんて。やっぱり他人の空似だ。三週間前、美容室でカットした髪型がいつも以上に月並みすぎたのかも。名刺は誰かの悪戯。母親の能天気な声を聞いているうちに、隠し子の存在を真剣に問い詰めている自分が馬鹿に思えてきた。このところずっと鉛玉の重りを呑みこんでいるようだった胸が、急に軽くなった。

「それよりあんた、水くさいじゃない」

「なにが」

「こっちに帰ってきたのなら、ウチに寄りなさいよ。出張?」

「え」

「先月、来たんでしょ、こっちに」

「……いや」

胸に鉛玉が戻ってきた。ひとまわり大きくなって。

「じゃあ、ハルオさんの見間違いかな。先月、ハルオさんが駅であんたを見かけたって言ってるんだけど」

受話口のむこうから、小学四年の夏の蟬しぐれが聴こえた気がした。長電話を望んでいるらしい母親の言葉を強引に遮って電話を切った。こうしている間にも、誰かにじっと見られている気がして。

光の消えたスマホをベッドに放り出して、後ろを振り返る。

ライティングデスクの上のスタンドアローンのパソコンが黒い鏡になって、僕のシルエットをかすかに映しているだけだった。

## 8

月々の最初の『タマゴボーロのラーメン見聞録』では、前月のベストテンを発表している。撮った写真の中からあらためて臨食感《シズル》あふれるとっておきの十枚を選び、取材内容も短くまとめ直すから、実際の編集作業は月の終わりの週末だ。

八月の最後の日曜日も僕はその作業に没頭していた。没頭しようとしていた。つまらない考えが頭に浮かばないように。

第10位から書きはじめた原稿が第3位まで来た時だ。ブログにメッセージが届いた。同じラーメンブログ仲間の一人からだった。

『『ラーメン梁山泊』第4回　無事終了しました』

『ラーメン梁山泊』は、ラーメンブログ仲間のオフ会だ。一度参加しただけで、懲りた。十人ほどの参加者がいたのだが、声高に喋りまくり、持論を延々と展開していたのは、年間600杯を食べるというセミプロのブロガー一人だけ。追従ぎみに口をはさむのは、世界中の麺を食べ歩いたという中年の商社マンぐらい。ブログの中で僕は、自分の実績を「年間300杯」と水増ししているのだが、そこでは相手にもされず、退屈な授業のように話を聞くことしかできなかった。それっきり行ってない。

参加していない僕に送りつけてくるというのは、機械的に同じ文面を一括送信しているだけなのか、それともあてつけなのか。

続きを読みはじめた僕の口から、くわえていた煙草が落ちた。

『タマゴボーロさんも、お疲れさまでした／(`0´)

あいかわらず口数の少ない方ですね。

お話ししてみたかったんですが、早く帰られたのが残念』

嘘だろ。

リンクしている送信者のブログを開いてみた。

昨日、更新されている『第4回　ラーメン梁山泊』と書かれた記事を開いた。

長々と書かれた原稿に、集合写真が添えられている。

どこかの居酒屋だ。男女十数人がカメラにピースしたり、ジョッキを持ち上げてみせたり。一人一人の顔は豆粒大にしか写っていないが、半数以上が唯一参加した時に会った顔であることはわかる。

奥の席にみんなの輪を離れて、若い男がぽつりと座っていた。

画像を拡大してみた。

僕によく似た男だった。

いや、よく似た男じゃない。僕だった。着ている服は、僕のとっておきの私服である黒いサマージャケット。

見えない冷たい手がうなじを撫でた。僕はパソコン画面を消し、洋服ダンスを引き開けた。

そこに黒のサマージャケットが吊るされていることを確かめてから、冷蔵庫に直行して、缶チューハイを手に取る。何本かをまとめて取り出す短い間《ま》ですら恐ろしかった。僕の背後、部屋の中にもう一人、誰かがいるような気がして。

9

部屋を見まわせる壁に背中を預け、チューハイをあおる。狭いワンルームに辟易して引っ越した、それまでの倍の広さの1DKがいまは疎ましかった。頭の中に湧き出てくる良からぬ妄想を消すために、立て続けに缶チューハイを空にした。そして、いつのまにか眠ってしまった。くしゃみと鼻水が止まらなくて、風邪薬を服《の》んでしまったのがよくなかったのかもしれない。

目が覚めたのは日付が変わろうとする時刻だった。座卓の上に空になった五〇〇ミリリットル缶が転がっている。全部で四本。エアコンを停めていたせいで、汗まみれだ。

吐き気がこみあげてきて、ユニットバスへ走る。便器に顔を埋めたが、結局何も吐けなかった。酔いのせいで頭がぼんやりしている。そのおかげか、うなじの冷たさは消えていた。服を脱ぎ、シャワーを浴びることにする。

髪なんか洗わなければよかった。目を閉じると、さっきの画像が蘇ってきた。知らない場所で、知らない人間と一緒にいる、僕自身としか思えない誰かの姿だ。

背後に人が立っている。そんな妄想に駆られたとたん、背骨が氷柱《つらら》になった。シャンプーをろくに洗い落とさないまま浴室を飛び出した。

新しい部屋には、窓の外にベランダがある。インスタグラムに載せたくて買った、丈の高いドラセナの鉢植えが、髪を振り乱した人間の姿に見えてきて、カーテンを閉めた。頭の中ではニシノの言葉がリフレインしていた。

「もし本当にドッペルゲンガーだったら、会ったら、死にますから」

なぜだ。ショックで心臓が止まる？　もう一人の自分が本体とすりかわろうとする？　二人の人間が同時に存在するという矛盾を、現実世界が解決しようとするのか？

静けさが怖くてテレビのリモコンを手に取った。だが、結局、つけなかった。画面の向こうにいきなり自分の顔が映るシーンを想像してしまったのだ。それこそ心臓が止まるだろう。

もう一度寝てしまおう。夜は人を臆病にする。朝になれば、明るくなれば、いまの自分の怯えぶりを笑い飛ばせるだろう。

だが、まぶたを閉じることができなかった。閉じたとたん、目の前に誰かが現れそうで。

昼から何も食っていないのに胃が重い。脂臭いゲップを吐いた瞬間、僕の頭に灯がともった。

起き上がって、財布を確かめる。ラーメン店のサービス券が出てきた。『福助』に行けば必ずもらえる、一カ月限定の１００円割引券だ。有効期限は9月25日。

ユニットバスの前に脱ぎっぱなしにしていたジーンズのポケットを探る。小銭をくるんだレシートが入っていた。『福助』のロゴマークが入っている。日付は今日の22：24だ。

そういうことか。僕は一人の部屋で笑った。勝利に狂喜するスタジアムの観衆みたいにジーンズを放り投げた。

ようやくわかった。ドッペルゲンガーの正体が。

似ているはずだ。もうひとりの僕は、僕だ。あれは僕自身だ。

さっきまでの僕は、薬と酒に潰されて寝ていたわけじゃなかった。正体を失って、駅前までラーメンを食いに行っていたのだ。

酔った自分を他人の前に晒すのは嫌だから、外で記憶がなくなるほど酒を飲むことは僕にはない。そのぶん家では際限なしだ。仕事のストレスが溜まりに溜まったこの頃は特に。この年になるまで、自分がそれほど酒ぐせが悪いなんて知らなかった。親父譲りなのだろうか。

オフ会があったという金曜のことを思い返してみた。珍しく早く帰れたから、吉野家で牛丼を食い、ビールを飲んで、さっさと寝てしまった。なにしろ平日の睡眠時間はこのところ四、五時間だから。

でも、それは、自分でそう思いこんでいるだけで、僕はオフ会に出ていたんだ。報告の記事によると、夜更けまで盛り上がったそうだから、遅い時間になってから。学生時代の同級生にお台場で目撃された日づけと時間は不明のままだが、これもたぶん早寝をした日、あるいは部屋で酔いつぶれた時だろう。

なんだ。

そうとわかれば、昼間に僕がいるはずのない場所に現れたことも、なんとなく説明がつく。酒だけじゃない。慢性的な睡眠不足や、いつまでも風邪薬をのみ続けているのもよくないんだろう。

ヤマザキが新橋で僕を見たと言っていた日の午後、いつものように寝不足で頭がぼんやりしていた僕は、喫煙所で煙草を吸い終えた後、一瞬、寝てしまわなかったっけ。あれが一瞬ではなく一時間ぐらいだったとしたら？　新橋なら往復できなくはない距離だ。僕に特別な関心がないらしいニシノは、そのくらいの不在を外出とは思わないだろう。有名ラーメン店のコンセプト的な新店舗がオープンしたばかりの新橋は、僕にとって気になる場所だ。

浅草橋でのランチ大王の一件だって、そう。京橋で冷しタンタン麺を食ったあとのはっきりした記憶が僕にあるだろうか。新規開拓のための「飛び込み営業、月に50軒」というノルマに追い立てられて、あてもなく街を彷徨っていただけだ。自分では食品関係の会社を探し歩いていたつもりだが、ブログを書く時と違って、会社の仕事はいつも頭を真っ白にフリーズさせながらこなしているから、ふらふらと浅草橋に行っていたとしても別に驚かない。

そういうことか。離魂病ではなく、夢遊病だ。あるいは睡眠不足が続いていることによる、一時的な意識の混濁。

知らない間に動き回っている自分。それはそれで問題は大ありだが、合理的に解釈できたことに、医療的な解決方法がありそうなことに、僕は安堵した。

無理をしているのかな。自分を抑えすぎているのだろうか。医者に行かなくても、転職すれば、あっさり治まる気がする。

お台場で女連れだったり、見ず知らずの人間に名刺を渡したりしていたことは、自分でも不思議だ。もしかしたら、僕の知らない僕は、ぐずぐず考えたり、自意識過剰なだけのいいかっこしいなんかせずに、ストレートに女の子を口説いたり、人に話しかけたりできるのかもしれない。

そうだよ、いまの僕は、ほんとうの僕じゃない。

一人で笑っているだけじゃなくて、いまの気分を誰かと共有したかった。誰かと話がしたかった。

でも誰と？

なぜか最初にニシノの顔が浮かんだ。こんな時間だけど、オタク女だから、深夜のアニメ番組を見ているかもしれない。

電話帳を開いたとたんに思い出した。登録してあるのはニシノの会社用の携帯の番号だけで、プライベートの番号もアドレスも知らないことを。

フェイスブックに投稿する？　いやいや、だめだ。記憶を失うなんて知れたら、みんなの信用を失う。

ツイッターだな。僕の場合、ツイッターは「ただの独り言」で終わってしまうことが多いのだが、この話題には食いつく人間がいる気がする。午前0時を回った時刻は、案外にタイムラインがにぎわう時間帯だ。

「つかみ」は大切。書き出しを「ドッペルゲンガー？」にしてみた。

『最近、仕事のしすぎで疲れ気味のようです。先月から、僕のドッペルゲンガーが現れるようになりました。半分はほんとうの話なんです。僕はぼうっとして、自分がそこに行ったことも忘れていたようで。風邪薬と酒を併用するとろくなことはありません』

正解だった。つぶやき終わると、一分もしないうちに反応が来た。

『お疲れさまです。毎日お仕事大変みたいですね。でも、そういうのって羨ましい。かわってあげたい』

羨ましい？　就活中の学生か、フリーター、もしくは失業中のオッサンだろう。僕はツイッターならではの上っ面だけの言葉を返す。

『ぜひ、かわってください。でも、かなりハードな仕事ですよ』

また素早く返信が来た。同じ人間だ。

『知ってます。今度、家にお邪魔してもいいですか？』

知ってますって。なんだ、こいつ。僕の何を知っているっていうんだ。アブないのにひっかかったな。かかわるのをやめようと思っていたら、また来た。

『危ないやつじゃありませんから、だいじょうぶですよ』

こっちの心の裡《うち》を読んだような反応。いやいや、「危ないやつじゃない」と言っている時点でアブない。とはいえ、いまのところ唯一の反応だ。もう少し遊んでやることにした。

『僕のツイートにならいつでもご来場ください。自宅はちょっと。階段なしの13階にあるので』

送信し終えたとたんに返事。達人並みのキータッチだ。

『だいぶお疲れのご様子ですね。いますぐお宅に行きますよ』

顔の見えない相手との「会話」は、楽なようで、疲れる。一人芝居を続ける役者のように。いつまでもつきあっていられない。「もういいよ」という代わりにハンドルネーム〈AWAKASA〉だというこいつに、僕は毒を吐くことにした。

『では、どうぞ来てください。ちなみに僕の住まいはニューヨークのハーレムですけど。アポロシアターの隣です』

『アポロシアター？　ご冗談を。都内でしょ』

もういいや、こいつ。ネットのマナーをまるでわかってない。そのうちツイッターで何かやらかすだろう。その時は、みんなを煽って、炎上させてやる。

スマホをオフにしてしまおうと思って、電源ボタンに手をかけた時に気づいた。いまのやりとりの不自然さに。返信は、僕が文章を送信する前に、来ていた。スマホより先に、僕の頭の電源がオフになった。

また返信。見たくないのに、見ずにはいられなかった。

『いまあなたの家に向かっています』

僕は首を横に振った。小学四年生がイヤイヤをするように。電源を消したのに、スマホは着信し続けている。蟬の鳴き声のような鈍いマナーモードの音を響かせながら。

羽根をむしった蟬みたいにぶるぶると体を震わせながら。

『もうすぐです』

嘘だ。嘘に決まってる。

『三階ですよね』

夢だ。これは夢だ。

『いまドアの前です』

僕は頭を抱えてうずくまる。

こん。

ノックの音がした。

心臓の鼓動のようにゆっくりとした小さな音だった。

こん、
こん。

僕自身の激しすぎる鼓動は、もはや痛みだ。僕は胎児のように体を丸めた。ドアに向けて絞り出した声は、裏返った悲鳴になった。

「来るな。帰れ」

ノックの音が止んだ。だが、それは不吉な静けさだった。電源の入っていないはずのスマホが光り、画面にまた、新しいメッセージが浮かんだ。

『そろそろかわりましょうよ』

スマホを握り締めて部屋からドアを見つめていた僕は、沸騰したポットのような悲鳴をあげた。

合鍵なんて僕以外の誰も持っていないはずなのに、錠前のサムターンが、ゆっくりと、動いている。

ドアまで走り、縦になろうとしているサムターンを必死で押さえた。そして叫んだ。

「帰れ」

そうだ、チェーンだ。ドアにチェーンをかけてまた声を絞り出す。

「お前になんか会いたくない」

長い長い——僕にはそう思えた静けさが続いたあと、遠ざかる足音が聞こえた。

僕はドアに背中を預け、肺の中の鉛玉を吐き出すために荒い息を繰り返した。

これは現実じゃない。まだ酔っているだけだ。酒のせいだ。薬のせいだ。睡眠不足のせいだ。頭の中でそう唱えながら、ずるずるとドアに背中を滑らせて、玄関にへたりこむ。

そして、気づいた。

廊下の先の部屋、さっきまで僕がいた場所に、誰かが座っていることに。黒いサマージャケットの背中。おとなしめのレイヤーヘア。顔の右側をそむけているから、後ろ姿でもフレームが太いことがわかる眼鏡。

どこかで呼び笛ポットが鳴っている。僕の悲鳴だった。

サムターンを回し、ドアを開けて外へ出ようとした。

開かない。

そうだ、自分でチェーンをかけたのだ。

誰かが後ろから僕の肩を叩いた。

# 顔も見たくないのに

運ばれてきたグラスの赤ワインを顔にぶっかけてやろうかと思った。思いとどまったのは、目の前の男にまだ未練があったからではなく、人目を気にしたわけでもなく、ジーンズの上に着てきたワンピースが買ったばかりの白で、返り血を浴びたくなかったからだ。黒系だったら、やってた。

「だから、ちがうって。二人きりじゃなくて、何人も来てたんだよ、俺ん家《ち》に。ほんと、ちがう」

ジンジャエールのグラスをお守りみたいに握りしめた来人《らいと》が、新パターンの言いわけを口にしはじめた。「ちがう」と言うたびに目が泳ぐのはなぜ？

「お前が来たのはほかのみんなが帰ったばっかのとき。直後。すれ違い」

麻衣《まい》は、テーブルに両肘をついて、Mの字に組んだ手の甲に顎をのせる。半開きの目を向けると、来人の睫毛の濃い目の中で、焦げ茶色の瞳が小魚みたいに視線から逃げた。

「ふうぅぅうんん」鼻から息を長ぁあく吐いてやった。「じゃあ、なんでグラスが二つしかなかったの」

来人《こいっ》が浮気性で、しょっちゅう他の女にちょっかいを出していることには気づいていたけれど、証拠をつかんだのは今回が初めてだ。動かぬ証拠。驚かそうと思って、メールをしないでアパートへ行ったら、現場に踏みこんでしまったのだ。

「なまらマメマメしいタイプでさ。他のやつの使ったグラス、洗ってくれたさ」

わざとらしく北海道弁をまぜてくる。方言で話せば場をなごませられると思っているのだ。そうはいくか。十勝の種牛が。

「悪うございましたね、マメな女じゃなくて。トイレで三角折りもしなくて」

来人の昔のバイト先の「ただの仲間」だという女は、トイレットペーパーを三角折りにしていた。トイレに立て籠《こも》ろうとした来人を引きずり出した時に、見た。

「平気。なんもさ。俺、そういう女、うぜぇって思うほうだから、ペアリング強制されそうな感じ？　麻衣はそのままでいんでないかい。気にすんなよ」

「気にするな？　どの口が言う？」

来人があわてて両手で唇に蓋をする。幼稚園児のそれも年少組のしぐさだった。少し前までの麻衣なら、カワイイッなんて思ったかもしれないが、もう騙されない。この男は自分が他人からどう見られるかをよく知っている。塞いだ唇の間から、テレビの覆面インタビューの『プライバシー保護のために音声を変えています』っていう時みたいな低音を出した。

「信じてよ。これ、本当の話。俺が好きなの、麻衣だけだから」

来人のお得意のギャグのひとつ。ただおしゃべりなだけなのだが、本人は「人を笑わせるのが得意」だと信じている。こんな時に、笑えるわけがない。来人はＴＰＯという言葉を知らない。比喩的な意味ではなく。小室哲哉のバンドの名前だと思っている。

麻衣の硬い表情が変わらないとわかると、困ったなという微苦笑を浮かべた。シンメトリーにまったく狂いのない顔に。

来人は整った顔だちをしている。ハウンド系の犬みたいな細く通った鼻。暗がりの猫のような丸くて大きな目。つきあいはじめた頃は、世界一かっこいいんじゃないかとすら思えた。

その顔をじいぃっと見つめ返したら、栗色の無造作ヘアを掻きあげて、窓の外の夜景に顔をそむけた。横顔まできれいな男はそうはいない。でも、いまの麻衣には、ただの馬鹿面に見えた。どうせ「真心をわかってもらえない男の哀愁」を嘘臭くアピールしているだけ。顎の下にだらしなく鬚を剃り残している。横からだと目立つ、瘤みたいな喉仏が薄気味悪い。

横顔攻撃が通じないとわかると、今度は両手で頬杖をついて、麻衣を覗き上げてくる。雨の中の捨て犬みたいなこの顔に何度騙されたことか。何万何千円お金を貸してしまったことか。麻衣は「ハウス」を命じる時の声で言った。

「じゃあ聞くけど、みんなって誰」

「お前の知らないやつばっか」

「ふうぅぅぅん。アリバイ証言なしってやつですな」

「いや、待てよ。そうか、ユーヘーは知ってるよな。あいつも来てた」

来人と知り合ったのは、去年の春。友だちと行った居酒屋でだ。麻衣はまだ学生で、来人はその洋風居酒屋のホールスタッフだった。「彼女たち、学生さん？　俺、今日早番だから、この後飲みに行かね」ナンパは無視する主義だけれど、酔った友だちがオーケーしてしまったから、しかたなくつきあった。

来人は三つ年上で、フリーターなのは俳優志望だからだと言っていた。就活がうまく行っていなかった麻衣には、骨のある生き方に思えた。なによりかっこいいし。トイレで吐いちゃった友だちを二人で介抱している時、「また会わね」と耳打ちされた。

「証明しよか。俺、いまユーへーに電話するから。替わるよ」

「私が先に出る」

来人の猫目の中の瞳が縦長になった、気がした。

「あ、ああ、いやいや、それはまずいべ。順番として。人として。ユーへー、ああ見えてシャイだから。親しくなくても、礼がなんとかって言うだろ」

「親しき中にも礼儀あり？」

「そう、それ。インテリ軍団だな、お前」

来人は馬鹿だ。かつてはそれすら愛おしかった。簡単なことをこむずかしく語ったり、受け売りに決まってる意見を自分で考えたみたいに披露する大学の男友だちや、就活先で出会うサラリーマンたちに比べて、なんて正直で潔《いさぎよ》いんだろうと思った。つきあいはじめたごく最初のうちは。なにしろかっこいいし。

「ユーへー、ユーへー、と」

来人がスマホを取り出して指を滑らせはじめた。祐平《ユーへー》は来人の同郷の友だちだ。一緒に飲んだことがある。来人とよく似たファッションと髪形を、顔だけこけしにすげ替えたような、ちゃらい同類。どうせ男同士の互助会だろう。その手には乗るか。

俳優志望と言うからには、どこかの劇団に所属しているのだろうと思っていたのだが、すぐに何年も前にタレント養成所へ通ったことがあるだけだと判明した。しかもほんの数ヵ月。

来人は、脳内で妄想しているだけで現実へは一歩も足を踏み出さない、語るための夢しかない男の一人だった。確かに素質はある。呼吸するように嘘をつけるところとか、逆境にめげない（というか逆境に気づかない）図太い神経とか。

「祐平さんって、あの祐平さんだよね。一度、渋谷で会った。お祖父ちゃんがシロクマと格闘したことがあるとか言ってたヒト」

「そ、あいつ。ヒグマだけどな。九時すぎまでいっしょに飲んでた。んで、なんか用事があるとかで帰った。したっけ、ほかのやつらも、んじゃあ俺らもって……」

「九時？」

「そ」

「おかしいな」

「……なにが」

自分の演技に酔っていた来人の表情が固まった。薄笑いを浮かべかけた上唇がめくれ上がり、ヤニに汚れた歯が剥きだしになった。目も鼻も唇も完成形に近いのに、残念ながら来人は歯が汚い。どんな顔でも見慣れてくると、欠点ばかりが目につくようになってくる。ことに相手に腹を立てている時には。

「あの日、私、祐平さん、見かけたけど。新宿で」

「え」

「八時頃」来人の家に行く前、そう言いかけて、名前を呼ぶのも腹立たしくなって、言葉を替えた。「そっちへ行く前」

「そっくりさんっているもんだな。あ、ユーヘーに双子の弟がいるって聞いたことね？」

「うん、ない」

「俺、あるような気がするわ。聞いてみようか」

「いいよ聞かなくて。だって私、祐平さんとふつうに話、したし」

「え」

もちろん嘘だ。話なんかしていない。そもそも会ってもいない。だけど来人は、子どもみたいな嘘で人を騙せると思いこんでいる男だから、逆に人の嘘にもころりと騙される。嘘のつきっこで女に勝てると思ったら大間違いだよ。

「ああ、あれか、ドンペンなんとか」

「ドッペルゲンガー。無理して難しいこと言わなくていいよ」

上唇をめくり上がらせた来人が、指先で下唇をつまみはじめた。ない知恵を絞る時のいつもの癖。鼻の穴が広がっている。なんだか腹が立つ顔だ。いくら見かけが良くたって、ずっと眺めていれば、最初の頃のときめきはなくなる。人間の中身が透けて見えてくる。中身とのギャップが顔を歪ませて見せる。

来人が下唇を弄ぶのをやめ、いきなりテーブルに両手をついて頭を下げた。メールの「ごめんね顔文字」みたいな大げさな謝り方だ。

「悪い。ユーヘーのことは嘘。ユーヘー、来てなかった。そう言わないとお前が信じてくれないと思って。あとの話は全部ほんと。真の実《しんじつ》。誓うさ、コロポックルに」

敵は、事実を認めずとことん否認する戦術らしい。スマホで『浮気　バレた時』なんていう検索をかけて「否定を続ければ『信じたい』という女心をくすぐれる」なんてヨタ記事でも読んだんだろう。浅いなぁ。遠浅。しじみの貝殻しかない底が丸見えだ。

麻衣はワインを飲み干して言った。

「もうやめよう」

酒の飲めない来人が、ジンジャエールのグラスに口をつける。とっくに空なのに。

「うん、喧嘩はよそうぜ。なんか食おう。ツマミ、頼むべ」

「違うよ。私たち、もうやめよう」

「え」

来人が捨て犬の目をした。麻衣は顔をそむける。この男とこのまま続けても、同じことの繰り返しだろう。不倫相手と結婚した従姉《いとこ》が言っていた。「二度ある奴は三度ある」今度は彼女自身が夫の不倫に悩みはじめているのだ。来人と一緒にいると、女たちの羨望のまなざしが正直心地よかったりする。でも、それは、他の女にいつ取られるかという不安との戦いでもあるのだ。

「もういいや」

来人の人相が変わったのだろうか。私の見る目が変わったのか。かつて世界一かっこいいと思いこんでいた男の顔を眺めて、麻衣は思った。こいつの顔はもう見たくない、と。

どうせお金は持っていないだろうから、伝票を取り上げた。来人は居酒屋のバイトをとっくにやめていて、いまはプーだ。就職できないまま、先月、大学を卒業した麻衣だって、考えてみれば同じ立場で、仕送りも途絶えているのだが、手もとに金があるとすぐに競馬やパチンコに遣ってしまう来人よりいくらかは余裕がある。

「ちょ、待てって。もういいって、どういうこと？　店替える？」

違うよ。

「さよならって、ことだよ」

「えーっ、ええええーっ」

捨て犬が後を追ってこれないように、お金だけテーブルに置いた。ああ、なんか嫌《や》だな、こういうの。こんな別れ方は初めてだ。

帰りの電車の中で、携帯から来人の電話番号とメールアドレスを消去し、ＬＩＮＥをブロックした。写メのデータも潰した。過去の二度の恋と同じように、家に帰ってすぐ、来人と写った写真や貰ったものを分別ゴミにして捨てた。来人にあげたものはたくさんあるけれど、貰ったのはクレーンゲームのぬいぐるみとか、３００円ショップのアクセサリーだとか、そんなものぐらいだったから、作業はすぐに終わった。

男がいないほうが、人生はシンプルになる。

おかげで就職に関してもふんぎりがついた。

就職浪人をしてでも第一志望の旅行会社に、という夢を麻衣はすっぱり諦め、人材派遣会社に登録をした。「仕事がないなら帰ってこい」という富山の両親の声を封じる必要もあったし。

少しでも就職に有利になればと思って、パソコンの資格を二つほど取っておいたのが功を奏したようだ。派遣先はすぐ決まった。官庁系の財団法人。こんなものに「協会」が必要なのかと思う農作物の「協会」だ。麻衣の仕事はデータ管理。とはいえ当面の仕事はアンケート調査の結果を集計するだけ。望んでいた仕事ではないけれど、なにはともあれ社会人としての第一歩を踏み出した。

雇われて言うのもなんだが、なぜここが派遣社員を雇わなくてはならないのか、と不思議に思えるぐらい仕事は暇だ。毎日五時きっかりに帰っている。

大学の友人たちは、希望の会社に就職をしたコも、そうでもないコも、みんな忙しいらしくて、平日には食事やお酒の誘いがない。だから毎日、スーパーでタイムサービスの食材を買い、得意ではない自炊をし、缶ビールを飲みながらＴＳＵＴＡＹＡで借りたＤＶＤを眺めて夜を過ごしている。これでいいのか、私。

一カ月ほど経ち、そんな生活にも慣れてしまったある日、携帯ではなく自宅の電話が鳴った。夜の十一時すぎだった。固定電話は、東京で独り暮らしを始めた時に、親が勝手に契約したもの。ほとんど使うことはないのだが、連絡先が携帯だけだと就活が不利になる、なんて話を聞いたから、そのまま置いていた。就職試験に落ち続けた経験からいうと、全然関係ないと思うのだけれど。

「もしもし俺」

ちょっと低めのかすれ声。

「なぁ、俺、やっぱ、ダメだわ。お前がいないと」

芸能人のものまねをしているとしか思えない、ときおり「すん」と鼻をすすり上げる癖。来人だった。

「電話はしないでって言わなかったっけ」

「俺、聞いてない」

「三角折りの彼女がいるでしょ」

「別れた。あいつ怖い。肉じゃがばっか作る」

あっさり認めるなよ、そこ。

「麻衣に報告しておこうと思って」

「なに？」

「俺さ、口ばっかのダメな男だけどさ」

「そうだね」

言葉の斬馬刀《ざんばとう》で叩き切ってやったけど、来人のライオンハートはへこまなかった。

「なんか、なまらでっかいこと、やらかそうと思って。見ててよ」

受話器の向こうの雨音に気づいた。窓の外はいつのまにか雨。ずぶ濡れでスマホを握っている来人の姿が頭に浮かんでしまった。「いまどこ？」という言葉が喉から出かかる。

「何？　でかいことって」

「これから決めるさ」

「あ、そう」よかった。喉のとば口で止めておいて。止めた言葉のかわりに麻衣が吐き出したため息が、夢を語るのもおこがましいこの男の耳に届いただろうか。

「でさ」

「お金なら貸さないよ」

「すん」

確か今日、競馬の大きなレースがあったはずだ。

「悪いけど、もう電話かけてこないで」

「ひと晩だけ、泊めてくんね。冷蔵庫の中でいいから」

ついにホームレス？　いや、三角折りと喧嘩して、彼女の家から放り出されただけかもしれない。

「冷蔵庫、無理。カレーのつくり置きでいっぱいだから」

「カレーは好きさ。いもは少なめで――」

電話を切った。燃えるゴミと一緒に捨てたはずの来人の幻影を頭から消去するために。

それにしても、暇だ。毎朝同じ時刻に家を出て、駅のホームの同じ場所で電車を待ち、天下りのオッサンの巣窟へ行き、特に急ぎもしない、自分じゃなくてもできる作業をこなし、同じ時間に帰ってくる。勤めはじめて二カ月めになると、借りたいDVDもなくなった。

その日も麻衣は、一時間かけて自分一人のためのジャージャー麺をつくって食べ、ゆっくりお風呂に入って、きゅうりパックをしながら、ペディキュアを塗っていた。マニキュアを塗り終えた指で、フェイスブックに書きこみをする。

フェイスブックを始めたのは最近だ。

もちろん、「すごいんだよ、フェイスブック。元彼の日々の動向までわかっちゃう」と麻衣にすすめてきた子みたいに、来人の近況が知りたいわけじゃない。ただ単に暇だからだ。あの馬鹿がフェイスブックをやってるはずもないし。

友だちからの反応はなかった。みんなまだ仕事だろう。テレビ局の入社試験に落ちて、番組制作会社に入った子は「家に帰れるのは週に二、三日。風呂？ ウェットティッシュだよ」なんて言ってたっけ。愚痴をこぼしながらも、なんだか楽しそうだった。

ろくに見てもいないテレビはつけっぱなし。仕事は楽なのに、自分が何歳も老けこんだように麻衣には思えた。ああ、このきゅうりパックとペディキュアは、何のため？ 誰のため？

テレビからけたたましい笑い声が流れてきた。ドラマをながら見していたのに、いつのまにかお笑い番組に変っている。

消そうと思ってリモコンを向けた麻衣の頬から、きゅうりがはらりと落ちた。

テレビ画面に来人の顔が浮かんでいたからだ。

幻覚？

来人は司会のお笑い芸人と話をしていた。ありえない光景だった。孤独な心が、あいつの魂を呼び寄せてしまったのか？

去れ、生霊。

まぶたを閉じて、五秒かぞえてから、目を開けた。

現実だった。マイクを向けられた来人がカメラ目線で、聞き慣れた声をあげている。

「飯塚《いいづか》来人っす。せいいっぱいやったっす。悔い？　悔いってなんすか？」

何度か見たことがある。「これ、おもしろいのさ」と来人がいそいそとチャンネルを合わせていた、ちっとも面白くない番組の、売れない芸人やお笑い自慢の素人が一発芸を披露するコーナー。

審査員席の大物芸人が年に似合わない縦拍手をしていた。

「おもしれぇなぁ、こいつ。ジーマーで。マジで素人？」

辛口で有名なおねえ系のゲストが言う。

「いい男ねぇ。食べちゃいたい。面白くなくても許しちゃう」

来人のことを言っているらしい。へらへら笑っている来人がアップになった。麻衣は手にしたリモコンを雑布みたいに絞りあげる。何やってんの、あんた。何かやらかすって、これのこと？　ちっちゃい。あまりに微小。ミジンコのしっぽだ。

テレビを消して、ペディキュア塗りに戻る。

鼻唄を歌ってみる。「湘南乃風」。麻衣はちっとも好きじゃないのに、覚えてしまった曲。

何度も塗りそこねてから、もう一度リモコンを手に取った。

ちょうど、司会者がハイテンションで叫んでいるところだった。

「さぁて、〝一発当てよう一発芸選手権〟グランプリの発表はこの後すぐ」

売れない芸人ばかりとはいえ、出場者の大半はプロだったはず。来人が映ることはもうないだろう。喜んでいるのか、がっかりしているのかよくわからないまま、麻衣の指は電源ボタンの上に置かれたまま動かない。

「でもその前に、審査員特別賞、〝もう一度見たい芸〟いってみよう〜」

司会の言葉におねえのゲストがハエトリ草《ソウ》みたいな睫毛をぱちぱちさせる。

「やっぱり、あのコでしょう。も一度、見たいわぁ」

大物芸人も甲高い声で言う。

「あいつかぁ、だよなぁ」

嫌な予感がした。粗大ゴミぎりぎりの燃えないゴミを口うるさい管理人が目を光らせている集積所に出す時のような予感。考えるより先に指が動いて、画面が消えた。

昼ご飯はたいてい一人で食べる。職場にいるのはオヤジか、官庁を定年退職した大オヤジばかりで、同世代の女性職員はいない。勤めはじめた頃は、「一緒にどう？」

と誘われたけれど、のらくらと理由をつけて断っているうちに、声をかけられなくなった。お弁当をつくって持っていったこともあるのだが、弁当派のオヤジたちからの言葉のセクハラに懲りて一回でやめた。

その日はオフィスから少し離れたお蕎麦屋さんへ行った。昔ながらの庶民的な店だけどわりとおいしいし、すぐ近くの蕎麦屋には職場のオヤジが一人はいるし。

店の隅でおかめ蕎麦をすすっていたら、いきなりあの声が聞こえてきた。

「まいどあり――っす」

来人がバイトしていた洋風居酒屋の、オーダーを受けた時のかけ声だ。「り」と「っす」の間を長く伸ばすのがマニュアルだそうで、来人は「俺、十秒は伸ばすんだ」と何が自慢なのかわからない自慢をしていた。つきあいはじめた頃、待ち合わせ場所に遅れてやってくるたびに、このせりふを叫んでいたから、耳が覚えてしまっている。

反射的に店の入り口に目を走らせたが、来人が入ってくるわけがない。声が聞こえたのはどう考えても、厨房の手前の天井近くに据えられたテレビからだ。ぎくしゃくと首を振り向けた。まさかね、と思いながら。

麻衣もよく知っているお昼のバラエティ番組だ。ステージに出演者が並んでいる。

まさか、だった。

その中に来人がいた。

冗談でつくったコラージュを見ているようだった。このあいだ結婚した高校の友だちは、式の招待客に『タイタニック』の名場面を二人の顔にさしかえた自己紹介カードを配っていた。あれを見た時と同じいたたまれなさに、たぐったお蕎麦を取り落としてしまった。

画面には『受ける笑えるイケメン大集合! ウケメンコンテスト』というテロップが浮かんでいる。

見慣れたダメージジーンズをめいっぱい腰パンにした来人が大写しになった。見間違えじゃない証拠に、小さな画面でもはっきりわかる胸の大きなネームプレートにこう書いてある。『飯塚来人(26)』

来人が片手をあげ、ひとさし指を突き出して叫んだ。もう一方の手にはなぜかとうもろこしを握っている。

「したっけ、軽〜く、居酒屋あるある」

口を片手で覆って、音声変換をしたような低音を出す。

「シェフの気まぐれメニューは、昨日の食材の残りもの〜〜」

言い終えると、歓声を聞くように片手を耳にあてる。自分で持ちこんだ踏み台に片足を載せ、マイクのつもりらしいとうもろこしを、ロックバンドのボーカルみたいに小指を立てて斜め上に突きたてる。カメラ目線でまた叫んだ。

「ライトでいんでないかい〜」

エアコンにはまだ早い季節なのに、首筋を冷気が撫でた。「痛い」という比喩は、あるレベルまで達すると、本当に痛みをともなうことを麻衣は知った。テレビに向けた左頬がぴりぴりする。脛をタンスの角《かど》にぶつけた時みたいに顔をしかめてしまった。あれは居酒屋で客に披露していたギャグだ。相手が酔っぱらいだから笑ってもらえたのだ。自分に魔法があるなら、来人をテレビから消してあげたかった。本人のために。

どどどどどっ。

え？

信じられないことに、画面の向こうでは笑いが起きていた。どどどどどどどっ。

番組制作会社の子が言ってた。「お笑い番組の笑い声って、たいてい仕込みなんだよ」それか？　客席から「かわいいっ」という声も飛んでいる。あれもか？　テレビにつられてお店のおばちゃんもぐふふと笑っていた。これもか？

「居酒屋あるある。その2〜」

まだやる？　やめなよ。ボールと間違えてスイカを置いてしまったサッカー選手の

PKを見守る気分だった。

「お客さん、パセリ食うの、かんべんしてくれません? 次のお客さんが困るじゃないですか」

これは確か、お店で鶏なんこつを頼んだ麻衣たちに放ったギャグ。麻衣も友だちも1ミリも笑えなかった。

「ライトでいんでないかい〜」

隣の席のOL二人連れがくつくつと笑っている。テレビの中から笑い声が聞こえるからだ。いいのか、この程度でシワを増やして。

なんだかこっちが恥ずかしくなってきた。麻衣はおかめ蕎麦を三分の一残して席を立った。


世の中、間違っている。大学を出たばかりの若輩ではあるが、麻衣は近頃、心の底からそう思う。

来人をちょくちょくテレビで見かけるようになったのだ。いくら暇だからといって、ずっとテレビをつけっぱなしにしているわけじゃないのに何度も顔を見てしまうのだから、ゴキブリを一匹見かけたら百匹はいるという格言に従えば、一日の露出量はかなりのものだろう。芸能プロに所属したのか、いつのまにか芸名もついていた。「E塚ライト」だ。

来人の顔が映ると、いつも速攻で消す。あいつが出そうな番組にはチャンネルを合わせない。だけど今日は油断した。何年も続いているゴールデンタイムの人気番組だったから、まさか来人のような色モノなぞ呼ぶまいと思ってつけたら、出た。

電源ボタンを押そうとした指がとまってしまったのは、こんなネタだったからだ。

「したっけ、軽〜く、彼女に浮気がバレた時の言いわけあるある〜」

まさか、こいつ、私とのことまでネタにしている？　やめてよね。未練がましく私の名前を叫んだりしていないでしょうね。

来人が立ったまま女と寝ているふうな演技を始める。タレント養成所で教わったのだろう、中途半端に演技がうまい。

「ガチャ」ドアが開く音の口真似をした後の慌てふためくしぐさや、「あわわわっ」と叫ぶ様子も真に迫っていた。

そうか、演技じゃなく実体験を再現しているから、うまいんだ。驚く来人の顔は、あの晩、麻衣がドアを開けたあの時そのまんまだ。目と口がまん丸。客席から「かわいい〜」という声が飛んでいた。あんたら、知ってるの、こいつけっこう足が臭いんだよ。

「パタン」

扉が閉まる音の口真似。そう、麻衣は驚きすぎて、現実に頭がついていかなくてドアを閉めてしまったのだ。

ブランケットをたぐり寄せ、隣で寝ている女の顔色を窺う小芝居の後に、来人はこう言った。

「悪ぃ、言い忘れてた。このアパート、地縛霊が出るんだ」

笑い声。若い女率90%《パー》ぐらいの笑い。ルックスが50%《パー》増しにしてる笑いだ。世の中、間違っとる。オッサンのように呟いて、画面を消そうとした麻衣の頭にふいに、巨大ネオンサインみたいなクエスチョンマークが灯った。

ちょ、待てよ。

テレビの前でひたいに手をあてた。「浮気がバレた時の言いわけ」でしょ。ということはえーと、言いわけしていたのは、隣にいる女で、えーつまり——

むこうが本気、私が浮気相手ってこと？

画面にリモコンを叩きつけようとしたが、寸前で理性が右手を押しとどめた。でも、おとなしくテーブルに置く理性までは残ってなくて、カーペットに叩きつけた。単3電池がころころと独りの部屋にころがった。

男はしばらくいいや、と思っていたのに、夏の初めには新しいボーイフレンドができた。フェイスブックで知り合った五歳年上の大手旅行会社の社員。「旅行会社で働きたい」という麻衣の書きこみに、何度も親切にアドバイスを寄こしてくれた人だ。「一度会わないか」と誘われたら、断る理由は見つからなかった。男と女としてではなく、OB訪問の先輩に会うつもりで、業界のことだとか、第二新卒や中途採用の情報を聞きたいと思ったのだ。就職の世話をしてもらえるかも、なんて打算はほんのこれっぽっちしかなかった。

顔も知らずに会った。プロフィール写真に自分のスナップではなくパンダの顔を貼っていた時点で予想はついていたのだが、想像以下だった。大福餅に黒縁眼鏡をかけさせたような人だった。

でも、そこが気に入ったというか、その不細工さに賭けてみるつもりで、また会う約束をした。思えば麻衣は、男に好かれるらしい外見と多少大きめな胸をいいことに、来人ほどではないにせよ、その前にも、前の前も、人にはいちおうイケメンと呼ばれる男とつきあってきた。いままでの自分のメンクイ遍歴（三回だけど）を反省し、乗り越えてみようと思ったのだ。

男とは音楽や映画の趣味も合った。なにより謙虚だった。大きなブランドロゴが入ったポロシャツに、先の尖った靴っていう服のセンスはどうなのとは思ったけれど。

世も末だ。二十一世紀はまだ始まったばかりだというのに。末世でおまっせ。

夏が終わる頃には、見たくもないのに、いたるところで来人の顔や名前と出くわすようになった。

いつも行くお蕎麦屋さんのテレビで。電車に吊るされた雑誌の広告の見出しで。美容室で手にとった女性誌のページで。このあいだなんか、コンビニで立ち読みしようと思ったら、どまん中に置かれたテレビ情報誌の表紙で笑っていた。

もちろん最も遭遇率が高いのは、家で見るテレビだ。バラエティ番組が嫌いじゃない麻衣は、けっして低くない確率でテレビを消すはめになる。しかも番組が終わるまでずっと。

出始めの頃は、大勢の若手芸人の中に混じっていることが多く、一人で出たとしても番組の穴埋めコーナーに呼ばれている感じで、五分も消していれば安心だったのに、いまではトーク番組の雛壇に座っていたり、頭脳クイズの「お馬鹿組」の一人として登場したり、ずうぅっと出づっぱり。

面白いとか面白くないなんて、世間には関係ないらしい。来人が持てはやされている理由は、「いま話題だから」というだけ。「人が見ているから自分も見てみよう」というだけ。たとえつまらなくても、そのつまらなさを確認できれば人々は満足する。そもそも来人はもうコントは披露していないみたいだ。ただテレビに出て存在を消費されているだけ。

カンツォーネが流れてしまうイタリアンの店だ。

「赤ワインは常温でってよく言うでしょ」

ボタンが六つもあるブレザーを着た大福餅が言う。眼鏡の奥の細い目が麻衣の表情を窺ってくる。目を離すとどこかへ消えてしまうのではないかと訝っているような、切迫したまなざしだ。

「みんな誤解してるけど、あれ、いま現在の室温のことじゃないんですよね。フランスワインならフランスの、ドイツワインなら——まぁ、僕は飲まないけど——ドイツの平均的な気温っていう意味なんですよ」

「へぇ」

「これはフランスワインだから、フランスの五月の穏やかな日の気温、そう、十八度ぐらいが適温かな。だからワインクーラーから出すのは、あと二分ぐらい待ったほうがいい。店《ここ》のセラーの温度管理を信じるとするならば」

「フランスにはよく行かれるんですか」

「いや、まぁ、別に」

「私、就職が決まらなかったから、みんなで卒業旅行はパリにって言ってたのに、行けなくて。いいところなんですか」

「僕も、行ってない、ですけど、いまのところ。ワイン以外、特にあそこに魅力を感じないし」

　大福さんの仕事は法人相手の営業だそうだ。本人ははっきり言わないけれどたぶん国内専門。たいていは穏やかに麻衣の言葉に耳をかたむけてくれるのだが、尋ねられたくない話をすると、とたんにぶっきらぼうな早口になる。

「添乗員はやめたほうがいいよ。ストレスと時差で体がぼろぼろになるんだ。うちはほとんど外注。正社員はやりたがらないから。旅行会社の仕事って、別に旅の世話係じゃなくてね、本筋はプランニングとプロデュースなんだ」

「そうですよねぇ。たとえば、どんなプランニングをされてるんですか」

「いろいろだよね、いろいろ。プランニングにもいろいろあるから。トークで相手を誘導するのも、いってみればプランニングのひとつだから。これだけはやってみないとわからないと思うよ」

丁寧語だった喋り方がいつのまにか慣れ慣れしくなっている。それだけで急に、卑屈なほど謙虚に思えた人が、別の男に見えた。女には縁の薄そうな顔の下から、大福餅の薄皮を破って溜まりに溜まったプライドやナルシシズムのあんこが噴き出してきそう。

贅沢を言いすぎるんだろうか、私。

「良かったら、このあと軽くカクテルでもどう？　夜景が眺められるホテルのラウンジで」

「ごめんなさい、今日は用事があるので」

なんの用事だろう。家に帰ってお化粧を落として、お風呂に入って、うっかりテレビをつけて、燃えるゴミの日に捨てたはずの来人の姿が目の前に現れるたびに怒ることだろうか。

真っ暗な部屋で、固定電話の留守電ボタンだけがぼんやり点滅していた。カクテルにつきあっても良かったかなと思いながら、麻衣は灯《あかり》をつけ、孤独なため息をつく。いや、あの時の、大福さんの目はホテルに予約を入れようとしているのが見え見えだった。あの人とは、そういうこと、まだ無理。いつなら無理じゃないのかはわからないけど。

固定電話に留守電を入れるのは、たいがい富山の母親だ。もう一度ため息をついてからボタンを押した。

「まいどあり――っす」

違った。麻衣の感傷を嘲笑う十勝の種牛の鳴き声。「すん」とわざとらしく鼻をすってから、来人の声は言った。

「留守みたいだからまた電話する。すん」

私にいまさらなんの用だろう。「見てくれてる？　俺、なまらでっかいことしたさ」そんな自慢だろうか。「お前のためにがんばったんだよ」なんて勘違いなこと言い出したりしないか心配だった。あんたがどうなろうが、興味はない。私には私の人生がある、というふうな趣旨を、あのすかすかのスポンジ頭にどう説明したらいいのかわからない。

とはいえ、また向こうから連絡されるのも鬱陶《うっとう》しい。録音されたのは二十分前だ。こっちから履歴にかけてみることにした。

笑点のテーマという人を舐めた待ちうたのあとに、来人の声が出た。

「お晩でーす」

「もしもし、私だけど」

「え？」

「私、麻衣」

「あれ？　マイちゃん？」

マイちゃん？　いつも呼び捨てだったくせに、その薄気味悪い呼び方は何？　業界風を吹かせてる？

「そうだよ、マイちゃんだよ」

「……………ああ、麻衣か。ひさしぶりだな、なんか用？」

「そっちからかけてきたんじゃない」

「え？」

ようやく思い出した。来人がスマホの電話帳をろくに確かめもせずにかけてしまう、いい加減なやつだってことを。誰にかけたんだか、麻衣のところに間違い電話をかけてきたことは一度や二度じゃない。そして着信にも相手をちゃんと確かめずに出る。マイちゃんというのは、私じゃないどこか別のマイだ。

「いくらお前でも、サインくれっていうのは勘弁してよ。なまら忙しいさ。ここ三日寝てねえの。今日も病院で点滴打ってきた」

「だから、違うって」

「なんかさぁ、俺、急にトモダチが増えたさ。こないだも昔のバイトの店長から連絡があった。たまには遊びに来いだと。店で『シェフの気まぐれ』のギャグやった時には、俺をどつき回したくせに」

「そっちがかけ間違えたんだよ。送信履歴を見てみな。じゃあね。さよなら、永遠に」

「あ、ちょ、待てよ、せっかくだからもう少し話――」

話なんかない。麻衣は受話器を叩きつけた。ベッドの上のクッションに。

テレビを見なくなってどのくらいになるだろう。大福さんがひんぱんにメールを寄こしてくるパソコンもあまり開かなくなった。最近の麻衣は長い夜を、音楽を聴き、読書をしながら過ごしている。ハーレクインなんて手にとったことがなかったけれど、読んでみると面白い。そこには理想の恋がある。現実にはけっしてありえない恋だ。

とはいえ、この秋に始まった毎週木曜のドラマだけは別。読みさしの『モンテカルロの青年伯爵』を閉じて、今日もチャンネルを合わせた。主演男優が麻衣の好みにどストライクなのだ。もちろん録画もしているけれど、女よりつるつるの彼のお肌は、やっぱり生で見たい。ぽちっとな。

おお、あいかわらずいい男だ。賢い猟犬みたいな鼻筋。野良猫のような魅惑的な目。しかも歯並びがいい。はっきりいってストーリーはいまいち。でも、そんなのは二の次だ。相手役の若手女優の棒読みせりふが気になるだけ。

CMになってもトイレには立たない。彼がドラマの合間のコマーシャルにも出てくるからだ。タイアップっていうのか、深刻なドラマで暗い顔をしていた俳優が、いきなり笑顔でビールやら化粧品やらを奨めてきたりすることが多いのを、どんなもんかね、といつも麻衣は思っているのだが、今回は、許す。

ドラマが後半になり、いまひとつのストーリーとはいえ、続きが気になったところでまたコマーシャル。まぁ、彼を見られるなら我慢しようと画面に集中していたら、げ。

いきなり出てきた。彼じゃなく、来人が。

「いんでないかい～　いんでないかい～」

妙な節をつけて歌いながら『とうきびマイク』というらしいとうもろこしを片手に、ピエロ服に木の葉を貼りつけた、幼稚園の発表会みたいな衣裳で踊っている。レッスンを重ねたことが明らかな、やけに流暢なダンスだ。

LED電球のCMだった。

ついにここまで侵略してきたか。私の生活に。

起用された理由はわかりやすかった。このCMの商品名が「EXライト」だからだ。まだギャラも高くはないだろうし、世間では『イケメンすぎる芸人』ということになっているらしいからターゲットの主婦層にも受けがいいんだろう。

「EXライトでいんでないかい～」

商品説明の図と早口のナレーションが挿入されてから、再び来人が現れた。ロックバンドのボーカルみたいな、麻衣でさえ見慣れてしまったポーズをとって、画面のこっちにウィンクをする。

「しかもエコ」

ああ、誰かあの馬鹿を止めて。

なぁにが「エコ」だ。エコの意味、わかってないくせに。みんな知っているのだろうか。あいつは麻衣が説明してやるまで、地球温暖化のことをずっと「地球が暖かい常夏の楽園になる良いニュース」だと信じていたんだぞ。「十勝にも椰子の木、生えっかな」

あいつの顔を見るたびに、きれいさっぱり捨て去ったはずの過去が蘇ってくる。二人がつきあっていたことを知っている友だちは「惜しいことしたんじゃない」なんて言う。「E塚ライト、月収五百万だってよ」

惜しいもんか。芸人の彼女のどこが惜しい？　本当だとも。恥ずかしいだけ。あいつの馬鹿っぷりが、自分の馬鹿さ加減に思えて。捨てたはずの生ゴミを大勢の前に公開されている気分だ。

ゆうべは、来人のとうもろこしダンスが頭にちらついて、なかなか寝つけなかった。麻衣はあくびを嚙み殺して、最寄り駅のホームに立つ。乗る位置はいつも決まっている。後方から三両目あたり。ここなら乗り継ぎ駅の改札が目の前で、ホームの端っこに近いから、車内もわりと空《す》いている。

定位置に立ち、iPodのイヤホンを耳につっこんだ。「シャカラビッツ」を聞こうと思って、アーティストリストをスクロールしていたら「湘南乃風」をiPodから消去し忘れていたことに気づいた。まぁ、悪くない曲もあるし、これは捨てなくてもいいか。「ｂｅｔｗｅｅｎ　ＹＯＵ　ａｎｄ　ＭＥ」を聞きながら、ふいっと目をあげた瞬間、目の前に来人の笑顔があった。

『ＥＸライトでいんでないかい』

顔だけで１ｍ×１ｍはありそうな、巨大な看板だった。審美歯科に通ったのか、それとも画像を加工しているのか、歯がやけに白い。

麻衣はいつもの習慣を曲げ、乗車位置を別の場所に替えた。

なんとか座れた電車のシートで、隣のおっさんがスポーツ新聞を広げた。ちょっとぉ。しかめっ面を向けてやったけど、おっさんは気づかない。そのかわりに麻衣の目に新聞の見出しが飛びこんできた。芸能欄だった。

『Ｅ塚ライト　映画初主演決定！』

ひぃいいいいいぃぃぃ。

麻衣にとって、いまやこの世のすべてが罰ゲームになりつつあった。

「白ワインってね、白ぶどうでつくるから白ワインなんだって思いこんでる人がけっこういるでしょ。驚いちゃうよねぇ」

大福は何度会っても彼氏候補のままだった。まだ手も握っていない。

憧れの大手旅行会社勤務。高学歴。音楽と映画の趣味もぴったり。今日も映画を観に行った帰りだ。アクション物（ＳＦは不可）とゾンビ映画しか見ない来人なら、むりやり誘っても始まって十分で寝てしまうだろうイランの映画。

「確かに白ぶどうからつくることは多いけど、黒ぶどう、あ、これ、日本人の言う、いわゆる赤いぶどうの正式名称ね。フランス語ではレザン・ノワールだから――」

ワインとイタリアンが好きっていうところも一緒。だけどどうも、男として乗りきれない。ルックスの問題でもないと思う。大福餅みたいな顔にも、二十代なのにお腹の突き出た体型にも、いくぶん慣れてきた。少なくとも安心感はある。浮気はされない、というかできないだろうという安心感だ。

大福がワイングラスをくるくる回して、香りを嗅ぐ。

「レザン・ノワールでつくる白ワインもあるしね。白は醱酵の時に皮を使わない、果汁だけでつくる。だから白いんだ」

でも、なんか、ダメ。趣味や嗜好が似ていても、心はまた別物。性格の善し悪しって普遍的なものではなくて、相対する人ごとに評価が変わるものなのだろうけど、麻衣には、いい性格の人とも思えないのだ。

誠実に見えたのは、女に内気なだけ。謙虚に思えたのは、コンプレックスが抑制していただけ。何度か会うのをオーケーしているうちに、自信をつけてしまったみたいで、隙があれば、威張る。偉そうにする。わがままな「俺さま」が顔を出す。

なんで男って、どいつもこいつも自分を現実より大きく見せようとするのだろうか。クジャクのオスが羽根を広げたり、雄ゴリラが胸を叩いたりするのと同じ、体にインプットされたDNAなんじゃろか。

「あの監督だから期待してたんだけど、ちょっと商業主義に走ったっていうのかな、観客を意識しすぎてる気がしない？　昔からのファンを馬鹿にしてるよね」ついさっき大福が観てきたばかりの映画について延々と吹いていた時の表情は、「つまんねー、こいつ消えるよ、俺のほうがよっぽど面白いしょ」とお笑い番組の芸人にダメ出しをしていた来人の鼻をふくらませた顔と、話題の知的レベルは違っても、なんだかよく似ていた。

いい男が性格がいいとは限らないのも確かだけれど、不細工だから性格がいいわけでもないようだ。不細工が浮気をしなさそうなのは、誠実だからじゃなくて、きっとチャンスが少ないからだ。

男って難しい。来人と別れたことを後悔していない、というのは本当の気持ちだけれど、客席から「かわいいっ」なんて声をかけられているのをみると「この男は私のものだったんだよ」と誰にともなく叫びたくなってしまうのも事実だった。

「ここのジュレ、ちょっと味が落ちたな」

大福がトマトのゼリーをじゅるじゅる音を立てて啜《すす》っている。ああ、無理。ジュレじゃなくて、煮凝《にこご》りだろ、お前は。自分のキャラをぜんぜん把握してない。私のつくったブリの煮凝り（いや、つくれないけどね）を「いんやぁ、うめえだなぁ」と誉めたりしてくれるなら、少しは好きになれるだろうに。馬鹿を自覚して、ルックスを利用していた来人のほうが、まだましだ。

ちょ、待って。なんであの来人《バカ》と比べなくちゃならないんだ、私。

「今日こそ、一緒に飲みたいな、僕の行きつけのバーで。〃ロングアイランド・アイスティー〃って知ってる？　じつは紅茶を一滴も使わないのに、アイスティーの味がするカクテルなんだけど」

いいよ、カクテル。どうせ口当たりが良くてアルコール度数がめちゃめちゃ強いやつなんでしょ。誘うなら、焼酎のビール割りにしてよ。

「ごめんなさい。もういいや」

「え、もういいって、何？　店替える？」

男なんて、みんな同じ?

最近、テレビはめったに見ないから、発表の日になるまでまったく知らなかった。E塚ライトのギャグがその年の「流行語大賞」の候補になっていたなんて。「ライトでいんでないかい」という言葉は、政治経済の分野にまで広まって、いまの政権を揶揄する側にも、支持する側にも、好んで使われているらしい。そしてこれもまた予想されていたことだけれど、候補になっただけで年間大賞には選ばれなかった。残念。麻衣は心からそう思った。もし大賞を獲っていれば、E塚ライトの賞味期限もたちまち切れただろうに。

世間の流行りの末端にいる新聞社やNHKまでが話題にするようになれば、その流行は終る。麻衣がかつて女子高生だった頃もそうだった。仲間うちの言葉が、大人たちに知られたら、内輪の言葉の意味がないし、とたんに恥ずかしいものになるから、使わなくなる。

いや、どちらにしても同じことか。

最寄り駅にかかげられていた来人の巨大看板は、同じ商品なのにもう、ブレークしたばかりのアイドルの微笑みに差しかわっている。

年が変わると、まるで古いカレンダーとともに捨てられたように来人の姿を見かけなくなった。「主演映画の制作頓挫」というYAHOO!ニュースも目にした。デビューから一年が経つ頃には、「あの人はいま」なんてマスコミの特集に名を連ねるようになった。「E塚ライト、惜しいことしたんじゃない」と言っていた友人たちもいまでは口をつぐんでいる。

ようやく麻衣に平穏な日々が戻ってきた。毎朝同じ時刻に職場へ行き、キーボードが叩けるならおサルにもできる仕事をし、定時に帰って、ご飯を食べて、寝るだけの日々だ。

「もしもし、麻衣？　えー、藤村《ふじむら》麻衣さん？」

受話器のむこうで来人が「すん」と鼻をすすった。派遣の仕事を辞め、輸入雑貨の小さな会社に正社員として就職できたから、固定電話は親に黙って売り払ってしまおうと思っていた矢先だった。

「お金なら貸さないよ」

「すん」

月収が五百万だろうが、十五万だろうが、来人には同じことだ。猫にキャットフードの番をさせるようなもの。ポケットにお金があれば、あるだけ遣ってしまう。

「もう俺、ダメな感じ？　放物線ってやつ？」

「下降線」

「ああ、そう、それ」

男のプライドってやつを鬱陶しく思っている麻衣でさえ言いたくなる。あんた、もう少しプライドを持ちなさいよ。

「こういうときって、一人はきついわ」

「私じゃないマイちゃんは？」

「あれ無理。ピアスに百万遣うさ。俺、すっからかん」

「だから、私？　もしかして、虫がいいって言葉を知らないの？」

「虫？　十勝はマイマイ蛾ばっかしさ。やっぱ、俺には、お前しかいない」

「いまさら遅いよ」

言葉とは裏腹に優しい口調になってしまった。受話器の向こうから雨音が聞こえていたからだ。あいつはまた捨て犬に逆戻りか。私がいなくちゃ、だめなんだね。母性本能と自己陶酔がないまぜになった危ない魔法にかかりかけた時に、気づいた。

「ねぇ、いまどこにいるの」

「お前の心の中さ」

いやいやいや。今日の天気予報は確か晴れだった。全国的に。窓の外を見た。きれいな星空が見えた。

「もしかして、部屋の中？」

「すん」

「で、雨のシーンのＤＶＤとか再生してない？　ボリューム大きくして」

「すん、すん」

「あんた、本当に馬鹿だね。邪悪な五歳児の考えることだよ、それ」

「ごめん。なぁ」

「なによ」

「俺たち、一緒にやってみないか」

まさかプロポーズのつもりじゃないよね。麻衣は二十四歳になったばかり。そんな話は先の先だ。先月、大学の友だちが一人、富山は田舎だから中・高時代の友だちがすでに二人、結婚しているから、早すぎるということもないような気がしなくも――

待った。ここは、冷静になろう。あいつが一生をともにできる男とはとうてい思えない。同棲だけして家賃を浮かそうって魂胆かもしれない。それがわかっていても麻衣は電話を切れなかった。もっと聞いていたかった。結局、私じゃないとダメなんだ、というせりふを。

「一緒って、いつまで？」

「まぁ、できれば、長く。ずっと」

「それって、もしかして、そういうこと？」

「うん、そういうこと、だと思う」

「急に言われても」少し迷ってから断るというのはどうだろう。

「な」

「な、って」

「な、な。俺とコンビ組も。コントのユニット。お前、ツッコミの素質あるからさ。女王様キャラってどう？　ドSだし。ぴったしじゃね。俺がいま考え中の新ネタに、『生意気お言いでないべさ』とか『イベリコ豚野郎』とかってツッコんでくれればいいから。革のビキニで。あ、鞭を持ってのありかな。NHKはNGかもしんないけど、TXやCXだったら――」

麻衣は受話器を叩きつけた。取りこんだ洗濯物の上に。

深くため息をつく。それから思ってしまった。
あれ、いまのは、ちょっと惜しかったかな。

# マスク

熱はようやく下がったが、咳はまだ止まらない。だから俺はマスクをして会社へ行くことにした。

月曜日の朝だ。カレンダーは四月になったが、吹く風はまだ冷たい。風邪をひいてしまったのは、暦だけの春に浮かれて、コートを着ていかなかったからだな、きっと。

三十八度近い熱を出して三日間ずっと寝ていたから、駅近くのコンビニまで歩く俺の足どりは、重力の少ない惑星を探検しているかのようだった。足もとは頼りなく軽いのに、体はどんより重い。まぁ、風邪をひいてなくても週の始めはたいていそうなのだが。

マスクは、コンビニの日用雑貨コーナーのいちばん目立つ場所に、何種類も並んでいた。四月はまだまだスギ花粉の季節らしい。花粉症ではない俺は、いったいどれを選んでいいのかわからなかった。

マスクをするなんていつ以来だろう。覚えていないぐらい昔だ。風邪をひいて会社を休んだのだって、社会人になって八年目で初めてだった。

「三次元マスク」「超立体マスク」「三層構造高密度フィルター」「プリーツタイプ」「不織布採用」「ダブルフィルター方式」「0・1μmの微粒子を99・9%カット」

ガーゼマスクはいつの間にか凄いことになっていた。いや、もはや素材もガーゼじゃないものが主流のようだ。パッケージには最新の精密機器のような名称と謳い文句が躍っている。

俺はシンプルなガーゼマスクに伸ばしかけた手を止めた。どうせ一日二日使うだけだから、良さそうなのにしてみるか。「新型三次元・Wブロック加工」というやつをレジに持っていく。『NASAの宇宙工学を応用した新技術』という言葉に惹かれたのだ。

コンビニのドアを出てすぐビニール包装を破り、さっそくかけてみた。昔ながらのシンプルタイプよりふたまわりは大きい。

「お」

思わず声を漏らしてしまった。

マスクは鬱陶《うっとう》しい、という俺の先入観は、どうやら八年以上前の古めかしいものだったようだ。なんというつけ心地だろう。『顔面曲線を研究し尽くした新次元のフィット感』というキャッチフレーズは伊達じゃなかった。

『織りも編みもしていない科学の繊維』である不織布の生地が、俺の顔の輪郭に寄り添って、ぴっちりとまとわりつく。自分にぴったりのブリーフと出会った時の感動に近い。

息を吸いこんでみる。咳は出ない。冷たい外気がフィルターを通ったとたんに暖かいそよ風になり、気管の粘膜をなだめ、繊毛を優しく撫でる。マスクの耳にかける紐の、微妙な痛痒《いたがゆ》さが俺は苦手なのだが、細く薄いベルト状になっているから、これも気にならない。

多少の息苦しさを感じたのは、三枚セットの残りをバッグにしまうまでの間だけだった。温かな空気と適切な湿気を供給する最新の宇宙工学に守られて、俺は重力の少ないこの惑星に新たな一歩を踏み出した。

□

ベルが鳴り響いている。俺は最寄り駅の階段を駆け上がった。コンビニに寄ったぶんだけ遅くなってしまったのだ。通勤快速のドアが目の前で閉まった。

都心にある会社までは、電車で一本、三十分ほどだ。次の快速でもじゅうぶん間に合うのだが、俺はいつもその一本前を利用している。人事部の吉野《よしの》部長が俺と同じこの駅の近くに住んでいて、いつも決まった時間に乗るからだ。

挨拶だけ快活に交わし、まぁ、ここは職場ではないのだしお互いに距離を置こうか、とスマホを取り出すなりなんなり、こちらを放っておいてくれる、なんて対応をしてくれる人ならいいのだが、五十代の吉野部長は昔ながらの熱いコミュニケーションを大切にしているようで、俺の顔を見ると必ず近寄ってくる。「おお、奨学金の沖村《おきむら》くん」俺が入社の面接の時に、奨学金をもらって大学を卒業したと話したことを、当時課長で面接官だった彼はいまだに覚えているのだ。そして電車を降りるまで喋りまくる。

人事部長と仲良くしておいて損はないんじゃないの、と同期の連中は言うけれど、朝っぱらから父親みたいな年齢の上司とお喋りなんかしたくはなかった。いつも一方的に喋るばっかりだし。朝の情報番組で仕込んできたらしい話題はツッコミどころが満載なのに、立場上、ツッコめないし。口が臭いし。

ホームで吉野部長が立つ位置は決まっている。進行方向の前から三両目。会社のある駅の出口が目の前になる場所だ。俺の会社は始業時間がわりと遅いから、この時間にはラッシュがピークを過ぎ、離れた場所に立っていても見つかってしまう。だから俺は、一本遅れた時には、駅のトイレに直前まで潜み、発車寸前に進行方向後方の車両に飛びこむようにしている。

一階へ降り、改札近くのトイレに急いでいたら、見覚えのある丸っこい体がボールが弾むように近づいてきた。あちゃあ。吉野部長だ。あと十歩の距離。いまさら逃げも隠れもできない。俺は立ち止まり、「おはようございます」と声を出し、軽く頭を下げた。

あれ。

部長は振り向きもせず、俺の横を通りすぎていく。

まったく気づいていない。最接近距離は一メートル弱だったのに。一瞬、目が合った気もするのだけれど。

俺は自分の顔を撫でてみた。柔らかな肌触りの布に触れた。

そうだった。俺はマスクをしていたのだっけ。つけていることを忘れてしまうほどの優れモノを。

なるほど、マスクには花粉だけでなく、視線をブロックする効果もあるのか。声もマスクでくぐもってきちんと伝わっていなかったんだろう。俺はトイレの前でUターンし、堂々とホームに立った。念のために部長からは少し離れた場所に。

部長がこちらを向く。今度はしっかり目が合った。だが、気づかれない。俺の髪形は今年で三十歳になるサラリーマンとしてごく一般的で、背は低いほうではないが長身というほどでもなく、太ってても痩せてもいない。

そうか、俺は、たった一枚の布で、自分の姿を隠せるのだ。

吉野部長にアカンベをしてみた。もちろんマスクの中で。気づかれない。

なんだか嬉しくなってきた。誰もが一度は夢見る透明人間になった気分だ。マンデーブルーの重い体が分厚いコートを脱ぎ捨てたように軽くなった。

いつもより十分遅い車内は、学生がまだ春休みのせいか、ぽつぽつと間隔を空けて人が立つ程度だ。ちょうど空いた席に反射的に滑りこむ。座ってから後悔した。俺の前には誰も立っていない、ノーガード状態だったから。

電車のシートに座ると、俺はいつも落ち着かない気分になる。ふだんは空《す》いていても——ガールフレンドの鈴香《すずか》か誰かと一緒の時はともかく——たいてい立っている。

向かいの席の人間から、じろじろ見られるのが嫌なのだ。

誰も見ちゃあいないよ、と人には言われそうだが、いいや、あきらかに見られている。ふと顔を上げた瞬間、目を逸らされることが俺にはよくあるのだ。

だが、今日は他人の視線が気にならなかった。新型三次元マスクに守られているからだ。俺の真向かいに座った若い女が、スマホを打つ手を止めてこちらに目を走らせてきたが、その視線は俺にというより、窓に貼られたステッカー広告に向けられているようだった。

自分が電車の部品のひとつになった感じだ。それはとてもいい気分だった。

□

月曜日の午前中は定例会議だ。

俺が勤めているのは印刷会社で、部署は商業印刷を担当する営業三課。合コンで社名を口にすれば、女の子のうちの一人ぐらいは「ああ、知ってるかも」と言ってくれるそこそこの大手だが、ペーパーレス、電子化が進行しつつあるいまの世の中では、景気がいいとは言えない。大学は文学部で、出版社や広告代理店に勤めている昔の仲間から、「男はいちおうマスコミ関係」という縛りの合コンに「お前を誘うと女子の二次会参加率が高くなる」などと言われて何度か誘われたことがあるけれど、女の子たちに会社のことを語りはじめたとたん、てきめんに興味をなくされてしまうのがお決まりだった。俺の話を熱心に聞いてくれたのは、鈴香だけ。まぁ、そういう会社だ。

会議室でマスクをはずしたとたん、暖かい呼吸を失った俺は咳こんだ。隣の席の係長に横目で睨まれる。

「いいよ、マスクしてろ。罹《うつ》すなよ」

「ういっす」

新年度の最初の定例会議だったから、朝賀《あさか》課長が頭の中に原稿を用意してきたらしい口調で訓示を始めた。新年度といっても、課の顔ぶれに変わりはない。会社が人員削減を進めているから、うちの課には今年も新入社員が配属されなかった。仕事も得意先も代わりばえすることなく、先週からの仕事が今週もまた、いまの課長の訓示みたいにだらだらと続くだけだ。

坊さんがラップを歌っているような課長の演説を聞いているうちに、だんだん眠くなってきた。朝のんだ風邪薬のせいだ。そして呼吸するたびにマスクに満ちる空気が喉へ逆流し、肺へ戻り、暖かい春風のように俺の体内に吹き渡っていくからだ。

まぶたがだんだん重くなる。

だめだだめだ。俺はこっそり頬を叩いたが、マスクのソフトな生地越しで叩いても、それは子守歌を歌う母親の、布団とんとんみたいに、さらなる眠気を誘うだけだった。

ああ、春の野原が見える。

蓮華《れんげ》畑だ。


「沖村」

蓮華畑で鈴香と草ずもうをしていた俺を、誰かが呼んでいる。

「おい、沖村」

課長の声だ。

俺は一瞬で花畑から会議室に舞い戻る。やば。新年度そうそう会社を休んで、出てきたとたんに居眠り。課長は太い眉毛をひとつながりにして怒っているだろう。おそるおそる顔を上げた。

課長の眉毛はつながってはいなかった。

「お前はどうなんだ」

声も怒った調子じゃなかった。俺がだらしなく口を開け、唇の端からよだれまで垂らしていたというのに。口を拭おうとしたが、拭えなかった。そうか、マスクのおかげで勘づかれていないのだ。

「えーと」

どうなんだと聞かれても、なんのことだかわからない。みんなの視線が俺の顔に集まっている。俺の苦手なシチュエーション。しかも俺は狼狽がすぐ顔に出るほうだ。だが、今日の俺は落ち着いていた。新型三次元マスクがついているからだ。みんなが見ているのは俺の顔じゃなくて、俺のマスクだ。そしていまの俺は表情を読まれることもない。

隣の係長のシステム手帳を覗きこむ。年間スケジュールのページを開いていた。たぶん今年度一年間の活動計画と抱負を一人一人に語らせているのだ。

「えー、引き続き、新日本損保《しんにほんそんぽ》のパンフ、DMは死守していきたいと思っています。他社の食いこみも激しくなっていますので。さわやか信販の新しいクレジットカードに関しては、現在、プロジェクトを進行中です。今年中に新規をあと二社ほど増やせれば……」

課長の眉と眉が数ミリほど接近するのを、平静を保ち続けている今日の俺は見逃さなかった。元体育会系の朝賀課長は曖昧な口調を嫌い、嘘でもいいから断言することを好む。俺は言葉を変え、マスクの中で断言した。

「いえ、三社増やします」

課長が大きく頷く。とりあえず合格のようだ。

ありがとう、宇宙工学を応用した新型三次元マスク。

ありがとう、NASA。

□

新日本損保の応接ロビーで販売促進室の室長を待っているあいだも、俺はマスクをつけたままだった。このロビーには、パーティションがない。しかも週の初めとあって、たいていのブースが埋まっている。いつもながらのアウェイな環境だが、今日の俺はゆったりくつろいで椅子に背を預けていた。

室長はいつも五分は遅れてやってくる。少し寝ちゃおうかな、なんて余裕たっぷりなことすら考えていたら、

「や、沖村君」

いきなり肩を叩かれた。俺はマスクをはぎ取ろうとしたが、室長は、そのままそのまま、というふうに手のひらをこちらへつき出してくる。新日本損保はビジネスマナ

ーに小うるさく、真夏でも、あっちはクールビズなのに、こちらは上着を脱げないような得意先なのだが。

むこうもマスクをしているからだろう。室長は重度の花粉症なのだ。この時期にはいつも塗装工事でも始めるのかと思うようなごついマスクをつけている。室長はやけに機嫌が良かった。

「沖村君も、ついにあれ？」

「いえ……」言いわけがわりに咳きこんでみせた。風邪です、と言いかけて、思い直し、違うせりふを口にする。

「ええ、そのようです」

室長の「あれ」とは花粉症のことだ。名前を口にするのも忌々《いまいま》しいらしい。花粉がひときわ舞う日には、しばしば八つ当たりされる。「お元気そう？　あれにもなってない君に言われたくないよ、そんなこと」「こっちも大変なんだから、なんとかしてよ。君たちはあれじゃないんだし」

室長は同じ花粉症の他社の営業がお気に入りで、申込書や約款の仕事をそいつに回しているという噂だ。花粉のせいで、うちの会社が長く、広告代理店を通さずに「直《チョク》」で受けてきたパンフレットやダイレクトメールの仕事を取られたらたまらない。

「それ、新しく出たやつでしょ」

俺のマスクを指さして言う。

「そうなんですか、なんせ『あれ』は初心者なもんで」

「私も試してみたけど、もうひとつなんだよね。これにしなよ。いいよぉ」

今日の室長のマスクは、立体なんてもんじゃない。ブラジャーの片側みたいにこんもり盛り上がっている。

「はぁ」

室長がマスク談義を始めてしまった。「裏側の構造がまたすごいんだ」と、マスクを1ミリもはずすことなく説明する。ここでは当分、マスクをはずせないな、まいったな。などと考えながら、じつはちっともまいってなんかいなかった。望むところだったからだ。マスク初心者としては、各マスクの機能、使い心地、コストパフォーマンスを詳細に語る室長の話にメモを取りたいぐらいだったが、いつまでもこうしているわけにはいかない。

「室長、例のがん保険ご成約キャンペーンのSP物もろもろですが、そろそろ入稿させていただきたいのですが」

「ああ、あれ、もうちょっと待ってくれない。商品開発のほうが揉めててさ、グラフの数字やらで。私もせっついてはいるんだけど。まだ大丈夫なんでしょ。一週間待ってよ」

室長がマスクの上の両目を三日月のかたちにして、俺の顔を窺ってくる。いつもながら表情が読めない人だ。とくに花粉の時期は。

目は笑っていても、頬が引きつっていたり、口もとがこわばったりしていれば、本当に困っているのだろう、とこちらも推測できる。逆に、唇も笑いだしそうにひくひくしていたら、単に怠けているだけだとわかる。なにしろ目以外に情報がないから困りものだ。

「来週の月、火あたりにはなんとかするからさ」

すまなそうにも、せせら笑っているようにも聞こえる声だ。マスク越しの無線連絡みたいな声からも、本音が窺いづらい。

俺は手帳を取り出し、軽く唸ってみせた。

「うーん」

正直に言えば、こちらもまだ印刷紙を確保しきれていないから、今日、明日に入れても納期は変わらない。下手に早くもらってしまうと、「あそこは時間がかかる」なんて評価につながりかねなかった。二、三日後の入稿がベストだ。かといって来週にずれこむと、本当に厳しいスケジュールになってしまう。『月、火あたり』というあいまいな表現がくせものだ。火曜の夜か水曜の朝、なんてことになったら、工場の連中に罵倒される。

室長が首を伸ばして俺の手帳を覗きこむしぐさをした。俺がのけぞり、手帳を胸もとに引き寄せ、体を揺すってイヤイヤをすると、ひひっと笑った。

ほんと、何を考えているんだろう。ブラジャーのカップに鼻をつっこんで匂いを嗅いでいる変態オヤジにしか見えない。相手は販売促進室を十数年間棲み家にしてきた古狸だ。まだまだ若造の俺は、いつも足もとを見られてばかりいる。

「来週だと、かなりきびしいですねぇ」とりあえず、『かなり』に力をこめて言ってみた。「今日いただけるものと思っていましたから」

「本当？」

室長が俺の顔を見据えてくる。どこかに「嘘」と書かれていないか、探るように。いつもは簡単に見透かされてしまうのだが、今日の俺は0・1ミクロンの微粒子すらガードする不織布に守られている。両頬に浮かんだ「大・嘘」という二文字を読まれはしまい。

「まぁ、調整し直してみます。今週いただければ、なんとかなるかもしれません」

「今週、中、ならいいよね」

ふふふ。室長がマスク越しに笑う。これはたぶん、自分の望みどおりの答えに満足している笑いだ。「来週」というのは俺の反応を窺うための牽制球だったんだろう。

俺も笑った。思いつめたまなざしのまま、マスクの中だけで。こっちも思うつぼだ。むこうに借りをつくらせ、なおかつほぼスケジュールどおりに進行できる。マスクの力を借りてもうひと押ししてみた。

「できれば水曜日にいただけるとありがたいのですが」

「じゃあ、木、でお願い」

「しかたない。木ですね。室長にはかないません」

俺は眉を「〉」のかたちに寄せながら、唇も「〉」にした。

新型三次元マスクを手に入れた俺は、知った。

人は顔面から、あらゆる個人情報を漏洩して生きているのだ。

いままでの俺の顔はなんて無防備だったのだろう。言葉にする前に、顔から感情や本音や秘密をことごとく晒け出してしまっていたのだ。恐ろしい。ヌーディストビーチで勃起してしまうようなもの。

□

始業時間のゆるい会社はたいていそうだが、仕事が終わる時刻は遅い。その日、俺が自宅の最寄り駅に降りたったのは、午後十時すぎ。これでもいつもより早いほうだ。夕飯の弁当を買い、ついでにアダルト雑誌を立ち読みしようと思って、いつものコンビニに入る。

別にアダルト雑誌の熱心な読者というわけじゃない。三年前、出版分野の営業をしていた時に担当していた雑誌をいまでもチェックしているだけだ。

アダルト雑誌を担当していると話すと、友人たちに羨ましがられたが、そんなに甘いもんじゃない。

モザイクをもっと薄くしろ。これじゃあ薄すぎて販売停止になる。モデルの体のキスマークを消せ、尻のぶつぶつを消せ、妊娠線を消せ、タトゥーを消せ。

もう、たいへんだった。うるさ型の編集長の顔色ばかりうかがっていた。あげくに俺は、先方の意向で、担当をはずされてしまった。「やつは仕事もろくにしないで、うちの女性編集者に色目を使う」なんてクレームをつけられて。根も葉もない大嘘だ。

編集部の唯一の女性と何度か飯を食ったのは事実だが、誘ってくるのは、毎回むこうからだった。編集長にセクハラを受けているといつも俺に怒っていた。

いまでもチェックしているのは、別に女の裸が目当てなわけじゃない。いまの担当者がどんなモザイクかけや修正作業をしているのか、俺とどう違うのか、もしくはまったく変わらないのか、むしろ俺より下手な仕事をしているのか、見比べたいだけだ。本当だとも。半分は。

コンビニに入り、ふとレジを見ると、
あらら。俺のお気に入りの女性店員がいた。シフトを替えたのか。いつもは朝、俺が缶コーヒーを買うと、釣り銭を寄こす時に笑顔とともに両手を添えて、なおかつ俺の手にそっと触れてくるのだ。俺に気があるのでは、とつい勘違いしてしまいたくなる。

弁当だけ買うか。それもいつもより高いやつ。なおかつカルビ焼き肉弁当とか、とんかつ弁当なんてむっさいのではなく、健康にも気を使っている男であることをアピールできるヘルシーさを感じさせるもの――なんて鈴香の生霊に後頭部をポスターケースでぶったたかれるようなことを考えながら、弁当を物色していて、はたと気づいた。

何も気にすることはないのだ。

なぜなら俺はマスクをしているのだから。

俺はかつて担当していた『エロリンピック』を堂々と立ち読みし、なおかつ買うことにして、ジャンボロースとんかつ弁当とともにレジへ持っていった。

女性店員は、『エロリンピック』を汚物を扱う手つきでレジ袋に放りこみ、俺の顔にマニュアルだからしかたなくという調子の、笑顔も感情もない決まり文句を投げ、釣り銭を渡す時にも両手を添えてくれず、手のひらに小銭を落としてきた。

勢いづいた俺は、家にまっすぐ帰らず、レンタルＤＶＤ屋に足を向けた。俺は生まれてこのかたアダルトビデオというものを借りたことがない。恥ずかしい話だが、恥ずかしくて。

一度、借りてみようか。最近の鈴香はいきなり俺の家に押しかけてきたりするのだが、むこうも夜が遅いデザイン事務所勤務だ。今日はまず来るまい。

マスクは俺に、いままでとは違う行動をおこさせてくれるようだった（いまのところ具体例は『エロリンピック』とアダルトビデオだけにせよ）。表情を消す、顔を隠すということは、消極的な行為に見えるが、その実、思わぬ積極性をもたらしてくれるのだ。

マスクが俺に教えてくれた。

人間というのは、常に人の視線を気にして生きているってことを。

そして、それがいかに馬鹿馬鹿しいかを。

□

風邪が治っても俺は、マスクを使い続けた。会社や得意先には、いきなり花粉症になったようだと言いわけをして。

実際には、ただマスクをやめられなくなっただけだ。一度、使いはじめると、マスクは俺の体の一部になり、手放すことは考えられなくなった。

空《す》いている帰りの電車では、いつもシートに座る。他人の目が気にならなくなったからだ。

会議や打ち合わせもやりやすくなった。なんせ相手は顔という貴重な情報源を惜しげもなく開示してくれる。俺のほうは秘匿し続けたまま。むこうだけカードを晒すルールのポーカーゲームをしているようなものだ。

コンビニで堂々とアダルト雑誌を買えるし、ケーキ屋では男には気恥ずかしい名前のスイーツを名指しできる。俺は下戸で甘党なのだ。合コンが盛り上がるにつれ、俺が女の子に退《ひ》かれてしまうのは、酒が飲めないことも一因だと思う。

AVはやめた。七泊八日のやつを借りたのがいけなかった。返し忘れているうちに、五泊目に鈴香に見つかってしまったのだ。鈴香は抜き打ち検査みたいにいきなりやってきてこう言った。「ねぇ、仕事の資料のDVDを見なくちゃならないの。デッキ借りるね」鈴香が操作ボタンを押したとたん、『裸エプロン縄悶え』がするすると——

まぁ、そうした失敗はあるものの、マスクは人の目ばかり気にして生きていた俺に、優しく温かい呼吸だけでなく、心の平穏ももたらしてくれた。自分が誰でもない、相手に認識されない存在であるというのは、気持ちのいいものだった。

マスクひとつで、俺を取り巻く世界は変わった。重力から解放された惑星に暮らしているように。いや、俺が別人になったのか。

新日本損保の室長は、このところ俺に優しい。打ち合わせのたびに、花粉症の症状緩和方法や花粉の飛散状況や花粉症用マスクに関するさまざまな情報を教えてくれる。花粉症の話をしている時には、本音もぽろりぽろりと漏らす。俺は貴重な情報に心から感謝をし（マスクに関してだけ）、仮面の下で舌を出している。

三次元マスクの次は、室長おすすめの「ウルトラ立体マスク」を試してみた。さすがマスクマイスターの見立てだけあって、なかなかの優れモノだったが、紐状ベルトの耳の痛痒さがどうにも俺には合わない。ウルトラ立体マスク七枚セットを使い終わる頃、俺はもっと凄いマスクを見つけた。

医療従事者向けのプロ仕様マスクだ。

上下についた固定用のバンド二本を耳ではなく、航空機の酸素マスクのように後頭部で固定する。顔を覆う立体部分の表面積も隆起もウルトラ立体マスク以上。布というより段ボールのような硬さと厚みのある材質だから、唇や鼻に生地が触れることがない。吠えぐせ矯正の犬用マスクみたいに見えなくもないが。

なによりフィット感がいままでのものと比較にならなかった。花粉どころかバクテリアの防御まで考えた構造だ。外界とより完全に遮断されている安心感といったら。まさにマスク界の至宝。キング・オブ・マスク！

一枚でランチ一食分ほどの値段だから、使い捨てにせずに、何日も使っている。衛生的とはいえないだろうが、問題はない。もう俺がマスクを使う目的は、身体的なものではなくなっている。俺がマスクで保護し、予防し、治療しているのは、俺の心だから。

□

子どもの頃から顔がコンプレックスだった。

目が全体に不釣り合いなほど大きかった。だから、小学生の頃のあだ名は「ばつ丸」。サンリオのキャラクターの『バッドばつ丸』からだ。ガキのくせに目つきが良くなく、アヒルみたいな唇の形も似ていた。知らない大人からは「可愛い子」と頭を撫でられることもあったが、母親は俺の顔を嫌っていた。

「お父さんに、そっくりだよ」

俺の顔だちは、小学校三年の時に女をつくって家を出て行った、母親の言う「女ったらし」の父親によく似ているらしい。

俺の父親の記憶は、小学校低学年までの薄靄《うすもや》がかかったものだけで、正式に離婚が決まると、母親はアルバムから父親の写真をすべて排除して——三人が並んで写っているものは切り刻んでまで——しまったから、いまとなっては確かめようもないのだが。何も教えてくれないまま、母親は四年前に死んだ。

中学校に入ってからは「ピノキオ」と呼ばれた。とんがった鼻のかたちからだ。少年ジャンプの『ONE PIECE』が流行り出すと、あだ名は「ウソップ」になった。好きでもない女の子に告白《コク》られたことは何度かはあったが、好きだった女の子には、「キモい」と言われた。

俺が立候補した飼育係に、彼女も手を挙げ、みんなに囃《はや》し立てられた時だ。「違うよ、動物が好きなだけ。沖村、キモいし」だから俺は彼女とは顔を合わせないように、一人でウサギに餌をやっていた。

高校でラグビー部に入ったのは、目玉が大きくまつ毛も不必要に長い俺の顔を「女みたいだ」と同級生にからかわれたからだ。男らしくなりたかった。

初めてレギュラーで出た練習試合で、俺はゴリラみたいな連中に集中攻撃を食らった。顔立ちをなめられたのだ。その試合で鼻の骨を折った。形成外科医は完全に元通りになったと言うが、自分の顔だ。鏡を見ればわかる。それ以来、俺の鼻は曲がったままだ。

俺には人と話をする時に、片手で鼻を覆ってしまう癖がある。鈴香にも何度も注意された。考えてみれば、俺は昔からマスクを欲していたのだ。

電車の中で俺がしばしば視線を向けられるのは、きっと鼻が曲がっているせいだ。みんな俺の鼻を笑っているのだ。

□

眼鏡も必要かもしれない。

風呂に入る時と、寝る時以外は、常時マスクをするようになって一か月ほど経った頃、俺はそう考えるようになった。

表情を読まれない、顔を隠せる、といっても、完璧というわけじゃなかった。口と鼻を隠すと、他人の視線は、俺の目もとに集中する。親父によく似た、「沖村、キモい」の、バッドばつ丸みたいな目つきの悪い目だ。より理想に近づくために、それを閉ざす必要がありそうだ。

俺の視力は1・5だから、いままで眼鏡の世話になったことはない。サングラスにしたいところだったが、職場で使うのは、どう考えても無理だ。俺のプロ仕様マスクでさえ、みんなに冷やかな目を向けられている。

結局、花粉症用の眼鏡を買った。水中眼鏡のように顔面を密閉するゴーグルタイプ。紫外線をカットするために、レンズには薄いブルーが入っている。

得意先で嫌な顔をされているのは確かだが、クレームをつけられたことはない。みんなは俺を病人だと思っている。何の病気と思っているのかは知らないけれど。

□

「ねぇ、人と仕事の話をする時には、ちゃんとマスクをはずしなさいよ」

新日本損保の応接ロビーだ。室長が俺に向けてくる目が、打ち合わせをはじめた時から、尖っていることはわかっていた。だから、刺激しないようにいつも以上に言葉づかいに気をつけ、条件を譲歩していたのだが。

「失礼でしょ、それ」

五月も半ばをすぎた。室長のマスクは二週間前に消えている。

「申しわけありません、しかし症状が……」

「ほんとうに花粉症なの？　重症の私ですら、もう必要ないんだよ」

マスクから解放された（俺に言わせれば放棄だが）とたん、室長はいままでの自分をはるか頭上の棚に上げるつもりらしかった。

「そのふざけた眼鏡も、なんなんだよ、いったい」

「ブタクサのあれでして」

「ブタクサは八月からだよ」

何らかの症状を抱える人間は、他人の病《やまい》にも詳しい。そして手厳しい。

「あんた、違う病気なんじゃないの。みんな噂してるよ。朝賀さんはなんて言ってるの」

課長には、とっくに説教を食らっている。何度も。体育会系上司なのに、いや、体育会系だからかねちねちと。だが、かなり重いブタクサの花粉症で、これがないと仕事にならないとか、新日本損保の花粉症室長には、この格好のほうが商談がスムーズに進むとか、そのたびに言い逃れをしていた。他のお得意のところでは外していると いう上手くなった嘘もついて。

「あの、なぜかずっと咳が止まらなくて、マスクなしだとご迷惑をおかけするのでは、と思いまして」

「そんなやつが人の会社に来るな。帰れ」

まずい。ただでさえ、新しい自動車保険のパンフとDMの発注が、他社との相見積もりになってしまったのに。

しかたなく、マスクに手をかける。後頭部にバンドを通すプロ仕様のうえに、ゴーグル眼鏡をかけているから、はずすのに手間どり、室長から二回、舌打ちが飛んできた。人前でマスクを取るのは、いつ以来だろう。連休中は静岡に帰っていた鈴香が、久々に俺の家に来た時か。

マスクをはずしたとたん、外気が頬を叩いた。まだ冷房のない室内は暑苦しいはずなのに、俺には冷気に思えた。

顔面だけでなく全身が強張り、震えた。羞恥のためだ。路上でパンツを脱いでしまった気分だった。

室長の三回目の舌打ちは、ゴーグルもはずせという意味のようだった。処女にブラジャーだけでなくショーツも脱げと言っているような仕打ち。俺はわななく指でゴーグルも脱ぐ。

自分がフルチンで応接椅子に座っている気がした。俺は床に視線を落とし、頬を染め、身悶えし続けた。もはや打ち合わせどころじゃなかった。

「帰れ、二度と来るな」

室長が俺を一喝し、先に席を立ってしまった。

どうしたらいいのだろう。このままじゃいけないことはわかっている。

だが、もう俺は、マスクなしでは生きられない。

なけなしの定期預金を解約するために、銀行の自動ドアをくぐり抜けたとたん、周囲に緊張が走った。

□

理由はわかっている。最近の俺は、深夜、コンビニに入った時も、店員に身構えられる。顔に大きなマスクをつけ、ゴーグルをかけ、ベースボールキャップを目深にかぶっているからだ。

番号札を抜き取って、順番待ちのソファに座ると、警備員と大柄な行員が、さりげなく俺の背後に立った。

カウンターの前に行く。俺の順番になったとたん、係員が女性行員から若い男の行員に代わった。手続きを済ますあいだ、行員の片手はずっとカウンターの下に隠れたままだった。たぶん通報用のボタンがあるのだろう。

人から自分という存在を消すためにマスクやゴーグルをつけているつもりが、いつの間にか俺は、人目を引く存在になってしまった。

それがわかっているのに、やめられない。マスクもゴーグルも帽子も。第一、いまの俺には、自分に集まる視線がさほど気にならなかった。

みんなの目に映っているのは、あくまでも「マスクと眼鏡と帽子姿の怪しい男」であって、その中身の俺ではないからだ。

俺自身はまったく見られていない、知られない。そう考えれば、いいだけの話。

□

「そこのあなた、ちょっといいですか」

深夜の路上でいきなり懐中電灯の光を浴びせられた。俺を呼び止めたのは、二人組の警官だ。年配のほうが、世間話でもしかけるような調子で尋ねてくる。

「こんな時間にどこへ行くの」

「どこってコンビニに行った帰りですよ」

俺は温めた弁当が入ったレジ袋を振ってみせる。深夜というより明け方に近い時刻だ。俺はもう何日も昼夜が逆転した生活を送っている。主な活動時間は、人けのない夜だ。

年配の警官が俺の顔を覆ったマスクに何か言いたそうな顔をしてから、俺の頭に目をとめた。

「この陽気に、なんでそんな帽子かぶってるの？　暑いでしょ」

俺は、六月半ばの蒸し暑い夜にはふさわしくないニットキャップをかぶっている。

「寒がりなので」

ベースボールキャップでは耳を隠せないからだ。大きな耳も俺のコンプレックスのひとつだ。

「夜なのになぜサングラス？」

ゴーグルは真っ黒なレンズの遮光タイプに替えた。

「ファッションですよ」

住所と名前はすらすら口にしたが、職業を聞かれて口ごもったのがいけなかった。

若いほうがいきなり警笛みたいな声をあげた。

「サングラス、とって」

俺は恥じらいに震える指を気取られないように、ゴーグルを脱ぐ。

「マスクも」

布地に手をかけ、しばし躊躇《ためら》ってから、目を閉じ、噛みしめた唇の下までマスクを引き下ろす。

年配が、差し出した免許証に目を細めてから、視線で俺の顔を舐めまわす。ああ、もうやめて。両手の指でマスクの裾をきつく握り締めた。なんとか耐えられたのは、場所が街灯の下の薄暗がりで、相手が行きずりの男たちだったからだろう。

「あれ？　もしかして」若いほうが、俺の顔を覗きこむなり、警笛のかわりに口笛を吹いてしまったような声をあげる。「……俳優さん、だよね」

若い警官が小声で年配の警官に何やら説明をはじめた。

この人、知ってますよ。ほら、テレビでよく見る。少し前の映画にも出てた。何て名前だったっけ。確かジャニーズ事務所の……

誤解だ。よく間違われる。俺によく似た俳優だかタレントだかがいるらしい。俺に言わせればぜんぜん似ていない。そいつの鼻はまっすぐで、俺のように曲がってはいない。

だが、一秒でも早くマスクを身につけたかった俺は、わざと曖昧なせりふを口にした。

「いや……まずいな……かんべんしてくださいい……」

サインを求められたが、断った。そいつの下の名前を思い出せなかったからだ。

□

「ねぇ、それ、冗談だとしたら面白くないよ、全っ然」

待ち合わせた喫茶店に先に着いていた鈴香が俺の顔を見るなりそう言った。

「冗談なんかじゃないよ。今日の俺のファッション」

注文を取りにきたウエイトレスは俺から顔をそむけ、見て見ぬふりをしている。

「まさか、その格好で電車に乗ってきたわけじゃないよね」

「いや、乗ってきた」

俺はガイ・フォークスの仮面をつけている。薄く笑った顔と黒い口髭と顎鬚が特徴の、海外のネット系住民のデモなんかでよく使われるデスマスクみたいな仮面だ。

「ネット社会の匿名性を死守するための、抵抗のシンボルなんだよ」

「なにがネット社会だよ。LINEの返事も寄こさないくせに。まず、それをとって。それまでは口をきかないからね」

俺はしぶしぶガイ・フォークスの仮面をとる。かわりに立体マスクをつけようとしたら、仕事の途中でやってきた鈴香にポスターケースで頭を叩かれた。

「マスクもやめて。第一、コーヒーどうやって飲むつもり」

俺は店内の客とけっして目が合わないように、鈴香だけを見つめた。

いまの俺が顔を晒せる人間は、鈴香だけだ。しょっちゅう裸を晒し合っている仲だからだろうか。AVを見つけられた夜には、裸エプロンにもなった。俺のほうが。

「なんで会社辞めちゃったの」

「じつは辞めたんじゃない。クビになったんだ」

「やっぱりね。なんとなく原因はわかってるけど」

最初は鈴香と会っている時も、人の多い場所ではマスクやゴーグルをつけていた。酷い花粉症になったと偽って。

そのうちに鈴香と外で会わなくなった。会うのは、マスクをはずせる俺の家でだけ。外出の誘いを断るために、「会社を辞めた。就活に忙しい」と新しい言いわけをつくった。だから鈴香は気をつかって、俺の家にも来なくなった。顔を合わせるのは一か月ぶりだ。

でも、鈴香に嘘はつけない。俺の発する信号を誰よりも素早く察知してしまう。たとえマスクやゴーグルをつけていても。顔を見なくても。休日出勤をしているのに、今日ここで会おうと鈴香が言い出したのも、俺の電話の声の中から、なんらかの危険信号を受信したからだと思う。

「ねぇ、謙吾《けんご》、なぜ顔を隠そうとするの」

何もかもお見通し。鈴香が家に来た時には普通にふるまっていたつもりなのに。俺は素直に――ダダをこねる子どもみたいに素直に――答えた。

「嫌になったんだ。人に顔を見られるのが」

「なぜ嫌？」

「自分の顔が嫌だし、みんなも俺の顔が嫌いだろうから」

「私が言うのもなんだけど、自分のルックス、把握してる？」

女には好かれる顔かもしれない。別にうぬぼれではなく、過去の経験から、正直そう思う。でも、そのことも含めて俺は自分の顔が嫌いだ。俺の顔は人を幸せにしないのだ。鼻が曲がってるし。

「鼻、別に曲がってないよ。もし曲がってたとしたって、それがなんなのさ。私はあんたの見かけが好きになったわけじゃないよ。正直、第一印象は『かっこいい』だったけど、顔なんてずっと一緒にいれば飽きちゃうし」

そうかもしれない。俺も同じだ。鈴香の第一印象は『可愛い！』だったけれど、もう三年のつきあいだ。容姿の魔力みたいなものは薄れていく。三年もつきあっている理由は、お尻のかたちはいまでも好きにせよ、もっと違う部分だ。

「性格」とも単純に言い切れない、相性というか引力というか、凸と凹が適度に嚙み合う感じ、あるいは嚙み合わなさも心地いい感じ。たとえもっと美人でも、お尻のかたちが完璧でも、鈴香の中身が別の人間だったら、とっくに別れていたかもしれない。

「気にしすぎ。顔を隠したいって、それ自体がもう、顔を意識しすぎ。そりゃあ、見た目、いいほうがいいけど、生理的にムリかも、ごめんなさい、じゃなければ、それでいい。お店の看板みたいなもんだよ。中に入っちゃえば、大切なのは味」

こじゃれた店のカフェラテに不服そうに顔をしかめてから鈴香は言葉を続ける。

「自分が思うほど、人は、自分のこと、見てないって」

いつものことだが、あっさり説得されそうな予感に、俺は精一杯の抵抗を試みた。鈴香の理路を飛び越えた理屈にいくら説得力があったとしても、俺のこの病気のようなものは、治らない気がするから。

「スズだって、ときどき伊達マスクするって言ってただろ。それとどう違うのさ」

「うーん、まぁ、あたしは本当に花粉症だから、赤くなった鼻は見られたくないし。メイクするのが面倒な時には、便利だし」

「ほら、やっぱり意識してるじゃないか。人に見られたいって思う気持ちと、見られたくない気持ち、人間にはきっと、その両方の欲求があるんだよ。俺はたまたま見られたくないほうの欲求が強くなったってだけ」

そう、看板さえ下ろせば、誰も中に入って来ない。

「うーん、ちょっと違うかも」

「どこが」

「女の場合、顔はひとつじゃないからね。化粧してるから」

「ああ、なるほど」

その手があったか。

□

「ケン子ちゃーん、二番テーブルさん、ご指名よぉ」

「はぁあーい」

俺はせいいっぱいの裏声で返事をし、真っ赤なドレスのふりふりの裾をひるがえして二番テーブルへ急ぐ。二十七センチのピンヒールの音が仄暗いピンク色の照明が灯った店内にかつかつと響く。マスクはしていない。そのかわり顔にはばっちり化粧をしている。大きすぎる目は、つり目気味のアイラインでカバーし、曲がった鼻には理想の直線のノーズシャドウを塗っている。頭には縦に横にくりくりにカールした金髪のカツラ。

四番テーブルからいきなり足が伸びた。脛毛を剃り落とし、ハンマー投げで鍛えた大腿四頭筋を、網タイツで隠した太い足だ。

「ちょっとぉ、あんた、入ったばかりであたしのお客さんを取るつもり？」

贅肉のない四角い顔。いくらファンデーションを塗っても、隠しきれていない青い顎。先輩ホステスのアサカだ。俺はトマトレッドに塗った唇を尖らせた。

「しょうがないじゃない。ご指名なんだもん」

「ちょっとカワイイからっていい気になんないでよ」

「うっさいよ、ブス」

「なんですって。きいーっ、悔しい。あんたこそ、なにさ、そのへんな鼻。ふん、この鼻曲り」

鼻のことを言われたら、黙ってはいられない。俺は髭剃り跡の青々とした顔にパンチを見舞う。女っぽいネコパンチに見せかけた、必殺の横拳だ。

だが、さすがは元体育会系、俺のパンチを分厚い筋肉に守られた肘でブロックした。

「なにすんのっ。会社の女の子にちょっと人気だからって、いい気になっちゃって。悔しかったら、新規三社、きっちり取ってきてみなさいよ。なにさ、新日本損保さんから切られちゃったくせに」

くっそお、アサカめ。俺をクビにしたのはやっぱりこいつか。

客がつかず、三番テーブルでふてくされて手酌のビールを飲んでいた、丸っこいベテランホステスが、二枚重ねにしたつけまつ毛をばちばちとはばたかせたかと思うと、いきなりグラスを投げつけてきた。

「そうよそうよ、生意気よ、鼻曲りは」

朝めしの納豆の臭いの息を吐きつけて俺をなじる。ヨシノだ。こいつもアサカの味方か。

「朝、あたしに会ってもいっつも挨拶なしなのよ、この子。失礼しちゃう。ぷん」

俺を会社から追い出したのは、こいつかもしれない。マスクとゴーグルで完全武装した俺の姿は社内でもいつしか有名になってしまったから、朝のホームで無視していることには、当然気づいていたはずだ。

「おいおい、君たち、喧嘩はやめたまえ」

二番テーブルの客が立ち上がった。小柄な男だった。両端をカールさせた古風な髭を撫でている。

「ほぅら、これで仲直りだにぃ」

小男が静岡弁で叫び、懐から万札をつかみ出して、宙に放り投げると、アサカとヨシノがきゃあきゃあと黄土色の嬌声をあげて札を拾いはじめた。小男が俺ににんまりと笑いかけてくる。

「さぁ、謙吾、こっちへ来なよ」

男じゃなかった。ガイ・フォークスのつけ髭をした鈴香だった。

そのとたん、俺の厚化粧が、仮面みたいにぽとりと落ちた。

俺は、ぎゃあ、と叫び、自分のその声で目を覚ました。

ベッドの上だった。隣では鈴香がハート型の尻をこっちに向けて猫みたいにまるまって寝息を立てていた。

俺は寝汗で濡れたマスクのない頬をつるりと撫でて、暗闇の中で呟いた。

「俺には、無理」

□

「にゅるにゅるにゅるっちゃ〜」

俺がせいいっぱいの裏声で叫んで、思いっきりジャンプをすると、歓声がわき起こった。

「よい子のみんなぁ、よく来たにゅるぅ〜」

俺は不織布の中で奇声をあげ、跳びはね、ころげまわる。子どもも大人も笑う。

ここは静岡県の地方都市。夏休み最後の週の、子どもイベントのステージだ。俺はマスクどころか、全身を不織布に包まれている。この街のご当地キャラクター「ウナマッチャ」に変身しているからだ。

「抹茶アイス、そんなにうまいけえ？　子どもには苦いだらあ。無理するなっちゃ〜」

薄い布地だけのてきとーな着ぐるみも、ゆるキャラのくせに喋りまくるのも、船橋市の非公認キャラクター『ふなっしー』の二番煎じ（三番か四番煎じかもしれない）だが、この街では人気急上昇中。家族連れだけじゃなく、カップルや女子中高生も、ウナマッチャめあてに集まっている。鈴香の考えたキャラクターデザインが、ゆるいけど、けっこう可愛らしいからかもしれない。

会社をクビになり、仕事のない俺を、同郷の友だちにキャラクターデザインを頼まれた鈴香が、ギャラのかわりに「中の人」に推薦したのだ。がんばらねば。今日は鈴香も見に来ている。彼女の両親も。いつまでも無職では合わせる「顔」がない。

「馬鹿みたい」

「でもおもしろーい」

「ウナマッチャ〜、こっち見て〜」

メッシュの覗き穴越しに、みんなの視線が俺に集まっているのがわかる。小さなステージだから、不織布を通して客たちの声が聞こえる。

「誰が中に入ってるんだろう」

「プロの俳優さんじゃない？」

布一枚のいい加減な着ぐるみとはいえ、八月の真昼だ。中は恐ろしく暑い。俺は汗まみれだ。ここでは不織布はけっして俺に優しくない。

「中の人、見てみたーい」

「どうせ、おっさんだよ」

「案外、イケメンかも」

俺はようやく、俺の存在を祝福してくれる場所を見つけた。

すべてを洗い流すような大量の汗をかきながら、俺は思う。

ああ、顔出ししたい。
みんな、俺を、知ってくれ。
俺を、見てくれ。

# カメレオンの地色

明日の十二時にマカベさんが来るというのに、梨代《りよ》はまだ部屋を片づけられずにいた。

キッチンシンクはもう、激落ちクレンザーで顔が映るまで磨き上げている。ダイニングテーブルには下ろし立てのクロスを敷いた。なにしろ明日のお昼には、マカベさんに、タイ風カレーを食べてもらうのだ。手慣れた料理のひとつですっていう顔をして。

流しに山積みになっていた食器を洗ったり、カップ麺やレトルト食品のパックを捨てたり、シチューの残りに極彩色のカビが生えていた鍋を磨いたり。そんなこんなですっかり時間を使い果たしてしまった。

携帯で時刻を確かめる。

01：27

明日じゃないや、もう今日の昼だ。残り時間はあと十時間半。いやいや、慣れない料理をクックパッドの『たまにはじっくりことことコース』のレシピどおりにつくるとしたら三時間はかかる。ナチュラルメイクは手間がかかるから、化粧の時間も多めに欲しい。となると実質七時間ってとこか。

梨代は親指を嚙む。焦っている時の癖だ。ただし今日はネイルが剝げないように指紋のあるほうだけ。

どこから手をつけていいのかわからなくて、とりあえずテーブルに花を飾ることにした。マカベさんはカナダの大学を卒業したそうだ。キャンパスはロッキー山脈の麓。「なぜそこにしたの」って聞いたら、「自然が好きだったからかな」って答えた。きっと花が好きだと思う。花が好きな女も好きだと思う。

だから、一本二百八十円もするトルコキキョウを三本、洗面ボウルに浸してある。トルコキキョウの花言葉は「誠実な愛」だ。麻のクロスといっしょに無印良品で花瓶も買った。まだ包装を解かずにどこかに置いてあるはずだけれど。

あれ、どこだろ、花瓶。

花瓶、花瓶。がびーん。ない。ああ、もうっ。どこいっちゃったんだろう。

どこと言ったって、この部屋のどこかに決まっている。

梨代は、ゴミ袋や雑誌や脱ぎ捨てた服や空き箱や空きボトルその他いろいろが堆積している七・五畳の空いているほんのわずかなスペースにぺたんと座りこんで、ぐるんと見まわして、今夜八度目のため息を漏らす。やっぱり片づけるしかないか。いままでで最大のため息だったから、そのとおり、と相槌を打つように、目の前の生ゴミの袋がかさりと鳴った。

ゴミ袋は30ℓ十枚入りを二つ買ってあるけれど、足りるだろうか。うむむ。微妙なとこだな。

まず最大の元凶である古雑誌を紐でくってひとまとめにすることにした。明日は資源ゴミの日じゃないから、近くの電子なんとか工業の社員寮に捨てに行く。三十本以上が埋蔵されているはずのワインの空きビンや、何本になるのか想像もつかないペットボトルといっしょに。電子なんとか工業の社員寮は、道路に面した駐輪場のすぐ脇がゴミの集積所で、梨代の住むマンションとは違って、曜日かまわずゴミが置かれているのだ。

梨代がゴミを捨てられない女になったのは、もともとの怠惰な性格はもちろん認めなくちゃならないけれど、それだけが原因じゃない。言いわけさせてもらうとするなら、一階に棲む湯婆婆《ゆばーば》のせいでもある。『千と千尋の神隠し』に出てくる、あれの実写版。

四年前、引っ越してきてすぐのことだ。梨代は朝、燃えるゴミを集積所に持っていった。ところがここらの収集車は巡回の時間が早いらしく、回収された後だった。しかたなく持ち帰って、次の燃えるゴミの日の前の晩に出すことにした。その頃の梨代は、契約社員として働いているデパートの勤務シフトが遅番で、のちに朝八時前だと判明した回収時間には起きられそうもなかった。起きられたとしても、化粧をし、着替えるのが面倒だし。

夜一時すぎに二つに増えたゴミ袋を集積所へ持っていった。

金網の扉を開けたとたん、出たのだ。あの妖怪が。

まるでドアの魚眼レンズから見張ってでもいたように、集積所の斜め向かいの部屋からボールカーラーをたっぷり巻いた大きな顔が出現したかと思うと、

「何をやってるのあんた」

レッドカードのホイッスルみたいな声をあげた。キノコみたいな頭を振り立てて。グレムリンみたいなチワワを抱いて。

「ゴミ出しは、朝。回収時間の直前。人の迷惑を考えなさい。生ゴミには野良猫が来

るのよ。鼠もよっ」

チワワにも吠えられた。確かに少しのうしろめたさもあったから、その時は、小さな声ですいませんと謝って、ゴミを両手にぶら下げて部屋へ戻った。

次の次のゴミの日には、がんばって早く起きて、パジャマの上にコートを羽織って、マスクをして、コンタクトをしていない時のぐりぐり眼鏡をかけて、三袋に増えたゴミを出した。時刻は七時四十五分。やれやれ、これにて一件落着。

とはいかなかった。その夜、帰ったら。

部屋のドアの前に三つのゴミ袋が置かれていた。

朝、梨代が出したものだった。ペン習字を習ったことがございますのよ、と自慢しているような文字の貼り紙がしてあった。『きちんと分別してから出しましょう』袋からペットボトルが透けて見えている上に。誰のしわざかはすぐにわかった。ゴミの中には宛名付きのダイレクトメールや通知書が入っている。中を開けて調べたとしか思えない。

恥ずかしさと、それ以上の憤《いきどお》りで、目の前が発光した。

あんた何様？　管理人？　いつもはちゃんと分別してるんだからね。ボトルのラベルも剝がして出してる。キャップはポリオ撲滅キャンペーンのボックスに捨ててる。

あのペットボトルは、たまたまゴキブリを叩いちゃって、触るのが怖くなって、手近なゴミ袋に詰めただけだ。他人のゴミ袋を開けるのって犯罪じゃないの？　訴えてやるっ。

一階に駆け下りて、ドアをがんがん叩いて、出てきた湯婆婆を言葉の弾丸で蜂の巣にする、なんて、できるはずもなく。

梨代は自己主張の強いヒトが苦手だ。なにか言われるとすぐに頭が真っ白になって、自分は悪くないと思っているのに、その場を逃げるためだけに先に謝ってしまう。

怖くなってゴミが出せなくなったのは、それからだ。ティーバッグのホチキスにまで、分別しろって文句をつけられる気がして。またゴミ袋を勝手に開けられたらと思うと、下着もカード会社の明細書も捨てられない。

生ゴミは臭いが酷いことになるから、ときどき社員寮に捨てに行ってる。ペットボトルなんかはコンビニのゴミ箱。でもそれも、誰かに見とがめられたらと思うと、しょっちゅうは実行できない。

というわけで、梨代の部屋は、四年分のゴミの何分のいくつかで埋まっている。チワワはヨークシャーテリアにかわったけれど、湯婆婆はまだ一階に棲息している。カーラーを増量した頭をさらに巨大化させて。

もう何年も部屋には人を上げていない。田舎の母親はもちろん、そのときどきの彼氏たちも。

友だち？　幸いなことに、家に呼ぶような友だちは梨代には一人もいない。だけど、先々週、ミュージカルを株主優待券で観に行った帰り、ＢＭＷのハンドルを握ったマカベさんに、こう言われたのだ。

「独り暮らしが長いからね。もうイタリアンも隠れ家和食も飽きちゃったよ。今度、君の家で食べたいな」

断わることなんてできはしない。マカベさんは、デパ地下にも店を出している佃煮の老舗の長男で、副社長で、身長１８３のイケメンだ。ああ、はいはい。大切なのは外見じゃない、お金じゃない、でしょ。わかってますよ、大切なのは心なんですよね。

そう言われても、梨代の場合、いままでつきあった男たちの心っていうのは、みんな似たようなものだった。考えているのは、不特定多数の女のことと、自分のことばっかり。まぁ、そのことには別れる頃になって気づくんだけど。

心なんて見えないから、よりわかりやすい部分を指針にしたってバチは当たらないと思う。世の中には、見かけも悪くお金もなく性格も悪い男はごまんといる。梨代の父親もそうだ。

よし、やるか。梨代はヘアバンドをぐいっと頭の上に引き上げた。

雑誌の多くはファッション誌。服を選ぶ時の参考にしている。というか、載ってる服と同じのを揃えている。デパート勤務だから、そう難しくはない。見つからなかったり、値段が高すぎるときには、よく似た色とデザインのものを社員割引で買っている。

「自分らしく」「あなたの個性で」なんて言われても梨代は困ってしまう。ああ、はいはい。それじゃダメ、ですよね。良識的なご意見、ありがとうございます。でも、逆に聞きたい。自分らしさについて四百字で書きなさい、なんてテスト問題があったとしたら、なんて書く？　あなたの個性について三分間スピーチしろって言われたら、なにを喋るの？

梨代には書けることは一行もないし、喋る言葉も思いつけない。答えがわからないから、答えを求めて雑誌を買っているのだ。

梨代にとって服は、自分を表現するものというより、人にどう評価されるかが試されるリトマス試験紙みたいなものだ。試験紙なんだから、なるたけいい色に染めたい。

マカベさんとつきあい始めた三カ月前からは、タイトル文字が水色の、大人のオンナと呼ばれる女優やモデルが表紙で笑っていない雑誌を買うようになった。マカベさんが連れて行ってくれるお店や遊び場に来てる女たちが、どこでどんな服やヘアを手に入れているか、解答が載っているやつだ。

ああ、これは先々月号だ。紐でくっちゃだめじゃないの。

雑誌はもうずっと前から山にし続けているから、上から片づけていくと、だんだん古いものになっていく。まるで地層みたいで、笑ってしまう。いやいや、笑ってる場合じゃないか。

雑誌の山を切り崩していくにつれて、タイトル文字がピンク色で、やたらにキラキラした表紙の雑誌が増えてきた。前の男の地層だ。去年までの男は、くるくるカールの髪やミニスカが好きだった。ほかの女の足や胸を追尾装置がついているみたいに盗み見るやつだったから、タイツを網々にしたり、まつげをもりもり盛ったり、こっちも必死だった。

そのうち図に乗ってきて、こんなことを言い出した。

「恥毛、ちゃんと剃れよ。逆三角な」

デパートの正社員だった。紳士雑貨フロアのサブマネージャー。いつもお客さんにぺこぺこするのが仕事だから、その反動なのか、裏へまわると威張る威張る。

去年の春、お客さんの現金支払いをクレジット扱いにすり替えるせこい着服で、表沙汰にしないかわりに退職金ゼロで会社をクビになった。

男は言った。「こんな俺でも、ついてきてくれるかい」

ついていくわけ、なかろうが。

ありゃあ、オレオレ男の典型だったな。考えてみれば、前の前の男も、オレオレ野郎だった。男ってみんなああなのだろうか、梨代にそういうタイプを惹きつけてしまう引力があるのか。

逆か。自分が引き寄せられているのかもしれない。

じつはオレオレ男のほうが、梨代は楽だった。君の好きにしていいよ、なんて言われたら、何か裏があるんじゃないかって疑って、落ち着かない気分になってしまう。

部屋の右手、南北につらなる雑誌の山脈の奥から、ストリート系のファッション誌にまじって、リオネル・メッシがおまぬけ笑いをしているサッカー雑誌が出てきた。かき分けると出るわ出るわ。「ワールドサッカーファン」「グローバルフットボール」「U－サッカーマガジン」。

これは前の前、三年前の男の山だな。「UEFAチャンピオンズリーグ選手名鑑」

だの「欧州選手権徹底ガイド」だのというムックも発掘した。

三年前の男はヨーロッパサッカーが好きだった。デートの定番は深夜のスポーツ・バー。「オフサイドってなに？」って聞く梨代を最初は可愛いって思ってくれていたみたいだけど、なにを話されてもさっぱりわからないから、「なにかに夢中になってる男のヒトって素敵」ってな顔で、ひたすらにこにこ笑っていたら、だんだん梨代に苛つきはじめた。

「もう少し勉強してくれよ」「趣味は共有したいよなぁ」

共有じゃなくて強要の変換ミスじゃないかと思ったが、その時は二人の仲が、欧州リーグのワンシーズンももたないとは知らず、男に気に入られたくて、サッカーのルールを必死に覚えた。選手名鑑も買った。男がいちばんのファンだった、プレミアリーグのマンチェスター・ユナイテッドの全選手の名前を空で言えるようになった頃、その男とは別れた。梨代が行けなかった晩にスポーツ・バーで知り合ったらしい、鹿島アントラーズファンの女と二股をかけられたからだ。

二股じゃないな。完全に乗り換えられたな、ありゃあ。男の部屋から、あんなに馬鹿にしていたJリーグの鹿島アントラーズのユニフォームが出てきて、ことが発覚したのだから。

男のことはあまり思い出さないけれど「デビッド・ベッカムが、レストランでLサイズのピザを8ピースに切るか、6ピースに切るかと尋ねられたとき、『8ピースじゃ、食べきれないよ』と答えた」なんて無駄な知識は、いまでも頭にしみついてしまっている。

いちばん下の地層からパンクファッション誌が一冊だけ出てきた。これはかなり前。ビジネス専門学校を出てデパートで働きはじめた頃のはずだ。前のマンションから越してくるときに、クッション材がわりに荷物に入れたのが、混ざってしまったんだと思う。

真っ黒い表紙の中で、短い金髪を頭の上に突きたてた少女が、中指を突き出してこっちを威嚇している。お願い、私を見ないで、って言ってるふうに。

若かったんだねぇ。二十一か二の頃。東京へ出てきて初めてつきあった男が、タトゥー入りのパンク野郎だったのだ。

男にすすめられて初めて耳にピアスの穴を開けた。へそピーもした。タトゥーを入れようかと本気で考えはじめた時に、別れた。そいつが左の二の腕に入れていた「YAHT」というアルファベットを、本人は「ヤング・アット・ハート」の略だなんて言ってたけど、じつは、別れた女たちのイニシャルだと、男のパンク仲間から聞かされたからだ。「あれ、これ、言ったら、まずかったかな」

女の数を勲章にする男だった。あいつは「YAHT」の後にちゃんと「R」を入れただろうか。その新しい五文字を、次の女にはどう説明したんだろう。ヤング・アット・ハート・ロック馬鹿？

あのままつきあっていたら、舌にもピアスをしていただろう。いや、Sの気のある男だったから、乳首とか、もっと痛いところにも。

雑誌を片づけていると、ついついページをめくってしまう。犬耳折りにしてあるところなんかを開いてしまうのだが、なぜここをチェックしたのか、後から見るとまったくわからない。片づけている途中で掘り出したデジタル時計は、まだちゃんと時刻をきざんでいた。

02：43
いけない。急がなくちゃ。雑誌は後まわしにしよう。ペットボトルや空き缶や捨てられない明細書や請求書やダイレクトメールやその他もろもろがちびテーブルを覆いつくしている部屋の中央のジャングルも。まず左手の燃えないゴミの袋を玄関に出すのだ。

「やれば、終わる」昔、誰かが言ってた言葉を思い出す。

親指を噛みながら言ってみた。

「よし、やれば、終わる」のか、ほんとうに。


燃えないゴミの袋の下からは、すっかり着なくなった服が、ミルフィーユみたいにがびがびになって出てきた。ワードローブの中は、いま現在の服でいっぱいで、部屋の左手の奥底には、季節はずれの服や長く着ていない服が眠っていた。

そうだった。最初のうちは湯婆婆だけじゃなく、男ばかりの社員寮に捨てるのも怖くて、古い下着を厳重に包装してこの辺にころがしていたのだ。おぞましいそのゴミ袋を見たくなくて、上からずんずん服を積んでいったのだっけ。一度、部屋が汚くなっちゃうと、だんだんすべてがどうでも良くなってしまうのだ。

上層部の冬服や秋冬物を取り除くと、あとは、もしかしたらまた着るかも、という服は見事なまでになかった。まとめてゴミ袋に入れていく。脱臭剤を放りこんでおいたおかげで、奇跡的に臭気を発していなかった下着専用の厚手のビニール袋も。中身を想像するだに恐ろしい。

胸のところがレントゲン写真になっている黒Tが出てきた。げげ。こんなの着てたのか。タトゥー男の時じゃない。その少しあと。腕のアルファベットのことを教えてくれたパンク男と、短い間だけつきあったのだ。いま考えると、タトゥーの秘密をばらしたのは、梨代に気があったからかもしれない。デパートの規定では、茶髪はレベル8までだったから、ライヴに行く時だけ髪を金に染めたっけ。

わりといいやつだったけど、予想通り口が軽くて、人間も軽く、つきあって四カ月めに、梨代になんの相談もなく、まるで一泊温泉旅行へでも行くふうに、ロンドンへパンク留学してしまった。

あ、花瓶、あった。

クッション包装を剝がして、テーブルに置く。真新しすぎるのも不自然な気がして、ぺたぺた指紋をつけてみた。テーブルクロスにも一本だけケバをつくる。ああ、こんなことしてる場合じゃない。

比較的楽勝だと思っていた、ベッドの下も難関だった。燃えないゴミの巣窟。多いのはＣＤだ。

ジャズのアルバムが出てきた。これは誰とつきあってた時のものだっけ。着服オレオレ男？ いや、あれは、いい年をして、アイドルグループとか聞くやつだった。サッカー野郎か。

ゴミの山の上に載せてあるCDコンポの周りに置いてあるのは、マカベさんがよく聞くっていうB'zとか浜崎あゆみとかだけ。梨代には自分で聴きたいと思う曲はとくにない。東京へ出て最初の男に「倖田來未」を馬鹿にされて以来。

そのときどきには思うのだ。相手の好きなメロディを聞けば、歌詞を知れば、その男のことが理解できるんじゃないかって。自分がどんな音楽が好きかなんて、そのうちにわからなくなってしまった。男が代わると、それまでの曲はまったく聞かなくなる。特に悲しい思い出があるわけでもないのに。

いっしょに合コンに行った同じ売り場の子に、トイレで化粧直ししてるときに言われたことがある。

「カメレオン女」

冗談めかした口ぶりで、フォローするつもりだったのか、「見習いたい」なんてつけ加えていたけれど、鏡越しに梨代に向けてくる目は、本物の爬虫類を眺めているかのようだった。一匹のゴキブリを見たら、百匹いると思えって、よく言う。つい口に出したっていうことは、売り場のみんなは、梨代を百ぺんぐらい、そんなふうに言っているんだろう。

正解かもしれない。でもね、カメレオンの体の色は、相手に合わせて変わるんじゃなくて、周りの環境に合わせて変わるんだよ。危険から逃れるために。

カメレオンの地色って何色なんだろう。梨代はもう、自分がもともと何色だったのかもわからない。

03：20

制限時間まで、あと九時間を切った。

いや、待てよ。

ここにあるすべてのゴミを真っ昼間に捨てに行くわけにはいかない。いくら明日が土曜日だといっても、やっぱり朝早くじゃないと、まずいよね。となると、残された時間は——

ああ、四次元ポケットが欲しい。この部屋のすべてを放りこんで、どこか遠くへすっ飛ばしてしまいたい。私も含めて。

現実から逃避するために、料理の下ごしらえを始めることにした。なにしろ「煮込めば煮込むほどおいしくなる」レシピ。いまからでも遅すぎるぐらいだ。

タイ風カレーにしたのは、ねぇ、何を食べようか、って言って「男めしミシュラン」とかいう雑誌を眺めていたマカベさんが、これうまそうだなぁ、と指さしていたのを覚えていたからだ。マカベさんに食べてもらう最初のメニューとして、肉じゃがも頭によぎったが、いかにもすぎる気がしてやめた。

具にタケノコと鶏肉を使っているところが、タイ風カレーを選んだ決め手だ。ふだん煮物なんかをつくり慣れてるイメージをかもし出せる。まだつきあいはじめる前、デパートの女の子たちを食事に連れて行ってくれたとき、「好きなタイプは、料理が得意な女の子」マカベさんははっきりそう言っていた。

パクチーがくたくたしてたから、袋から取り出して、コップに浸《つ》けておく。やめておけばよかった。指にパクチーの臭いが染みついた。ただでさえ消臭剤三個分の「オレンジピールの香り」が臭う部屋に、パクチーの臭いまでまざって、よけいに酷くなった。

梨代自身はパクチーは嫌いだ。カメムシみたいな臭いがする。梨代の故郷では、蠅や蚊と同じぐらいポピュラーな虫。うっかり潰してしまったら、嫌な臭いがいつまでも鼻から離れない。

「やれば、終わる」が誰の言葉だったのか、梨代はようやく思い出した。

「やれば、終わる」

なにかと言えば、そう口にしていたのは、中学三年のときの担任だ。

声ばかり無駄に大きい英語の教師。あの頃はかなりなオッサンに見えたが、いま思えば、マカベさんとたいして変わらない年齢だったかもしれない。

「やれば、終わる」そう言って宿題をたっぷり出した。そのくせクラスのいじめに対しては、知っていたはずなのに「何もやらなかった」。あいつがなにかを「やれば」、あっさり「終わる」かもしれなかったのに。

一学期の中間テストの途中で、そのいじめは始まった。とくに理由なんてなかった。日本全国の中学校に敷かれているカースト制の制度上の問題。クラスにはいくつかの階層があって、誰もが最下層になることだけは避けたいと願って日々を過ごしている。でも、下がなければ、上もなくなってしまう。いない場合は、最下層が創設されるのだ。

標的はカサハラという名の女子だった。地味で無口で、丸顔が紙でつくったお月さまに見えるほど顔だちの印象も薄い子。

あえて理由をあげるとしたら、ほんとうに馬鹿みたいな理由だ。馬鹿すぎて、最初に始めたのが誰か、恥ずかしくて名乗り出る人間がいなかったぐらいの理由。本人には何の責任もない名前だ。

カサハラさんの下の名は、ショウコ。

続けて読むと、カサハラショウコ。時代が悪かった。いまから十二年前、二十世紀最後の年。オウム真理教の地下鉄サリン事件が起きてから、まだ何年も経っていない頃だ。頭も何年か前の小学生のままの男子の誰かが、テストの合間の休み時間に「ショウコ〜、ショウコ〜、カ、サ、ハ、ラ、ショウコ〜」なんて「麻原彰晃の歌」の節をつけてカサハラさんをからかいはじめた。中間テストとその先にある高校受験に押し潰されかけていたみんなは、パンク寸前の体から悲鳴を漏らすみたいに笑った。何人かが合唱した。以来、カサハラショウコの歌が、クラスで流行ることになった。

「サリンがうつる」「やばい、洗脳される」第二次性徴期のホルモンバランスの不均衡のせいとしか思えない、男子の妙な狂躁に、ホルモンバランスが不均衡な女子たちの憂鬱が、相乗りした。「あの子、臭くない?」「キモいよね」「違うよね、あたしらとは」

いじめの司令塔は、女子のカースト制度の上位を形成していた四人グループ。校則違反ぎりぎりのスカート丈で、一人を除いてはルックスも良く男子にもてて、勉強もそれなりにできる子たち。

梨代たちその他大勢の中間派は、見て見ぬふりをした。下手に関わったら、自分も最下層に突き落とされる。

とはいえ、いつまでも傍観者のままではいられない。むりやり共犯者に仕立てあげられる。カサハラさんへの悪口のリアクションが良くないと、グループの一人が、見えない踏み絵を隠して話しかけてくるのだ。

「榊原《さかきばら》さんはどう思う？　カサハラショウコウのこと」

そんなふうに。

「え、うん、やっぱ、ちょっとキモいかな」

作者の意図を記せ、という国語の問題と同じ。それ以外に、正解はない。

カサハラさんは二学期から学校へ来なくなった。

クラスには、ぽっかりと大きな穴が空いた。

良心の呵責のために胃潰瘍みたいな穴が開いたわけじゃない。

いなくなった標的が残していった、新しい誰かを放りこむための落とし穴だ。

四人グループが、新たな生贄《いけにえ》を求めているのは明らかだった。他のみんなは、その照準スコープが自分に合わせられないように、身を縮めて過ごした。梨代もカースト中位の座を守るために、適度にノリがよくて、誰とも話が合って、喋り上手でそれ以上に聞き上手な、榊原梨代という名前の中三女子を必死で演じた。

スカート丈は女子の平均値。つまり校則より三センチ短め。髪の長さも平均値。ソックスのワンポイント柄はオーソドックスタイプ。ヘアゴムも四人組のリーダーとかぶらないものを選んだ。結ばないという選択肢もあったのだけれど、体育もあるしテニス部だったし、平均的な長さの場合、それはそれで危険だ。「あのコ、男受けねらってるよ」万一に備えて、ヘアゴムを二種類用意していったこともある。

梨代の名前をわざと「なしよ」と間違えることをジョークだと思っている担任教師が、梨代の顔を見つめて、「今日は宿題なしよ」なんて口にした時なんか、恐怖で縮みあがったものだ。

初めてのボーイフレンドができたのは、なぜか、その頃だ。むこうから「つきあってくれ」と告白《コク》られた。

二年のときに転校してきた子。名前は中村遼介《なかむらりょうすけ》。背が低くて、にきびだらけで、成績はクラスの中ほどをうろちょろしていた。得意なスポーツは部活のサッカーだけ。とりえといえば、女子には面白くもなんともないギャグが、男子にはけっこう人気があったことぐらい。ぜんぜん好みのタイプじゃなかった。

オーケーしたのは、打算からだ。

わずか十四歳にしての、女の打算。

ボーイフレンドがいる子は、一目置かれて、いじめられないことがわかっていたのだ。しかも遼介は、クラスの男子の主流派で、女子四人組とも仲がいい。

遼介と待ち合わせて帰る途中も、コンビニのベンチに座って話をする時も、梨代が考えていたことは、ひとつ。

嫌われたくない、だ。笑いのツボの染色体が違う、遼介のつまんないギャグに笑い、とっくに知っている話にも、初めて聞いたって顔でおおげさに頷いた。

四人組の男友だちの彼女の座から転落したら、たちまちいじめの標的になるだろう。そう考えていたのだ。いま考えると、まるで捨てられまいと愛人にすがる情婦だ。

人の顔色を窺うのには慣れていた。家でもそうだったから。母親がお手本だ。根拠のないプライドばかり高くて、すぐに仕事を辞めてしまうくせに、家族には偉そうに怒鳴り散らす父親に対して、文句ひとつ言えない人だった。酒に酔うときまってモノに当たる父親が割った茶碗のかけらを、無言で拾うことしかしない人だった。そのくせ陰では、梨代と弟にこう言った。「私が働ければ、あんな男はほっぽって、あんたたちを連れて出ていくのに」

母親は家を出ることも、職につくこともなく、いまも父親と二人で暮らしている。

二学期の終り頃、新たな生贄候補が浮上した。

オカムラヨシミ。帰宅部の女子。やや太め。お弁当用のタッパーにポケモンのキャラクターが描かれているのを誰かが発見したのだ。

「キモっ」

「女オタク？」

オカムラさんに幼稚園に通う弟がいることは、考慮されなかった。ポケモンが流行り出したのは、クラスのみんながまだ小学生の頃で、家にゲームやカードがある子はいくらでもいたことも。せっかくのストーリーづくりに不要だから。

「なぁ、岡村、ポケムラって呼んでもいい？」

「オタムラじゃね」

最上位女子グループのリーダーが、量刑を宣告するように言った。「違うよね、あたしらとは」

それがクラス全員でハブる――いや、梨代の田舎ではまだシカトって言ってた。あの子とは口をきいてはいけないという、ただ一人に対しての箝口令の――合図であることは、すぐに空気でわかった。いつも必死で空気を読んでいるから。

宣告は一対三十八で、可決のはずだった。

でも、そうはならなかった。一人が声をあげたからだ。

「もうやめようぜ、そういうの。ガキじゃないんだし」

梨代の、クラスのその他大勢の、心のうちを読み上げたような声だった。

遼介だった。

新しいターゲットが決定した。遼介だ。

その日の放課後、クラスみんなの視線があからさまに冷ややかになっていたのに、遼介はいつもと変わらないのん気な声を梨代にかけてきた。

「俺、掃除当番でさ。城址公園のいつものとこで待ってて」

その頃には三年は部活を引退してて、コンビニ前はいつもほかの生徒でいっぱいだったから、通学路を遠回りした公園でお喋りをしてから帰るのが、二人の習慣だった。行きたくなかった。公園は中学校のカップルたちの人気スポットだ。クラスの子に見られたくなかった。

石垣しかないお城の裏手のベンチで、透明人間になれる呪文を唱えながら地面を見つめていると、遼介は隣に腰を下ろすなり、前置きなしで喋りはじめた。

「ヤバいってわかってたんだけど、言っちゃった。だって、誰かが言わなきゃ、だよな」

持ってきた、いつも二人で一本の炭酸飲料のペットボトルを梨代に握らせて、梨代から目を逸らしたまま言葉を続けた。

「最初は沈黙は筋肉《キン》マンって、思ってたんだ。あ、いまのギャグね。でも、榊原が見てるって気づいたら、つい、さ。一緒にへらへらして、榊原に情けないヤツって思われたくなくてさ」

どんな返事をしていいかわからなかった。梨代は遼介が来る前に帰ってしまおうか、なんてひどいこと考えていたのに。情けなくて恥ずかしくて嬉しかった。

「明日から、俺、シカトかな。だよなぁ」

お城のない石垣を見つめる目が泳いでいた。

「あ、でも、榊原がいるから、いいや。毎日、榊原と会えて、話ができれば、他のみんなからシカトされても、どうってことない」

遼介のことを本当に好きになったのは、その時だ。


痛っ。包丁なんてろくに使ったことがないから、タケノコの上で滑らせて指を切ってしまって、それで梨代の意識は二十七歳のいまの、ゴミにあふれた部屋へ戻る。血が出てる。絆創膏、どこだっけ。傷口を舐めながら、タイ風カレーのレシピに毒づいた。タケノコ、いらないんじゃないの？

時計を見るのが怖かった。そうしたところでなにも変わりはしないのに、わざわざ目を細くして横目で眺めた。うわ。

04：13
そろそろ雑誌だけでも捨ててくるか。雑誌の束をキッチンに移動させていると、まだ片づいていない山のひとつから、薄い黒色の紙パッケージが滑り落ちてきた。やけに高級そう。なんだっけ。

開けてみる。黒と赤、二枚セットのTバックだった。前の男のホワイト・デーのプレゼント。受け取った翌週に着服が発覚したから、一度も穿いてない。

こんなもん、穿けるかい。痔がすり切れてしまうわい。梨代はつけ根に絆創膏を貼った親指をかりかりと噛む。ネイルサロンで『水仕事・お料理可コース』で磨き上げた爪が、いつの間にか剝げていた。

一緒にシカトされるのを覚悟で、梨代は遼介とつきあい続けた。二人なら怖くなかった。

三学期になっても遼介はシカトされ続けたけれど、梨代がなにかの被害に遭うことはなかった。四人組は、カップルをシカトするのはさすがにどうよ、と考えたのかもしれない。女の情けってやつだったろうか。ううん、たぶん違うな。二人きりの世界を与えてしまったら、自分たちが嫉妬するほどの熱愛カップルを誕生させてしまうかもしれないことを、恐れたんじゃないだろうか。

熱愛かどうかはわからないけれど、実際に、梨代と遼介は、夕暮れの公園で、ときどきキスをする仲になった。

受験勉強が忙しくなって、ほとんどが三年生だった中学生カップルが公園から消えて、人目を気にすることもなくなっていた。梨代と遼介には高校受験なんてどうでも良かった。志望校があるとしたら、みんなが行かない学校だ。

遼介には申しわけないけれど、梨代は幸せだった。クラスの誰とも会話をしない遼介が、自分だけに言葉を聞かせてくれるのが。言いたくてしかたなかったらしい、つまらないギャグを連発するのが。遼介をひとり占めできるのが。

二月の誕生日が近くなったある日、何が欲しいって遼介に聞かれた梨代は、こう答えた。

「四次元ポケット」

他の子には言えないジョークだ。梨代たちのクラスの空気だと、「オタク」「キモい」とつっこまれたら、取り返しがつかなくなる可能性があった。遼介は笑わなかった。そのかわり、真顔で頷いた。

「いいよなぁ、四次元ポケット。俺も欲しいや」

遼介が四次元ポケットの向こうに行ってしまったのは、卒業してすぐだった。

梨代は県内の商業高校に入った。父親が定職につかない家の経済状況からして、大学進学は無理だろうし、お金があったとしても、自分の頭では、聞いたこともない大学に行くのがせいぜいだ、と見切りをつけたのだ。

遼介は、遠く離れた街の私立高校に入学した。遠くも遠く。梨代の田舎からは東北新幹線と東海道・山陽新幹線を乗り継がなければ、辿り着けない街。父親がまた転勤になったのだ。

あの頃は高校一年生が気軽に携帯電話を持てる時代じゃなかった。梨代の家は特に。最初のうちは固定電話でおしゃべりをしていたのだが、父親が長距離電話を怒り、相手が男であると知るとさらに激怒し、家では電話をかけられなくなった。

しばらくの間、ありったけの百円玉を握って、家から一キロ以上離れた公衆電話まで自転車で出かけていたのだけれど、すぐに貯金箱が底をついた。

だから手紙を書いた。でも、高校生になってしまった恋は、文字だけでは続かなかった。五回のやりとりで、それっきり。

唯一のたよりだった年賀状は、高校三年の時に、宛先不明で戻ってきた。

夜が明けた。

05：35
雑誌の束を抱えてマンションと電子なんとか工業の社員寮の間を、数えきれないほど往復した梨代は、ペットボトルだけで六つになったゴミ袋の上にへたりこむ。唯一の聖域であるベッドの上には、今日着るための、ごく普通の部屋着っぽくて、じつはそこそこコンサバで、なおかつセクシーさも加味した服をコーディネイトし終えて並べてあるから、安息の地はここしかない。

ゴミ袋の上で手足を伸ばす。ああ、ペットボトルがゴリゴリして気持ちいい。目を閉じてしばらく休憩する。

さて、やるか。携帯の時刻表示に目を見張った。

06：32

うわぉ。一瞬、目を閉じただけのつもりだったのに、一時間も寝てた。大変だ。なにをすればいいのだったっけ。後は燃えないゴミと燃えるゴミ、空びん、空き缶、タイ風カレー、そして、ああ、お化粧！　目の下にクマができてなければいいけれど。

梨代はがばと起き上がって洗面所へ向かう。

だめだ。クマ、出没。両目の下に、黒いツキノワが二頭。

梨代は自分をまだ二十七歳だと思っているのだけれど、じつはもう二十七歳だったのか。クマを退治する熊撃ち猟師のいきおいで、ざぶざぶと顔を洗う。鏡に映る眉のない顔は、ぼさぼさ眉毛だった中学生の頃とは別人だ。私は何になりたかったのだろう。中学の卒業アルバムの「将来の夢」の欄には、なんて書いたんだっけ。まるで覚えていない。

自分の将来の夢は覚えていないのに、なぜか遼介のは覚えている。

「役者」だ。

アルバムに載せる文章の提出日に、いじめの一環として遼介のものが読み上げられ、みんなが笑った。遼介の表情には怒りも悲しみもなかった。その顔にはあと一ヵ月、あと一ヵ月とだけ書いてあった。

梨代だけは、遼介の夢を、だいぶ前に聞いていた。

「イケメン俳優になんかなれっこないし、主役じゃなくてもいいのさ。渋い個性派とか、性格俳優をめざす。俺、本を読んでて——ほら、最近、一人で本読む時間が多いから——感動したんだ。『役者魂』って本に」

遼介が熱く語る本の著者は、聞いたこともない名前の俳優だった。

「その人も、子どもの頃いじめに遭って、みんなからシカトされててさ、で、その時になにをしたかっていうと、冷静に観察したんだって。周りのこと。最高の役者修業だって書いてあった。ああ、みんなはこういうふうに、自分を演じてるんだなって」

「わたし、演じてなんかいないよ」その時の梨代はむきになって反論した。図星を指されたからだ。

「ああ、梨代はそうだよな、天然だものな」

ごめん、遼介。わたし、天然なんかじゃない。天然を演じて、演じきれない大根役者だよ。


高校を卒業して上京し、初めてパソコンを買った時に最初にしたことは、ネットで『中村遼介』を検索することだった。

サイトにも、画像にも、たくさんの『中村遼介』が出てきたけれど、誰もが別人だった。名前、普通すぎだよ、遼介。

検索条件を増やしてみた。

『中村遼介　役者』

『中村遼介　本名　役者』

『中村遼介　本名　俳優』

梨代の中村遼介は、いなかった。

『ナカムラリョウスケ』

『なかむらりょうすけ』

『RYOSUKE　NAKAMURA』

『RYOSUKE』

『遼介』

『リョウスケ』

『リョースケ』

『りょーすけ』

『りょうすけ』

東京での初めての彼氏ができるまでは、月に何度も習慣みたいに検索し続けた。『役者魂』の著者は劇団の俳優で、その劇団のサイトも繰り返しチェックした。

いまでもテレビドラマを見ていると、その他大勢の警官役やチンピラ役の中に、遼介の顔を探してしまう。


いくら顔を洗ったところで、目の下のクマは消えない。ああ、雀が鳴きはじめた。まだまだ資源ゴミも燃えるゴミも燃えないゴミもたっぷり残っているのに。洗面所から出た先のキッチンは、パクチーのカメムシの臭いに満ちていた。

七・五畳に戻った梨代は、いままで以上のいきおいでゴミの山に取りすがる。雑誌以外の本や紙束を積み重ねた一帯をかき分けた。

ミュージカルのパンフ、ブランド品カタログ、地デジテレビの取扱説明書、最新メイクのハウツー本、海外旅行の本、グルメガイド、いい女になるためのノウハウ本、映画のパンフ、デパートの勤務報告書、職場関係の自己啓発書、みんなが面白いっていうベストセラー小説、心理学の本、はまりかけた変な宗教の本、ライヴのフライヤー、観光ガイド、接客業マニュアル、就職案内、専門学校のテキスト、化粧の入門書、東京案内の本、携帯の取扱説明書、炊飯器の取扱説明書。

片づけるというより、振り捨てるように、探り、漁り、切り崩す。中学校の卒業アルバムを探すために。

私はあれになんて書いただろう。かき分けて、かき分けて、かき分けた。自分の夢を探すように。

卒業アルバムは実家に置いたままで、ここにあるはずもないのに。

「ごめんなさい。風邪ひいちゃったみたいで。ああ、いいの、平気。だってうつしちゃったら困るし。え、ホテル？　ほんとにムリ。うん、次、また」

マカベさんに断わりの電話を入れた。

10：42

じつは部屋はもう片づいている。燃えないゴミと資源ゴミは、電子なんとか工業の社員寮に置いてきた。もう日が高くなっていて、最後のひと袋だった空き瓶の袋を捨てる時に、寮の若い男にしっかり見られてしまった。「ごめんなさい、出しそびれちゃって。いいですか」何人もの男たちと過ごしてきた時間は無駄じゃない。相手をとろかす笑顔で切り抜けた。

コンビニで袋を買い足して詰めこんだ十三コの燃えるゴミは、七時五十分、ぎりぎりの時刻にマンションの集積所に出した。分別は完璧のはず。来るなら来い、湯婆婆。ついでにマカベさんに会いたい気持ちも片づけてしまったみたいだ。パクチーも捨てた。梨代の四次元ポケットの向こうに放りこんでしまったマカベさんは、もう戻って来ないかもしれない。

久しぶりに、ほんとうに久しぶりに部屋に出現したフローリングの上へ、梨代はノートパソコンを置く。検索窓に文字を打ちこむ。もう二十七歳。そろそろ芽を出している頃だ。

『中村遼介』

検索ボタンをクリック。

出てこい、遼介。

それは言わない約束でしょう

## 1

風呂から出て素っ裸のまま冷蔵庫へ歩き、よく冷えた缶ビールを抜き取ってプシッと開け、泡が喉を伝って胸まで垂れ落ちるのもかまわず一気にあおり、それから礼一《れいいち》は、うえぃと声をあげた。

買ったばかりの32インチテレビのリモコンをすくい上げ、チャンネルを次々と切り換える。画面がめまぐるしくフラッシュバックするのが嬉しくて、機械を与えられたおサルのようにチャンネルボタンをひたすら押しまくる。ボリュームはかなり大。どうせ誰も文句は言わない。うん、なかなか、悪くない。

声に出して言ってみた。

「悪くない」

礼一は二十八歳にして初めての一人暮らしをスタートさせたばかりだ。声を出した拍子におならが出た。ふ、しほうだい。東京の実家だったら、二人の妹のどちらかに尻を蹴とばされるところだ。ついでにゲップもしてやる。

「ざまあみろ」

誰に対してなのかよくわからないが、とりあえず捨てゼリフを吐いた。

めあての番組はやっていなかった。引っ越しして一週間経つが、東京とは違う番組編成にはいまだに慣れずにいる。宅配でレンタルしたDVD、見ようか。借りた三枚のうちのひとつはアダルト物だ。ふふ、これからはAVもこそこそ見なくてすむな。おっとっと。股間の舎弟が気をつけをしている。パンツぐらい穿くか。

洗濯やらゴミ出しやらが面倒くさいのは、まぁしかたない。乾燥機に入れっぱなしにしていたトランクスを身につけて、実家の自室の倍はある部屋に寝ころがる。フローリングの上で平泳ぎをしてみた。カーテンにタッチするまでに五ストロークもかかった。

「ゴ――――ル。立花《たちばな》礼一選手、世界新記録で金メダ―ルぅう〜」

一人で暮らすことになったのは、転勤のためだ。会社に単身者用の社宅はなく、文給される住宅手当も半端な額だったが、幸い東京とは家賃の相場が違う。職場まで二十分の距離に、独り身にはじゅうぶんな1DKが借りられた。

今度は背泳ぎで冷蔵庫をめざす。家具がまだ揃っていないから障害物はない。しかも休日の午後七時。暇だ。

「ゴ――――ル」

大学の頃は地方出身の連中が羨ましかったっけ。だけど、実家を出ようと思ったことはなかった。社会人になってからはとくに。

月々に遣える金額が違う。礼一の父親は自営業で六十を過ぎたいまも働いているから、月三万円の食費を母親に渡すだけで、あとは給料を遣い放題。月末は毎日カップ麺だの、ボーナスが出るまで遠出は無理、なんていう同僚や学生時代の仲間を尻目に、大人買いとプチ豪遊の日々を送っていた。たいていのものは社員割引で買えるし。

礼一が働いているのは百貨店だ。入社以来の勤め先だった店がこの三月で閉店し、地方の店舗に異動になった。今日はその初めての休日。

つけっぱなしにしていたテレビでは、お笑い芸人がすっかりマンネリの一発ギャグを披露して、失笑に近い笑いを取っている。リモコンのOFFボタンを押す前に、テレビ画面にツッコミを入れた。

「お前、もうすぐ消えるよ」

芸人の顔がアップになり、口を開こうとした絶妙のタイミングで画面が消える。珠玉のツッコミを誰も聞いていないのが残念だった。

「いまの、良くね」

一人で暮らしはじめてから、ひとり言が多くなった。礼一の場合、家で誰とも喋らないなんて、これまで経験したことがなかったからかもしれない。

母親は「口の中に重機関銃をしこんでいる」と人に言われるおしゃべりだ。二人の妹もその遺伝子を確実に受け継いだ軽機関銃。実家での礼一は、いつも三丁の機関銃の集中砲火を浴びていた。

父親は父親で商店主だから、喋るのが仕事の一部。いくら喋っても金にならないせいか、家ではとたんに口数が減るが、それは酒が入っていない時の話。親父は毎晩酒を飲むから、結局、こちらからも、おふくろたちより性能の悪い旧式機関銃の弾丸が飛んでくる。

実家の狭苦しい自室に閉じこもるタイプではなかったから、礼一もそれなりに言葉を返す。冗談のひとつも言う。まぁ、育った環境が環境だから、けっして無口なほうじゃないし。一人暮らしを始めた最初の夜につくづく思った。世の中というのは、こんなに静かだったのかと。

　誰かと喋りたくて、唇がむずむずする。でも誰と？

　当然、家族と喋りたいとは思わない。新しい職場にはまだ親しく話せる人間はいない。彼女いない歴は四年目だ。礼一は休日でも、学生時代の仲間にとっては平日の勤務日。元の職場の同僚たちも休日シフトがそれぞれに違う。百貨店に勤める人間は、休日に遊べる友人が少ないのだ。そもそも普段はＬＩＮＥで「話」をしているから、いきなり電話をかけたら、何が起きたのか、と驚かれてしまうだろう。

　しかたない。再びテレビのリモコンを手にとった。さっきの芸人がまだ喋っている。

　馬鹿だな、こいつ。「痛い」のを面白がられているだけなのに。空気読めてない。

「うざいよ、お前」

　独りきりで頭の中だけで喋っていると、怒りっぽくなるのはなぜだろう。笑いは一人では完結しないが、怒りや憎しみは一人で完結するからだろうか。吐きつける先のない毒が体の中にたまるのか？

　まぁ、いいや。新しい店舗では二年ぶりに店頭販売の部署に配属された。礼一も喋るのが仕事の一部だ。休日ぐらい黙ってすごすのも、悪くない。

「うん、悪くない」

礼一の唇からまた、すきま風のようにひとり言が漏れた。

## 2

「これも見ていい？」

昆虫の複眼みたいなファッショングラスがこちらを振り返って言った。答えの選択の余地のない疑問形だ。

ええもちろん、と礼一が答える前に、客は平台に積んである春ニットのいちばん下から、また新しい一着を引っぱり出した。覚えたばかりのこの店のマニュアルできちんと畳んだばかりなのに。これでもう四着めだ。

「うーん、ちょっと似合わない、かしらねぇ」

目じわ隠しのグラデーションが入ったグラスの向こう側で、金ブラシみたいなまつ毛がばさばさと上下する。確かに似合っていない。ちょっとどころではなく。が、そんなことお客さまには言えない。礼一は控えめに微笑んでみせた。

「いえいえ。よろしいかと」

「あ、これはどう？」

今度は別の山を崩壊させた。ああ、もうっ。ムダに手に取るならせめて他の服には触らないでくれ。

「なんか、違うのよねぇ」

違うと思う。目の粗いカーディガンを体にあてがっている女は、投網《とあみ》にかかったアザラシに見えた。決めてくれれば何でもいいや。取り散らかされた服を畳み直しながら、礼一は投網をたぐるような声を出す。

「いえ、お似合いですよぉ」

聞いちゃあいなかった。

「さっきのもう一回見てもいい？」

畳んだばかりの服がまた引っぱりだされた。かんべんしてよ。

礼一の新しい職場は婦人洋品部。前の店では仕入れ担当部署でアシスタントバイヤーをやっていた。入社後の三年間は全員が店頭販売にまわるのが会社の人事システムだから、いちおう売場の経験は積んでいるのだが、アシスタントとはいえ仕入れ先のメーカーから顔色を窺ってもらえた仕事から、客のご機嫌を窺う部署に戻されてみると、なんだか急に自信がなくなってくる。自分は接客に向いていないのではないかと。

「すこぉし若すぎなぁい？」

否定の言葉を期待して、長すぎるまつ毛をぱちぱちさせている客に、「少しじゃなくて、とぉっても若すぎぃ〜」と正直に答えたらどうなるだろう。恐ろしい想像だったが、その光景を思い浮かべると、こわばり続けている顔の筋肉がゆるみ、唇がひくひく震えた。

「ねぇ、そう思わない？」

無抵抗の店員に、そんなことはない、と言わせたいらしい。礼一は「うん、思う」という言葉をシマリスみたいにためこんだ頰をむりやりほころばせる。

「いえいえ、とんでもない。それがいちばんお似合いですね」

体に悪い仕事だ。全身の筋肉でも内臓でもない部分が、きりきりと痛む。

「さっきは、あっちのほうがいちばんだって、言ってた」

いちばんと言った覚えはないのだけれど。客は太い体をしなしなと揺すり、金ブラシの瞳で礼一の視線をからめとろうとする。頰をぷくりとふくらませられても困る。それ、いまどきはギャグだから。〝もう、かんべんしてよ〟

「なんか言った？」

「は？　なにも。良くお似合いですよ」

「そぉお。じゃあ、これかなぁ」

「ありがとうございます」

ようやく決まった商品を素早く受け取ろうとした瞬間、客は赤いニットを闘牛士のように真横に振り、礼一の伸ばした手をかわす。猛牛の勢いで突き出した指が宙を突いた。もおっ。

「待って。色違いはないの？」

ない、と答えたかったが、じつはある。だが、さすがにこれはあきらめるだろう。

「こちらですが、現品のみでして。サイズのご用意はこれだけになります」〝無理だよ、あんたには〟

客は最後まで聞かずに礼一が指し示したMサイズをかすめとる。

「ああ、この色も素敵」

「あのぉ、サイズのご用意はこちらだけに……」

サイズ表示に気づいた女が、意地になって鼻の穴をふくらませた。

「いちおう着てみようかしら」

いやいや、ムリムリムリムリ。ボディーフィットタイプのカットソーだ。伸びちゃうよ。

「試着していい？」

頰の痙攣を気取られないように口角をつり上げた。

「ええ、もちろん。試着室は右手になります」〝クイーンサイズコーナーは左手〟

「え？　なんですって？」

「は？　ああ、試着室は右手になります」

「それじゃなくてっ。いま言ったでしょ」

「なにも申しておりませんが」

ファッショングラスの上の描き眉が危険な角度につり上がっている。何を怒っているのだろう、この人。本当にMサイズしかないのだが、あてつけだとでも思ったのか。

「言ったわよっ」

いきなりカットソーを投げつけてきた。礼一の顔めがけて。いくら客とはいえ、あんまりだ。カットソーが張りついた顔を思い切りしかめてから、三年間で培ったコンマ一秒の早業《はやわざ》で笑顔をつくって引き剝がした。

客はもう丸い背中を向けていた。

「失礼しちゃう。こんなデパート、二度と来ないからね」

どっちがだ。失礼な客もいるものだ。

## 3

「早くしてもらえませんか」

テナント派遣員の竹原《たけはら》さんが苛立った声をあげている。あんず色のロングヘアをポンパドールにした、とさかのような前髪が心なしか逆立って見えた。

「ちょ、ちょっと待ってください」

レジスターの前に立つ礼一のうなじに冷たい汗が伝う。いくら急かされても、まだ前の客の会計も終わっていないのだ。商品券で一万円だけ払って、残りは現金という支払い。

ああ、どうするんだっけ。「お客さん、怒ってます」と目をつり上げているのは、昨日から始まった『アーリーサマーフェア』のために、販売員紹介所から来たマネキン《マネキン》さん。婦人服売場では、正社員よりテナントやメーカーからの派遣員や、パートの契約社員、マネキンと呼ばれるプロの販売員のほうが人数が多い。ただし現金を扱うレジを打てるのは正社員だけ。

ようやく前の客のレジ打ちが終わった。マネキンさんにお釣りを渡していると、竹原さんが急速冷気を吹きかけるように言う。

「カードのポイントつけました？」

「あああ」〝やべ、忘れてた〟

「忘れてた、じゃすまないでしょう」

バイヤーをしている時も担当商品の売場に立つことはあったが、生活雑貨売場だったから、専門のレジ係がいた。レジを扱うのはひさしぶりだった。しかもいままでの店とは、レジ機もマニュアルもだいぶ違う。この店が「本家」系列だからだ。

礼一が就職したのはもともと、老舗だが店舗が首都圏にしかない百貨店だ。だから転勤とも無縁のはずだった。事情が変わったのは、二年前、全国展開している大手と経営統合してからだ。

「お願いだから、しっかりやって」

竹原さんが抱えていた商品をどさどさとカウンターに置き、何枚かの万札を突き出してくる。声に棘があるのは、おととい、飲みに行こうという誘いを断ったせいだろうか。礼一の前で、いままでみたいな可愛らしい声を出すのはやめたらしい。

マネキンさんが目を三角にして戻ってきた。「レシートないじゃないですか」

わわわっ。「すいませんすいません、すぐ出します」

出てこなかった。やばい。ロールペーパーが切れているのだ。マネキンさんがカビの生えたカボチャを見る目を向けてくる。竹原さんが聞こえよがしの舌打ちをした。

「だめだわ、これ。私、山根《やまね》さん、呼んでくる」

これ、というのはいまの状況だろうか。それとも礼一を指しているのだろうか。山根は礼一と同い年の女性社員。「本家」出身で、売場のサブリーダーだ。

「待ってください。すぐ交換しますから」それは困る。査定に響く。転勤早々ダメ社員の烙印を押されてしまう。入社六年目。前の店なら慣例としてサブリーダーの肩書がつくはずなのだが、ここではまだヒラのままだ。

あわててカバーをはずした。あれ、次、どうするんだっけ。

「ああ、んもう」竹原さんが礼一の隣にやってきてレジを覗きこんだ。「そこのアームを引き上げるのっ」

竹原さんが必要以上に体を密着させてくるように思えるのは、自意識過剰ってやつだろうか。盛り上げた髪が礼一の頰をくすぐる。香水が鼻を刺した。

学生時代の友人には、女の多い職場を羨ましがられる。みんな知らないのだ。女が多すぎる職場の恐ろしさを。礼一も入社したての頃はまんざらでもなかった。でも、半年で、女性に対する理想を失った。いまの理想は「怖くない女《ひと》」。竹原さんの香水は、田舎の祖母《ばあ》ちゃん家《ち》の障子に張りつくカメムシの臭いを思い出させた。

「違う違う。そこじゃない」

Dカップの胸が脇腹をつついてくる。臭いよ。そばに来んなよ。〝カメムシ〟

「ん？」竹原さんが礼一を見上げ、口臭予防サプリの臭いを吐きつけてくる。

「え？」また操作ミスをしたのか。

「亀梨《かめなし》？　まぁ、いいや。ここ、ここでしょうに」

ニワトリが餌をついばむように、空色のネイルの指でカバーの中をつつく。

「ここ、こここ」

ふくらんだ目玉もニワトリみたいだ。黒目増量コンタクトが落ちないだろうか。

「ああ、はいはい、わかりました」

わかったと言っているのに、礼一の手を握ってレジ機のアームへ導こうとする。汗ばんだ手だった。気持ち悪。やんわり振りほどいたとたん、つかのま舌足らずになっていた竹原さんの声が再び尖った。

「ほら、急いでっ」

わかってるって。んとにうるさいな。〝臭いよ、お前〟

「おい」竹原さんの首が本物のニワトリみたいにくいっと動いた。「いまなんつった？」

「は？」

「は、じゃねぇよ。聞こえてんだよぉ」礼一を見上げてくる眉がカメムシの触角の角度になっていた。「調子こいてんじゃねぇよ、てめえ」

流行色を塗った唇の上下が別々の角度に歪んでいる。きっつい香水の匂いが立ち上ってきた。〃臭っ〃

いきなりレジ機のカバーを手の上に落とされた。うぎゃ。

何がなんだかさっぱりわからない。彼女には何が聞こえたんだろう。宇宙からの電波か。

4

酒は好きなほうだが、職場の人間と飲むのはあまり好きじゃない。勤務中に客の前で自分を殺している反動か、男も女もでろでろになるまで飲み続け、わけのわからないことを口走ったりする人間がけっこう多いのだ。いままでに何度も修羅場を経験している。

とはいえ上司の誘いは断れない。礼一はフロアのゼネラルマネージャーである課長と居酒屋にいる。人と酒を飲むことじたいが歓迎会の時以来。課長とサシでなんてもちろん初めてだ。ああ、嫌だな。早く帰るつもりで、九時からのドラマの予約をしてこなかったのに。午後七時二十分。これでも百貨店の社員が飲みはじめる時間としては早い。転勤してきたばかりの礼一は、課長と同じ早番シフトなのだ。九時までに帰れんものか。無理か。

とりあえずのビールを喉に流しこんだ課長がジョッキをテーブルの上に、とん、と置く。それが開始のゴングであるかのように声をかけてきた。

「仕事には慣れたかな」

「ええ、まぁ」

ちっとも慣れちゃあいなかった。二年間のブランクも大きいが、それ以上に本家の仕事のやり方が、いままでの店とは違いすぎる。周りともうまくいっていない。礼一のどこが気に入らないのか、先週から竹原さんはまったく口をきいてくれない。今週に入ってからは、奈良の大仏みたいと言いたくなるヘアスタイルのベテランパートさんも。

「不満とかない？　うちのフロアは男の正社員が少ないだろ。こういう機会はそうないから。腹を割って話そうよ、男同士で」

「そうします」

腹を割れと言われても。こういう席で、ぱっか〜んと割れるのは上司だけだ。客の相手がようやく終わったのに、今度は上司の顔色窺い。あーあ、〝やっぱ、疲れる〟

「疲れるだろうねぇ。慣れない職場だもの」

礼一の心を読んだように言う。さすが百貨店マン歴二十年。あんがい鋭いな、この人。鈍そうに見えるけれど。礼一はメニューブックに顔を埋めている課長を見つめ返した。四十代前半にしては老け顔だが、髪はふさふさで、つやつやしている。ふさふさ、つやつやしすぎ、とも言える。フロアで囁かれている噂は本当のようだった。あれ、かつらだわ。

「適当に頼んでいいかい」

「お任せします」

「えーっと、刺身の盛り合わせに、もずく酢、海草サラダ、こういくか」

「いいっすねぇ」うぉーい、ビールにそれかよ。揚げ物いこうよ。〝ポテトとか〟

「うん、ポテトフライもいいな」

意外と気が合うかもしれない。

課長が店のお姉さんを呼ぶために背を向けた。嫌でもつむじが目に入る。たっぷりの髪にみっしり覆われたつむじ。間違いない。地肌がどこにも見えなかった。

礼一の百貨店のベテラン社員は、かつら率が高い。薄毛の人間はスキンヘッドや短髪ヒゲにするのが世間の流行りだけれど、接客業だから、ヒゲやスキンヘッドはNGなのだ。極端な短髪も不可。しかも花形売場の服飾系に配属される男性社員は——自分で言うのもなんだが、社内の暗黙の了解として——奥さま方に好まれる容姿も選考ポイントになる。髪にも出世がかかっているのだ。

課長がふいに顔をこちらに戻す。礼一はあわてて目をそらした。

「この街はどう？　東京に比べたら田舎だよね」

「いえ、そんなことないです。思っていた以上に大きな街なんで驚いてます」ちっちゃいちっちゃい。職場まで二十分の住まいを喜んでいたのは最初のうちだけ。店のある中心街には市内のどこからでも二十分で着くことを知らなかったのだ。

「そう？　ははは、ま、いちおう政令指定都市だからねぇ」

課長のひたいには汗が伝っていた。なにせ炉端焼きの店のカウンターで、目の前では炭火がごうごう燃えている。蒸れるんだろうな。生え際をおしぼりで拭う手つきは、メイクを必死で守る女優さながらだ。人ごとながら、がばっと剝いて、ごしごし拭いてあげたかった。先を尖らせたおしぼりで、こめかみをぱふぱふしている課長がいきなり顔を振りむけてきた。

「ちょっと仕事の話をしようかね」

そう言うと、顔をしかめて手をつけていないお通しの角煮の小鉢を脇にどけた。げげ。もしかして、これ、説教の席か。確かに仕事を円滑にこなしているとは言い難いが、大きなミスもしていないはずだけれど。なんだかよくわからないが、とりあえず謝っておこうか。

「すいません。不慣れでご迷惑をおかけしているかも」なんちゃってね。

「まぁ、君はBだから、いろいろ大変だとは思うけど」

B——礼一の出身百貨店を示す社内の隠語だ。「分家」の頭文字をとったとも、Bランクのデパートだからだとも言われている。

体制が変わる前には、フィフティ・フィフティの統合だと聞かされていた。とんでもない。社長も役員の多くも本部の中枢職も、本家出身者で占められている。本家が欲しかったのは、Bの古めかしいのれんだけだったに違いない。閉店に追いこまれた店舗のB系社員なんて、捨てるに捨てられない『下取りキャンペーン』の古着みたいなものだろう。

「分けへだてのようなものはないから、安心してよ」

「はい、それはわかっています」

課長の顔をまっすぐ見返すと、すいっと目を逸らされてしまった。あるんだ、分けへだて。

「君の実家って、青果業だって」

「ええ、八百屋です」

「長男なんだろ。ずばり言わせてもらっていいかな」

「はい」どうぞ。次のせりふは予想がついていた。

「腰掛けのつもりでいられたら、困るよ」

礼一の答えもいつもどおりだ。

「そんなつもりはありません」

入社してから何度同じ会話をくり返しただろう。由緒だけはあるBの社員には、親の跡を継ぐまでの修業のつもりで入社してくる地域スーパーや老舗商店の二代目三代目がけっこういるのだ。みんな誤解しているようだが、礼一の実家はそんな立派なもんじゃない。本当にただの八百屋だ。屋号は『八百花《やおはな》』。

Bが事実上吸収されたように、百貨店業界だっていまは先行きが暗い。まして小売店は量販店に圧されっぱなし。八百花も、礼一が高校生の時、駅前に大手のスーパーが建ってからは、売上げはさっぱりだ。おかげで大学に入ってからは、親父に「跡を継げ」とは言われなくなった。

「じつはね、いろいろ噂を耳にしてね」

〝噂？〟

「まぁまぁ、とりあえず、聞いてくれ」

俺の？　課長の噂ならいろいろ聞いているが。強風の日には絶対外へ出ないとか。所持品に金属物はないはずなのに、空港の探知機にいつもひっかかるとか。

「君に、クレームが来ているらしい」

一人で食べていたポテトフライが喉に詰まった。

「太めのお客さまに、クイーンサイズコーナーへ行けって言ったって？」

なにそれ？　そんなことを言った記憶はない。心の中で思うことはしょっちゅうだが。

「三階の若くて痩せた男って、立花クンだよね。田代《たしろ》君を痩せてるって思う人はまずいないだろうから」

「まったく覚えがありません」

「それだけじゃない。先週の金曜。ローズピンクの網ニットを試着されたお客様に『チャーシュー』って言ったそうだね。ひどくお怒りだったって聞いたよ、僕ぁ《ぼか》」

この一カ月足らずの間に、突然激昂する客に遭遇することは一度や二度じゃなかった。気性の荒い土地柄なのかと思っていた。金曜日。ローズピンク。ああ、そうそう。確かにあの時の客も急に怒り出したっけ。でも「チャーシュー」だなんて、思いはしても、口に出したりするはずがない。

「こちらのお客さまは、名札を覚えておいでなんだよ。『花のつく苗字だった』っておっしゃってたそうだ。うちの男性社員で『花』がつくのは、君と花田《はなだ》さんだけだ。花田さん、ありえないよね。いまキャリア開発室でDMの宛て名書きしかしていないもの」

「いえ、でも、本当に……そんなことはけっして……」

「まぁ、言った言わないなんて、水掛け論をするつもりはないんだ、僕ぁ」

さっきから課長の「僕ぁ」が「バカ」に聞こえる。薄々わかっていたことだが、やっぱり本家は、B系には厳しいのだ。この会社での出世はあきらめたほうがいいかもしれない。ふと思った。〝辞めようかな〟

「辞めるだなんて、軽々しく言うものじゃないよ」課長が礼一に箸を突きつけてきた。

「もし本当に辞める気があるなら、相談に乗るけれど」

「いえ、そんなこと思ってもいません」

「いま言ったじゃないか。それとも僕の空耳だろうか」

いま言った？　頭の中をちらりとかすめただけだ。

礼一は自分の頬をなでた。もしかして、顔に出てしまった？　表情を読まれやすいのか、俺。いままで人に指摘されたことはないのだが。だとしたら、感情の抑制を旨とする店頭販売のスタッフとしては失格だ。〝向いてないのかな〟

「向いていない、って決めつけるのはどうだろう。販売には向いていなくても、どこか他に適性があるかもしれない。うちのキャリア開発室は、とかく誤解されやすいけれど、もともとそういう人材の育成をアシストするための場なんだよ」

〝え〟

礼一はようやく気づいた。いままでの不可解な出来事も、客や竹原さんの態度も、課長の鋭すぎる洞察力も、すべての疑問が氷解した。

漏れているのだ。俺の、心の中の、言葉が。

自分では気づかないまま、零れ出ちまっているんだ。

「もちろんすぐにと言うわけじゃない。ただ、君にこのまま『気づき』がないのなら、こちらも考えざるを得なくなる」

　こりゃあ、まずいぞ。礼一は唇を固く引き結んだ。ここで課長によけいなことを呟いてしまったら、キャリア開発室で一日中宛て名書き。いくら地方店とはいえ、手書きのDMなんてありえない。書くのはどこにも出されないDMだ。

「わかってくれよ。僕もつらい立場なんだよ。板挟みってやつだ。ゼネラルマネージャーの『ゼネラル』って将軍って意味なのにね。一兵卒と変わらないよ。二十一年も勤めてさ」

　課長は酔ってきたようだ。礼一は酎ハイに替えたグラスには、金輪際口をつけないことに決めた。これ以上口が軽くなったら、破滅だ。

「毎日毎日、自分を偽って、人の視線ばかり気にして、よけいな汗水垂らして。そうやって生きていくことに、なんの意味があるんだろう。いっそ罵られたいよ。人生って本当にそういうものなのか。どう思う？」

「ぼ、僕もそう思います」

　ひたいからうなじから、課長の汗はますます酷くなっている。生え際を拭う手つきがぱふぱふからごしごしになっていた。やばいやばい。いま現在の最大の地雷は「かつら関連」だ。頭を無にしよう。かつらのことは考えるな。そう思えば思うほど、こころなしか前髪がめくれ上がっているように見える課長の頭に意識と視線が集中してしまう。見るな。思うな。考えるな。

ふいに気づいた。そうだ、口の中に食い物を詰めておけばいいんだ。もずく酢は嫌いだが、贅沢は言っていられない。噛まずにのみこんだ。すぐさま海草サラダを口いっぱいにほおばった。

「いやあ、よく食べるねぇ。若い人はそうでなくちゃ。立花君のこと、少し見直したよ。うまいだろ、この店の肴」

「ええ、日頃、あんまり野菜を食わないんで。助かります」

口に食い物を詰めこんだまま答える。集中集中。食い物のことだけ考えろ。うん、ヒジキとワカメのことはわからないが、わりといいサニーレタスを使ってる。香川産だな。ダイコンの千六本は細すぎだ。これじゃあダイコン本来の味が出ない。もずく酢はなかなか――なかなか、まずい。それにしても課長は見かけによらずヘルシー志向だな。ついさっき追加でオーダーしたのも、海ぶどうの生春巻だし。そうか、どれもこれも〝ハゲに効くんだろうな〟いかんいかん、ハゲという言葉は禁物。

沈黙が訪れた。

海ぶどうのつぶつぶで肌を撫でられるような冷たく刺刺《とげとげ》した沈黙だった。

顔を上げ、うまくのみこめないもずくで頬をふくらませたまま、課長の座る右手にぎくしゃくと首を振りむけた。

課長の形相に、思わずもずくを吹き出してしまった。

「それ、どういう意味」

「へへぇ」やっちまったんだ。どこで？　俺、なんて言ったんだ？

「ハゲに効くってどういう意味」

うわい。地雷の信管どまん中。

「いえ、あの」何か言わなくちゃ。俺も髪が気になるんです、か。いや、俺も、はまずいだろ。気づいていないふりをしなくちゃ。かつらだなんて思ってもいないって顔をしなくては。そうとも、思ってもいないさ、〝かつらだなんて〟

課長がおしぼりを投げつけてきた。箸もだ。

「お前に俺の何がわかる。わりゃ、人をおちょくんのもええかげんにせい」

「いえいえいえ、そんなつもりは」〝毛頭〟

どうしたんだ、俺。心の病か？

## 5

百貨店に勤めていて何かいい事があるとしたら、世間の店や施設を平日の空《す》いている時間に利用できることぐらいだろう。礼一が予約なしで飛びこんだ病院も、待合室には人けがなかった。自宅近くの「心療内科」という看板を掲げた小さなクリニックだ。

受付をすませ、老婆といっていい年齢の看護師に渡された問診票を書いている途中で診察室に呼ばれた。

医療機器らしきものが見当たらないがらんとした室内は、病院というより何かの申請用カウンターのようだ。奥のテーブルに座る医者の手前に椅子が置かれている。そこに座れ、ということらしい。

医師がこちらへ向き直った。白衣より商店の前掛けが似合いそうな中年男だ。書きかけの問診票を渡したが、見ようともしなかった。

「どうされました」

何から説明すればいいだろう。最近の礼一は、話す前に言葉をじっくり選ぶようになった。うっかり心の言葉がこぼれ出ないように。しばらく考えてから答える。

「つい喋ってしまうんです。ひとり言を」

「ひとり言？　僕もしょっちゅうだよ。ここ一人でやってるから、いつもぶつぶつ言ってる」

「いえ、相手に対して喋っちゃうんです。思ってることが実際に言葉になってしまって……」

「相手って、壁とかサボテンに？」

「いえいえ、人間相手に。よけいなことを喋ってしまうんです。喋りすぎっていうか」

「ああ、なるほど。何時間もぺらぺらと。他人の反応も気にせずに。注《A》意欠陥《D》多動性《H》障《D》害と診断されたことは？」

「ありません。それに何時間も、ではなく、ひと言、ふた言なんです」

「ひと言、ふた言？」

「ええ、一人暮らしをはじめたせいかもしれません」

「独り暮らし……」医者がぽつりと呟き、チラシでつくったメモ用紙に何か書きはじめた。いつまでもそうしている。自分がとんでもないことを喋ってしまった気がして、あわてて言葉をつけ足した。

「特別な理由じゃないんです。こっちに転勤になりまして」

「君は独身？」

「はい」

「そうだよね、まだだよね。早けりゃあいいってもんじゃないよ。結婚してないとさ、一人前じゃないような言われ方するのって、おかしいよね。女に好かれないタイプだとか、ゲイじゃないかとか、二次元じゃないと勃《た》たないのかとか。余計なお世話だよね。だいたいさぁ、年賀状に自分の可愛くもないガキの写真を入れるやつってさぁ……」

医者は礼一の目を見ずに喋り続ける。鉛筆を握って書きつけをする手も止めようとしない。

「あのぉ、俺、素人判断で喋っちまって。お気にさわったのなら、すいません。一人暮らしは関係ないかも」

「君はどうして唇を指で押さえながら話をするの」

「え」

言われて気づいた。グラビアアイドルの「ひ・み・つ♡」のポーズみたいにひとさし指を唇に押し当てていた。唇が動いていないかどうかを確かめるクセがついてしまったのだ。

「何かの強迫行為かなぁ。となると強迫性障害だな。ネクタイなんか何十回も締め直したりしない？　それとも手とか一日に百回ぐらい洗っちゃうタイプ？　あれキツイよね。石鹼の界面活性剤で皮膚がぼろぼろに剝けちゃって」

「待ってください。そんな大げさなことじゃなくて、本音がぽろっと出てしまうんです。心の中で思っているだけのつもりなのに」

医者が宙を仰ぐ。そこに書かれた病名リストを眺めるように。

「本音と建前の区別がつかないと」

「つきます。つくから困ってるんです」

「つく？　自分ではそう言うよね、みんな。アスペルガーと診断されたことは？」

「なんすか、それ」

答えずに医者は引き出しを漁りはじめた。どうしても病名をつけたいらしい。

ここへ来たのは別に病名を知りたかったからじゃない。対処法があるなら教えて欲しかっただけだ。そもそも自分を病気だとも思いたくなかった。ごく一時的な、病気とは呼べない精神的な不調、そう言ってもらえることを期待していたのに。

頭も体も完璧な人間なんてどこにもいないんだから、そりゃあ、なにかしらの病名はつくだろう。最初から病名をつけることを前提にしていれば。都合の悪くなった政治家や有名人が、病院に駆けこむ時の手口だ。いまの世の中は、「人に病名をつけたい病」に罹《かか》っているのだ。

さんざん引き出しをかきまわしてから、医者は一枚のパネルを引っぱり出した。パネルには、一本の木が描かれている。枝のひとつにはいかにも思わせぶりに小さなリスが座っていた。

「さて問題です。これは何の絵でしょうか」

「木です」

医者が沈黙してしまった。パネルに目を落としたまま顔を上げようとしない。礼一は自分が手酷いミスを犯した気がしてきて、つい言ってしまった。

「あとはリス」

そのとたん医者が目を輝かせた。

「そうだよね。やっぱりリスの絵に見えちゃうんだ。こーんなに大きく木が描かれているのに」

「いや、ちょっと待ってください」

医者がまた鉛筆を手にとって書きつけを始めた。何を書いているんだろう。腰を浮かせて覗こうとしたら、裏返しにされてしまった。

デスクの上の幅広のペン皿には、一ダース以上の鉛筆が並べられていた。どれも、これでもかというぐらい鋭く尖らせてある。三分の一ほど減った長さはすべてぴったり同じ。六角の側面の向きもメーカー名の入った側に揃えられていた。

「先生〜」受付から年配の看護師の声がした。「せんせ〜い」

医師が舌打ちをする。返事をするつもりがないようだ。そのうちに看護師の声色が変わった。

「キヨハルちゃ〜ん、お薬の時間よ〜」

また舌打ち。誰だ、キヨハルっていうのは、と思っていたら、医者が引き出しから薬袋の束を取り出した。〝おまえかよ〟そういえば、年配の看護師だか事務員だかの丸顔は、この医者によく似ていた。母親か？

薬はひとつふたつじゃなかった。全部で何種類あるんだろう。医者が錠剤をデスクの上に一直線に並べたから、六錠だとわかった。ひと粒ごとに舌打ちをしながら、すべてをかたわらに置いた５００㎖ボトルのメロンソーダで飲み下していた。

「で、どこまで話したっけ。ああ、リスを選んだあなたは……」

「いえ、リス、選んでません」

「みんなそう言うんだよね。ええっとリスリスリス」太い指でパネルのリスの絵を叩きはじめた。抑揚を失った声でくり返す。「リスリスリス。これはリスです。これはリスです。これはリスです」

〃お前が医者に行けよ〃

あ、いま唇が動いた。が、医者は気にするふうもない。他人の反応が気にならないのだ。ひとしきりリスの絵を叩いてから、礼一の顔を覗きこんでくる。目ではなく鼻先を見つめているまなざしだった。

「で、君は誰と話しているんだね。その人が背後に立ってる？」

「立ってません」

「統合失調症だね。薬、出しておくから。胃腸はじょうぶなほう？　違うよね。胃薬も必要だな。睡眠導入剤も」

「誰も立ってません」

「そうかなぁ。僕には君の後ろに、羽根帽子をかぶったイタリアの彫刻家が見えるんだけど」

〃あんた病んでる〃

「何か言った?」

「もういいや」

これは心の声じゃない。久しぶりに自分の本音をはっきり口にしただけだ。

6

窓が閉め切られ、照明が抑えられているためか、五、六十人の男女が集まっている部屋はやけに狭く感じた。

人々は四列に並んでいる。二、三十代が多いが、白髪や禿げ頭もちらほらと混じっていた。みんなラフな格好だ。ジャージやスウェットパンツに着替えた人間もいる。礼一は長袖Tシャツとジーンズだ。ふだんはコンタクトレンズを使っているが、今日は眼鏡をかけてきた。

ホワイトボードが置かれた部屋の正面に僧衣姿の男が立った。

「ようこそ。ハートピア研究会へ。我々が開発したZENメソッドで、どうぞ、みなさんの心を浄化してください。本日は一日かぎりのベーシックコースですが——」

これから始まるのは自己啓発セミナー『ピュアな心をとりもどす』の基礎講座だ。

転勤から二カ月が経った。礼一は課長から執拗なパワハラを受けている。竹原さんにはたびたび試着室のまち針をバーコードを読みこむ商品タグにしこまれている。「立花は心を病んでいる」という噂が職場に流れていて、誰も近寄ってこないし、声もかけてくれない。

自分ではこれ以上はないほど細心の注意を払っているつもりだが、礼一の心の声のダダ漏れは止まっていないようだ。防衛策として唇に指をあてたまま客に応対すると、今度はそっちに「気持ちが悪い」「接客態度がなってない」と非難が集まる。思い余って、このセミナーに参加することにしたのだ。

『ピュアな心をとりもどす』。逆転の発想だ。心の中が漏れてしまうのなら、出てくる言葉を、他人を傷つけたり、怒らせたりしないものにすればいい。このあいだも真っ赤な半袖のトップスを試着した客に〝クマのプーさん〟と呟いて、ひと騒動になってしまった。あのときに〝シルバニアファミリー〟と呟いていれば、騒ぎにはならなかったはずだ。

人の悪口が飛び出してしまうのは、俺の心が汚いからだ。心さえピュアになれば、どんな言葉が漏れたって怖くない。

そう思ってはみたものの、〝だいじょうぶか、ここ〟

法話だか会の売りこみだかを長々と続けている「塾長」の背後には、模造大理石の壇が据えられ、金色の象の彫像が飾られている。象は通天閣のビリケンみたいに足を投げ出して座り、鼻を高々と上げ、歯を剝いて笑っている。象に前歯なんてあったっけ。

仏教系のセミナーだというから安心していたのだけれど、塾長は、まだ三十半ば。本当に僧侶だろうか。確かに頭は剃り上げていたが、ファッションでスキンヘッドにしているだけにも見える。妙に日焼けし、袈裟は金色で、片耳にごつい銀のピアスをしていた。

トレーナーと呼ぶらしい少林寺の修行服姿のスタッフたちもいちように若くてちゃらい。

参加者は胸に名札をさげているが、ここでは本名を名乗る必要はない。セミナーネームというのを自分でつければいいと言われて、礼一は「カボチャ」にした。眼鏡をかけてきたのは、狭い街だから、参加者の中に知った顔があることを恐れたからだった。

塾長が、禅は身体で実践するトレーニングであることと、応用講座のプラクティカルコースがいかに割安かを説明し終えると、トレーナーの一人のデザイン鬚がホイッスルを吹いた。

「まず『気づき』タイム。隣の列と向き合って。向き合った相手を徹底的にののしること。十五分間。始めっ」

礼一と向かい合わせになったのは、二十歳そこそこ、黒いストレートヘアの少女といってもいい若い娘だ。悪口を思いつくような相手ではない。化粧っけがあまりなくて地味だが、ケバい化粧に日々囲まれている礼一には、むしろ好ましくさえ思える。

逡巡していると、突然、地味娘が色の薄い唇を開いた。

「ゴミ虫」

「え」

「ウジ虫。寄生虫。黴菌。ゴキブリ。キモい。汚い。臭い。おまえ自分が最低だって、気づいてないだろ。イケメン気取りが。自分が思ってるほどかっこ良かぁないよ、あんた。髪型がヘンだし、服のセンスゼロ」

塾長の教えに早くも感化されたのか、怒濤の罵詈雑言を浴びせかけてくる。礼一はまったく初めての体験入門だが、このセミナーに参加した経験があるのかもしれない。なんだか慣れているふうだった。

「胃下垂。低血圧。マザコン。痴漢。変態。オタク。フィギュアとファックしてな。

それとも小児性愛愛好家か」

俺がそう見えるっていうのか。お喋りな妹が二人もいるから、年下の女に悪口を言われるのには慣れているつもりだったが、だんだん腹が立ってきた。よし、やってやる。礼一も女に向かって罵倒の言葉を投げつけた。

「地味女。暗いよ。ダサいよ。おまえこそキモい。干物。死神。腋臭《わきが》臭そう」

これ、逆効果じゃないだろうな。悪口のボキャブラリーが増えてしまいそうだ。いや、ここですべてを吐き出してしまえば、確かに頭の中が浄化されるかもしれない。

礼一の舌はしだいになめらかになり、次から次へと悪口がほとばしり出た。

「ウザいよその髪。切れよ。枝毛。乾燥肌。生理不順。その服、ダサっ。貧乏神。疫病神」

しかし女には勝てない。礼一の倍速の早口で、すぐさま反撃された。

「包茎チンカス野郎。早漏。短小。フェラ好き。巨乳フェチ。女子高生マニア。DV。浮気性。二股クソ馬鹿」

彼女は誰に向かって怒りをぶつけているのだろう。礼一じゃない誰かを見つめているような虚ろな表情をしていた。

場内は凄いことになっている。罵り声の大合唱だ。「ハゲ、デブ、ハゲブタ」ひときわ甲高い声が聞こえるのは、地味女の向こう、もう一組の列の前方。ヤンママ風の女に、つるりと頭の禿げ上がった中年オヤジが同じフレーズで一方的に口撃されている。「ハゲ、デブ、死ね」嬉々として屈辱に耐えているふうな男の顔が、課長に見えるのは気のせいだろうか。

貸しホールの一室は、奇妙な熱狂に包まれ、お互いの声が聞き取りづらいほどになった。それでも地味暗死神干物女は、礼一を罵り続ける。礼一も負けずに声を張り上げた。

「イジメられっ子。引きこもり。リストカッター。男にもてないだろ、お前。つきあえたとしたって、遊ばれるだけだ。すぐに捨てられちまう――」

地味女が泣きだした。

塾長が再び登場する。僧衣が真っ赤な作務衣に替わっていた。

「いかがでしたか。いまのメソッドはみなさんの『気づき』を促すためのものです。現実とありのままの自分を受け入れるのは、つらいことですが、マインドフルネスを得、ピュアな心を取り戻すためには、欠かせないプロセスなのです。おわかりいただけましたか」

よくわからなかった。『ピュアな心をとりもどす』というが、どこから取り戻すんだ。取り戻せる心なんて、俺にあるのだろうか。

「では今度はお互いを褒めあってみましょう」

地味女が礼一にぎこちなく微笑みかけてきた。

「かっこいい。本当はイケメン。眼鏡似合ってる。わたし眼鏡男子、好き。服のセンスもいい。背高いし。足も長そう」

いまさら言われても。すべてが嘘にしか聞こえない。とはいえ、こっちも何か言わなくては。どうしよう。目の前の娘をじっと見つめた。いやあ、むずかしいな。〝誉めるの、むずかしい〟

女がまた泣きだしてしまった。

メディテーションタイムに入った。瞑想を一時間。座禅は組まないが、トレーナーたちは隙あらば「喝」の一打を入れようと、特殊警棒を手にして歩きまわっている。安くはない受講料を払って、一時間も瞑想するだけというのは、なんだか割に合わない気がする。

「何も考えてはいけません。無我の境地になりましょう」と塾長は言っていたが、何も考えないなんて不可能だ。目を閉じて視覚情報がなくなれば、なおさら。逆に知った。人間は目覚めている間じゅう考えていないようで何かしら頭は働かせているのだと。

礼一はぼんやりと考えていた。

自分の口から他人への悪口が漏れ出てしまうのは、一人暮らしを始めたことや、慣れない環境や、ストレスがたまる接客業のせいじゃないか、これまではそんな自己診断をしていたのだけれど、本当にそうだろうか。

それだけじゃない気がする。

生まれ育った環境に問題がありはしないか。

親父譲りかもしれない。親父は平気で客の悪口を言う商店主だ。

「婆さん、生きてやがったか。またミカンかよ。たまにはイチゴも買えよ。ミカンばっかし食ってると、顔が真っ黄色になるぞ」

「わかった。もう言うな。まけるよ、奥さん。ひと山四百円でいいや。持ってけ貧乏人」

ときに相手を怒らせても、親父はそれが客への親愛の情だと信じて疑わない。

一緒に店に出ている母親の「ミカン、お孫さんが好きなのよねぇ」とか「貧乏人はウチでしょうに」なんていう巧みなフォローやツッコミのおかげだろうけれど、常連客はむしろその毒舌を楽しんでいる。若い客層をスーパーに取られて、だいぶ前から八百花に来るのは中高年ばかり。婆ちゃんたちは、たとえ悪口でも、自分が他人に関心をもたれ、存在を認めてもらえるのが嬉しいらしい。同じ接客業なのに、百貨店とはえらい違いだ。

きっと、あれを見て育ったせいだな。

親父の毒舌が不興を買わないのは、自分の店に並べた商品にも毒づくからかもしれない。

「あ、スイカなら、こっちのほうがいいよ。それはちょっとボケがきてる。婆さんと一緒だよ。ああ構わねぇよ。あれはウチのガキに食わすから」

「今日はキャベツがだめなのよ。天候不順でろくなのが入らねぇ。急がないなら明日にしなよ。いいの入れとくから」

正直といえば正直。ウチのガキに食わすと言っていたスイカを、スーパーで買いそびれた一見《いちげん》の客に売ったりしているのだが。

そうだよ。よくよく考えてみれば、俺がダダ漏れさせている言葉のほうが、よっぽどピュアなんじゃないか。いい悪いは別にして。

瞑想も悪くない。礼一はこの世の真理のしっぽを摑んだ気になった。しょせん人間は正直に生きることなどできはしないのだ。人の思考の半分は悪口でできているのだ。ピュアな心っていうのは清い心のことじゃない。嫌がられるか喜ばれるかもわからない、剝き出しの感情のことだ。そうとも、

〝人はみんな嘘をついて生きているんだ〟

「うるさいよ、あんた」

隣の人に叱られ、トレーナーの警棒が肩に飛んできた。

途中何度も帰ろうと思ったのだが、ぐずぐずしているうちに、結局最後までセミナーを受講してしまった。そしてそれをつくづく後悔した。最後のカリキュラムはなんと歌の合唱。しかもその歌が『手のひらを太陽に』ときた。

周囲の多くの受講生は真剣だった。自己変革の呪文を唱えるように声を張り上げている。地味女も、どう見ても課長としか思えないハゲ頭も。

　ぼくらはみんな　生きている　生きているから　笑うんだ

〝ぼくらはみんな　病んでいる　病んでいるけど　笑うんだ〟

　ぼくらはみんな　生きている　生きているから　おどるんだ
　〝ぼくらはみんな　病んでいる　病んでいるから　おどるんだ
　ゴミ虫だって　ウジ虫だって　ゴキブリだぁって〟

「みなさん、いいお顔になってきましたよぉ。ただし、一日かぎりのベーシックコースだけでは真の効果は得られません。大切なのは持続です。私の法話と自宅でもできるトレーニング方法を収めたＤＶＤ三巻を、ただいま特別価格の四千八百九十円で――」

　市外局番「０３」をプッシュするのは久しぶりだった。

「もしもし、俺……違うってば。振り込め詐欺じゃない。親父、まだ起きてる？」

　会社をやめて店を継ぎたい、そう言ったら親父は何と言うだろう。

「馬鹿野郎。うちは職安じゃねぇんだよ。デパートごときが勤まらねぇやつに、八百屋ができるか」

　たぶんそんなとこだ。だが、さんざんなじった後に、こう言ってくれる気がした。

「お前が店やるなんて百年早ぇよ。本当に継ぐ気があるんなら、まずは助手からだな。

仕入れの車、お前が運転しろ。だったら許す」

元気かい。ちゃんと食べてる。じゃがいも送ったの届いた？　母親の重機関銃がひとしきり炸裂してから、ようやく親父が出た。

「アロハ」

なんだよ、アロハって。オールウェイズ世代のギャグはたいてい理解不能だ。

「あのさ、ちょっと話したいことがあって。一度そっちに帰っていいかな」

「おう。ちょうどいい。俺も話がある」

なんだろう。少し酔っているようだが、親父が俺に話があるなんて珍しい。もしかしたら「俺も年だ。もう強がりは言わねぇ。お前に継いで貰えればありがてぇ」そんな話だろうか。こういうの昔の言葉で何て言うんだっけ。ああ、そうだ。〝渡りに船だ〟

「船じゃねぇ、飛行機だ。カイマナヒーラ」

「なんだよ、それ」

「来月で店畳むぞ」

〝嘘っ〟「嘘っ」

「嘘じゃねぇよ。テナント貸しの当てがついたんだ。俺ぁ来月で六十五になるだろ。

これからは年金で暮らす。商工会の共済もあっから悠々自適だ」

〝そりゃあないよ〟「そりゃあないよ」

「そりゃあないって、おめえには関係ねぇだろが。で、手始めにかあちゃんとハワイに行くんだ。パスポートってのは？　あれはどこで買うんだ？　墨田区役所か」

## 7

「それ、やめたほうがいいですよ。似合うのは四十代まで」

スタンドミラーの前でヤングミセス向けのノースリーブを体にあてがっている客に、礼一は言った。

百貨店の店員にあるまじき言葉に、客は怒るというより驚いていた。

「な、なによ、それ」

「年齢に合わせたおしゃれをしましょうよ」

確信をこめた言葉が自信たっぷりに聞こえたのだろう。客がうろたえはじめる。

「じゃ、じゃあ、どれがいいのかしら」

礼一は客の正面に立ち、頭から爪先までをしげしげと眺めた。そろそろ七十に手が届くだろう年齢の客が、乙女のようにもじもじと身をよじる。

〝どれもむずかしいな〟

「ちょっと、あなた、ひどい」

「だいじょうぶ。お客さんはちっちゃいから、年相応のを選べば、可愛く見えるはずだ」

「ひっどい」

客の今度の「ひどい」には、ほんの少し媚びが混じっている。いくつだろうが、女であろうとするなら、誰かの目を——男であれ同性であれ——意識しているのなら、その人に似合う服は必ずある。礼一は本心からそう思っている。だからそう言った。

「いちばん似合うのを探しましょ」〝むずかしいけど〟「きっとあるから」

親父の店を継げないとわかった翌日から、礼一は親父式の接客をしている。意地になって。半分やけくそで。

客の反応はそう悪くない。考えてみれば、下町の商店街とデパートの客層はあんがい似ている。怒る客、意外に喜んでくれる客、半々といったところだ。毎日の大勢の客の何分の一かに購入を決意させれば万々歳の商売だから、礼一の個人的な売上げは、五割増しになった。ただし、社内の評判は最悪。

転勤から三カ月が経ったいまも、幸いキャリア開発室への辞令は下りていない。たぶんB系の社員を故《ゆえ》なく冷遇すると社内に軋轢を生む、なんてことを危惧した、課長より上の人間たちの判断なんだろう。礼一の場合、「故」はあるのだけれど。

婦人服売場ではあいかわらず四面楚歌だが、冷たい視線にはもう慣れたし、課長のあしらい方も多少は覚えた。ののしられる前に、こっちがののしればいいのだ。そうすれば課長は、頬を紅潮させ、うるんだ目をし、唇を嚙みしめて黙りこむ。

おかげで最近はよく眠れるし、飯もうまい。なにより家ではひとり言を口にしなくなった。礼一が思い描いていた新天地での自分のあるべき姿とは、大きくかけ離れてしまった気もするが、これはこれで、ありかもしれない。

いまの毎日は、そう悪くなかった。声を大にしたっていい。

「うん、悪くない」

〝良かぁないけどな〟

# エンドロールは最後まで

千帆《ちほ》が、結婚しない女として生きていこうと決めたのは、三十八歳の誕生日が間近に迫った秋の終わりだった。

決断に至るきっかけはいくつもあって、順序立てて説明できるものでもないのだが、あえて三つ挙げろと問われれば、こうなる。以下順不同。

その1。三週間前のお見合いパーティー。これまでの千帆は、世の中にはお見合いパーティーというシステムがあり、そうした手段を利用して結婚に至る人々もいるのであるな、とまるっきり他人事だった。それが急遽、初体験することになったのは、マキヨから今年三度目の「一生のお願い」をされたからだ。

「一生のお願い。一人で行くのは、ほら、ちょっと、あれじゃない」

ちょっとあれ、の「あれ」の意味が良くわからなかったが、マキヨとは高校からのつきあいで貴重な独身の女友だちだったから、あっさり断りのメールを送るのも気が

引けてずるずる答えを引きのばしているうちに、

From　麻紀代
Sub　決戦は土曜日！！！
AM10：45、有楽町マリオン前集合！
ともに幸せをつかもう。

ということになった。人から頼まれたら、嫌と言えないのが千帆の悪い癖だ。

モテない男と女の吹きだまりのような集まりを想像していたのだが、参加者は普通の人たちだった。普通すぎるぐらい普通。でも、結局、最後までついていけなかった。口では性格の良い女性希望、なぁんて言いながら、目は顔や服の中身ばかり追いかけている、男たちの求愛行動中のグンカンドリみたいな鼻息に。プロフィール欄から推定される生涯収入と、顔や身長や親との同居の可能性などなどを天秤にかけて必死に目盛りを読んでいる、女たちのナチュラルメイクに隠された食虫植物みたいな気合に。

だけどまぁ、女と男が普通に出会って、結婚に至るきっかけだって似たようなもの。お見合いパーティーは、そのわかりやすいカリカチュアだった。なるほど、ロマンチックなプロセスを抜きにしてしまえば、結婚というのは、女と男が手持ちカードを交換する商談なのだな。三十七歳にして千帆は悟り、そして思った。ただのカードゲームなら、自分は降りよう、と。

その2。妹が結婚し、子どもが生まれた。式は今年の四月、出産は十月だ。実家のある広島には正月とお盆にしか帰らないのだが、姉として、甥と対面する儀式はきちんと通過せんといけんね、と考えて、夏に続いて先月も帰省した。

妹の百代《ももよ》は商業高校を出て、県内で就職し、結婚するまで母親と同居を続け、いまも同じ市内に住んでいる。東京の大学の英文科を卒業して、都内の外資系金融に就職した千帆と自分を勝手に引き比べて、いじけてばかりいる子だった。「私は頭が良くないから。美人じゃないし」「お姉ちゃんみたいにはいかんよ」

姉妹の力関係が微妙に変わったことは「次は千帆ちゃんの番だね」なんて言葉の矢を、ひきつった笑顔でかわし続けた結婚式の時からなんとなく感じていた。今回、産婦人科の病室で完全に逆転したことを知った。赤ん坊を抱いて「痛いなんてもんじゃないよ。経験しないとわからんよ」と図太く笑う百代は、こっちの僻《ひが》みもあったにせよ、負け犬を見下ろす目線になっていた。母親は孫と妹しか眼中にない様子で、帰省中の千帆に対するいつもの口癖「早く結婚しなさい」が一度も出なかった。

子どもを産んで育てるのが一人前の女？　新郎新婦にはぜひ野球チームができるほどの子宝を？　日本の少子化が心配？　人口爆発で地球がパンク寸前だっていうこの

時代に、まだそんなこと言うか。

その3。二年前に別れた男が結婚した、と風の便りに聞いた。

以上。

その3の翌日、千帆は住宅情報誌を買った。賃貸ではなく購入物件が中心の豪華な表紙のやつ。当面、いまの1DKを引っ越すつもりはないにせよ。外資なのに女は出世しづらい会社だけれど、十五年間OLをやっていれば、そこそこお金は貯まる。あとどのくらい足せば、終《つい》の住処《すみか》にできるマンションに手が届くのか、データ収集をしておいて損はない。

旅行会社の店頭からパンフレットもピックアップした。一人旅をするためだ。いままでの千帆は、誰かの旅行プランに乗っかるのがいつものパターンだった。自分の依存体質もなんとかしなければ。こっちは近々必要になりそうだ。お見合いパーティーで知り合った五歳年上の商社マンとつきあいはじめたマキヨから、毎年恒例になっている温泉旅行の誘いがまだないのだ。

女同士の友情なんて近隣諸国との平和協定のようなもの。有事には破棄される。マキヨは年下好きだったはずなのだが、「理想は生活習慣病健診案内と一緒に捨てた」そうだ。

そんなこんなで、千帆は決断を下した。結婚しない女になることを。結婚できない女ではなく、結婚しない女、だ。ここ重要。

一人で暮らしていくことを孤独と思わず、肯定し、享受する。収入はすべて自分に投資し、結婚したら犠牲になってしまうだろう事々に費やす。海外旅行。スポーツジム。習い事。大人の女にふさわしい服や持ち物やインテリア。ふわふわのペット。うん、悪くない生き方だ。

先週は生まれて初めて一人で牛丼を食べに行った。そして今日は久しぶりに一人で映画館に入った。

映画は好きだけれど、映画館で観ることはめっきり減った。千帆好みのミニシアター系に誘える人間はかぎられているし、妥協してメジャーな映画を観るにしたって、そういうのが好きな子にかぎって早々と結婚し、子育て真っ最中で、誘いづらいからだ。このごろは、めぼしい映画はチェックだけして半年待って、レンタル店で借りることが多くなった。

そう、映画って本当は一人で観るものなのよ。開幕ベルは自分で鳴らさねば。

午後八時からのレイトショーは、予告も映画泥棒のCMも終わり、いままさに始まったばかりだ。

予想していたより切ない結末が暗転して、クレジットが流れはじめた。

映画館は終わった時が寂しい。一人ならなおさらだ。まだ父親が生きていた子どもの頃、ドライブの帰りに眠ってしまって目覚めた時の感覚に似ている。さっきまで間近な山稜や夕日が沈む海岸を眺めていたはずなのに、その一瞬ののちには、色の乏しい見慣れた街並の中へ連れ戻されているのだ。

†

それにしても。

映画のエンドロールは最後まで見るべきなんだろうか、それとも終わったらさっさと席を立つべきなのか。ふだんなら一緒に行った誰かに合わせればいいのだけれど、一人きりだと自分で決めなくちゃならない。客席はまばらだった。マイナーな映画だからか、一人で来ている客も多い。途中で席を立つのは、たいてい一人客だ。孤独な自分を人目に晒したくないと考えているふうに。

千帆は背中をシートに預け直した。そうすることが義務に思えて。私はエンドロールが終わるまで待とう。テーマ曲をもう少し聞いていたかったし、最後の最後で、悲しいラストをどんでん返ししてくれる特典映像があるかもしれない。

どんでん返しはないまま、場内が明るくなった。千帆は残っている人間の誰よりも早く、バッグと上着をひとまとめにつかんで立ち上がった。足もとだけを見つめて、売店の灯が消えたロビーを抜け、出口へ急ぐ。

十二月に入ったばかりだというのに、街はどこもかしこもクリスマスデコレーションで飾り立てられていて、道行く人の背中をジングル・ベルがせき立てていた。ワム！の「ラスト・クリスマス」をイヤーマフで塞いで早足に歩く。金曜の夜だ。さて、これからどうしよう。

残業を大急ぎで片づけて映画館に駆けつけたから、夕飯はまだだった。家へ帰って冷凍庫にストックしてあるカレーを温め直すという選択肢もあったが、あ、あさっては三十八歳の誕生日だ、と忘れることにしていた事実が頭に浮かんだ瞬間、あえて外食をすることにした。お酒も飲める店にしよう、そう決めた。

決めるということと、できるということは別物で、一致させるのが難しい。

どこにも入れなかった。ガラス張りの開放的なイタリアンならと思っても、週末のこの時間にはカップルで溢れているに違いなく、その中で一人、罰ゲームみたいにワインとパスタをすする自分が想像できなかった。

和食の店のカウンターはどうだろう。いやいや、親爺たちのいろんな意味の視線の餌食になるだけだ。三十七にもなって、東京に出てきたばかりの小娘の頃から、ぜんぜん成長していない自分が情けなかった。自意識過剰だよ。誰もあんたのことなんか見ちゃいない。気にしちゃいないよ。自分にそう言い聞かせてみる。

いや、無理。

とはいえ、すごすごと家へ逃げ帰って、つくりすぎて辟易しているカレーをもさもさ食べるのは嫌だった。あてもなくさすらう千帆の目の前に、救命灯のようにオレンジ色の看板が現れた。

牛丼屋。ガラス越しに見る店内は、入りづらいほど混んではおらず、居たたまれないほど空いてもいない。よしっ、今夜もいっちょ、つゆだくいってみるか。先週入ったところとは違うが、前の男とは何べんも行っている店だ。勝手はわかっている。

そこそこ人が入っているように見えたのは、客たちの大半がカウンターにへばりついているからだった。客は全員、男。養鶏場みたいなカウンターの列に参加する勇気はなく、人の少ないテーブル席を選んだ。それも一番隅の二人がけテーブル。壁と向き合う椅子を選びかけて、これじゃあ独房だな、と反対側に座り直す。

水を運んでくる店員は不機嫌そうだった。混んでいない時にはカウンターに座るのが牛丼界の暗黙のルールだと言わんばかりに。

牛丼屋に慣れた女だと思われたくなくて、メニューを顔の前に立て、初めて眺めるふりをした。ファミレスによくあるチャイムは見当たらなかった。店員とアイコンタクトを試みたが、テーブル席を選んだ罰を与えるように、こっちを見ようとはしない。

ふいに声が降ってきた。

「隣、いいですか？」

隣のテーブルの前に男が立ち、千帆に笑いかけていた。いいですかも何も、席はいくらでも空いている。千帆が言葉を失ったのを、勝手にYESだと解釈したらしい。男はす向かいの椅子に座るやいなや、カウンターに向かって片手をあげた。

「すいませーん」

よく通る威勢のいい声に、千帆を黙殺していた店員があわてて飛んできた。ちょっといい気分。

「こちらを先に」

男が千帆を片手で指し示す。先を譲ろうというのだ。どうせ一分で来るからどっちでもいいのに。お腹は酷くすいていたけれど、当然並盛。前の男と入った時のように「つゆだくで」なんて言えやしなかった。男は大盛を頼み、注文を終えると、また笑いかけてきた。何、こいつ？　牛丼屋でナンパ？　思いつくかぎりの最悪に近いシチュエーションだと教えてやりたい。うつむいて髪を垂らして顔を隠してやった。

「さっき、シネ・カルティエで映画を観ていた方ですよね」

垂らした髪をかき上げた。グレーのコートの下にVネックのセーター。襟もとからよれよれのTシャツと鎖骨が覗いている。ひょろりとした体のわりに、丈夫そうな鎖骨だった。

「やっぱりそうだ。僕も観てたんですよ」

続いて口にしたのは、いま観てきたばかりの映画のタイトルだった。それがどうしたっていうの。だからって話しかけられても困るんだけど。

男の分も運んできた店員は、二つのトレーをどっちのテーブルへ置けばいいのか迷っている様子だったが、結局それぞれの前に置いていった。

さ、とっとと食べて帰ろう。箸を手にとると、男がしつこく声をかけてきた。

「一人で映画を観ること、多いんですか」

少なめに運んだひと口なのに、喉につかえてしまった。音を立てないように水を飲んでから、男の顔を見ずに答える。完全無視が得策なんだろうけれど、これだけは言っておきたくて。

「今日はたまたまです。いつもと言うわけじゃありません」

「そうかぁ。僕はたいてい一人です。映画って一人で観るものだと思ってるから」

千帆が言うべきだったせりふを、横取りされてしまった。心の中のメモ帳に赤字で添削された気分だった。

顔を上げて、髪を耳にひっかけた。男は千帆と変わらない年に見えた。若者とおじさんの中間ぐらいの感じ。前髪がさらさらで、固い職業には見えない。

男が千帆のテーブルの向かい側に視線を走らせた。

「そっちに行っていいですか」

あまりに自然な口調だったから、どうぞというふうに片手を差し出してしまった。

「でも、一人映画の欠点は、語り合える人がいないってことなんですよね」

根拠なく馴れ馴れしい男に迷惑そうな顔をしてみせたが、本当はちょっと嬉しかった。ドアをくぐって店員や客たちの視線を浴びた時、千帆は夢想していたのだ。もしどこかの席に偶然知り合いがいて、一人じゃなくなれたら、「よお」と声をかけてもらえたら、どんなにいいだろうと。たとえそれが親しくもない会社の同僚でも、前の男でも。

「さっきの映画どうでした。ハッピーエンドじゃなかったのは意外だったけど、あれはあれでありですかね。ハリウッド映画じゃ、ああはいかないですよね」

細身なのに蒸気機関車みたいに食べっぷりのいい男だった。箸の使い方がきれいだった。ときどき箸を止めるのは、話に夢中だからではなくて、千帆を置き去りにしないようにペースを合わせてくれていることが、さりげなく走らせてくる視線でわかった。

相槌だけ打っていた千帆は、ようやくこちらから声をかける気になった。

「ああいう映画、観るんですね」ふと思った。この人、ゲイかもって。爪がきれいすぎる。「男の人でも」

男は、言葉の中に千帆がしこんだ針に気づきもしないで、もくもくと頰を膨らませて首をかしげた。

「ああいうの？　ああ、恋愛映画ってことですか。好きです」

お見合いパーティーだったら、ルックスのほうに重りを置かれるだろう顔を、くしゃりと崩した。

「恋愛映画が好きというより、いい映画が好きなんです」

針ねずみになっていた千帆を、仰向けの猫に変えてしまうような笑顔だった。

その男は、渡辺裕二《わたなべゆうじ》という名だった。

探すのをやめた時　見つかる事もよくある話で

†

渡辺との待ち合わせ場所に急ぐ千帆は、いつしか頭の中で井上陽水の歌を口ずさんでいた。念入りに化粧をしたのは久しぶりだ。着ていく服にさんざん悩んだのも。結婚しない女と恋愛しない女は違う。むしろ逆だ。結婚しないから恋ができる。ここも重要。テストに出ます。

あの晩、渡辺とは、コーヒーショップで映画の話の続きをした。楽しい話し相手だった。めんどくさい蘊蓄《うんちく》を語ったり、評論家面で批評したりしない男だった。好きな映画の話を、見つけた宝物のように話す。結末に関わる話の前には、几帳面に断りを入れてくるのも好ましかった。前の男がなんでもかんでも自慢げにネタバラシするヤツだったから。自分の過去の女のことまで。

たまには誰かと映画に行きたいな。メールアドレスを交換しませんか。干し草を食《は》むラクダみたいな笑顔でそう言われたら、会ったばかりの男には慎重なタイプの千帆も、ためらうことはなかった。

ゆっくり歩いて時間調整したのに、十分前に着いてしまった。新宿の少し先の駅を降りたところにあるオープンテラスの喫茶店だ。十二月上旬の土曜の午後。日差しの暖かな日だったから、テラス席はあらかた埋まっている。隅の席でカフェラテを注文した。隣は二人の小さな子どもを連れた夫婦。父親は三人目の子どものようにトイ・プードルを抱いている。温かそうなカシミアコートを着た母親は千帆より若そうだ。

約束の時間になっても、渡辺は現れなかった。

いきなり女を待たせる男ってどうなんだろう。性格がルーズ？　俺さま体質？　まだ一度会っただけの男に、もう千帆は採点表をつくり、書きこみをはじめている。

十分が過ぎた。メールもないし、昨日番号を教えた携帯も鳴らない。

いくら日差しが暖かくても、冬。カフェラテはたちまち冷たくなった。時間を間違えたかと千帆は考える。あるいは場所を。送られてきたメールを確かめた。間違ってない。たった一度だけ会った男に浮かれていた自分が馬鹿に思えてきた。しょせんきっかけは牛丼。あと五分経っても現れなかったら帰ろう、そう決めたとたん、バッグの中で携帯が鳴った。

「すいません。今日も仕事で、まだ終わらなくて」

千帆は気持ちを抑えて答える。苛立ちではなく安堵を隠して。

「いまどこですか」

「近くにいます。そちらはカフェテラスですか。それなら、右のほうを見て」

カフェテラスの前は四車線の大通り。右手は煉瓦造りの古い建物だ。後方に聳えるビルに大学病院の名がかかげられている。

病院の門の前で白衣姿の男が手を振っていた。ぴょんぴょん飛び跳ねて、馬鹿みたいに両手を振り回している。

千帆はまばたきをして、乾いたコンタクトを湿らせてから、目を凝らした。

渡辺だった。

信号の前で立ち止まると、慌てた様子で白衣を脱いだ。信号が青になると走り出し、直角に曲がって鋪道を駆け抜け、足をもつれさせながら千帆の目の前で停止した。犬みたいに息を切らせる姿に、隣のトイ・プードルが吠えかかった。

「ごめん、な、さい」

白衣を隠すように後ろ手に持ち、腰を直角に折って頭を下げてくる。その胸で聴診器が揺れていた。

「仕事が、長引いてしまって、もう終わりますから、本当に、ごめんなさい」

渡辺は首からぶらさげたままの聴診器に気づいて、あわててむしり取った。

え？　仕事って、つまり、そういうこと？

自分の職業を「時間が不規則な仕事」としか口にしたがらなかったから、マスコミ関係からコンビニで働くフリーターまで、いろんなケースを想定していたけれど、お医者さんは想定外。

こういうの困る。お見合いパーティーの時、一番人気だったのは、広告代理店勤務のイケメンでも、老舗料亭の若旦那でもなく、見かけは冴えない開業医だった。あの時のブランド品のバーゲンワゴンに襲いかかっているような人たちと、同じ女になりたくない。

隣のカシミア若奥さんが千帆と渡辺に目を見張っていた。困る困る、と思いつつ、「あと十五分だけ待ってください」ともう一度頭を下げた渡辺に、千帆は両手でカップを握りしめたまま大きく頷いていた。

†

前の男は同い年の会社の同僚だった。五年間つきあった。相性がいいとは言えないことは、つきあって半年も経たないうちにわかっていたのに、四年半をずるずると過ごしたのは、退屈な映画や本を途中で放り出すのは気が引けるのと、似たような気持ちからだった。

この先に意外な展開や、素敵なシーンが待っているのではないか。席を立ったり本を閉じたりしたら、大切なクライマックスを取り逃してしまうんじゃないか、そう思って。でも、どこまで行ってもストーリーは進展しなかった。二車線道路を別々の車で並んで走っているだけの感じ。

向こうから先に、結婚を匂わす言葉を口にしはじめた時に気づいた。この男と一生を過ごす自分が想像できないことに。それは打算的なものでも理性的なものでもなく、生理的なものだった。自分より素直な体の中の自分が叫んでいたのだ。この男は違うぞ。

現実の世界が、映画と同じふうにいかないことはわかっている。よぶんなエピソードばっかりだし、人には見せられない舞台裏もあるし、絶妙なタイミングのエンドマークもない。教会からウエディングドレス姿の恋人を奪って逃げる古い映画のラストシーンを観た時に、千帆は画面に向かって呟いたものだ。あんたら、これからどうするん。

裕二とは、先のことなんて考えないようにしよう、そう決めていた。職業が医師で、三つ年下だとわかったからなおさら。人生がしかける巧妙な罠には、細心の注意を払うに越したことはない。

　三度目に会ったのは、クリスマス・イブを翌日に控えた金曜日だ。おすすめのとこ、と裕二が連れて行ってくれたのは、アフリカ料理の店だった。

　木彫りの人形や雑貨が並ぶ店内は、レストランというより骨董品屋みたいだ。ラベルに象が描かれたビールを頼み、写真入りのメニューブックから何品か料理を選ぶ。裕二は壁にかかったお面のひとつみたいに、牧歌的な店の空気にすんなり溶けこんでいた。

「ここ、よく来るの？」

「そうでもない。ただ、アフリカが好きなんだ。君も気に入ってくれると思って」

　この店のことなのか、アフリカのことなのか、よくわからなかったけれど、アフリカ風の春巻きも、かなり辛い豆のコロッケも気に入った。

　今日も話題は、いましがた観てきた映画のことだった。もしかして、千帆を一緒に映画を観るだけのガールフレンドとしか考えていないのだろうか。まだ三回しか会っていない相手にふさわしいささやかなものとはいえ、クリスマスプレゼントを用意してきた千帆は、渡していいものかどうか不安になった。

「今日、よかったの？　私なんかと一緒で」

年上の女の口調で言ってみた。アフリカ料理店の中にもツリーが置かれ、綿の雪が積もっている。カバの置物がサンタの帽子をかぶっていた。

「そっちこそ、約束があったんじゃないの」裕二はそう言い、布製のバッグの中を手探りした。赤いリボンをつけた包みを取り出して千帆の前に置く。「開けてみて」

ミトンだった。

「最初に会った時、手が寒そうだったから」

見かけほど女に慣れている人じゃないのかもしれない。三十半ばを過ぎた女には、可愛らしすぎるデザインだった。だけど嬉しかった。

その場でミトンを嵌《は》めて、片手を飛べない鳥の翼みたいに裕二へ突き出した。

「ひとつ注意してもいい」

「なんでしょう。ペンギンのお姉さん」

「映画館に入ったら、携帯の電源は切りましょう」

予告が始まったとたん、裕二の携帯が鳴り出したのだ。戻ってきた時には、映画が始まっていた。

「ごめん。僕らはどこにいても電源を切っちゃいけない決まりなんだ。他のお客さんが知ったら怒るだろうけど。映画に誘う人間がいなかったのは、それを嫌がられるのも理由のひとつかな」

そうだったのか。裕二の携帯に電話をしても、繋がらないことが多いのは、職場が病院だからだ、とまでは想像がついたけれど。

「病院のお仕事って、やっぱり大変なの」

いつもと違う話がしたかった。裕二は仕事について多くを語りたがらないのだ。

「大学の中で出世するか、開業医に鞍替えしようか、みんな、そんなことが大変みたいだね」他人事のように言って笑う。裕二の笑顔には、いつもの温かみが少ない気がした。「勤務医は世間が思っているほど、給料がいいわけじゃないからね。教授たちは患者から金をむしり取ることばかり考えてる。謝礼をしとかないと、扱いが悪くなるんじゃないかって考える人は、まだまだ多いから」

話はそれでおしまいになった。それ以上は聞かないことにした。職業があてで近づく女だと思われたくなくて。

メインディッシュに、千帆はケニア風のビーフシチューをオーダーした。裕二は魚のグリル。そういえば前回入ったイタリアンの店でも、裕二は魚料理を頼んでいた。珍しい男。いままでつきあった何人かの男は例外なく肉が好きだった。

「魚が好き？」

「うん、肉はあんまり食べないな」

「じゃあ、あの日、牛丼屋さんで会ったのって、すごい偶然だったんだね」

皮肉に聞こえないようにさらりと言ったつもりだったけれど、千帆が本当に聞きたかったことを、より正確なせりふにすれば、こうだ。本当に偶然だったの？

裕二は子どもみたいにトマトをフォークに突き刺したまま、悪戯が母親にバレたかどうか探る目で千帆の顔を覗きこんできた。「バレてるよ」と言葉にするかわりに、じっと見つめ返すと、顔をくしゃりと崩した。

「じつは偶然でもない。腹が減ってたのは事実。誰かと映画の話をしたかったのも。映画館で君を見かけて、ちょっと気になって、その君が前を歩いていて、店に入って行くのが見えたから、あ、これは行くしかない、そう思っちゃったんだ。俺、気が弱いくせに、ときどきやけくそ気味に大胆になるんだ。内心ドキドキもんだった。ほんとは牛丼は苦手」

「たいした演技力」

「嘘をつくのが仕事のうちだからね」

「え？」

「だいじょうぶですよ。心配ないですよ。僕は救急医療関係の人間だから、もうだめだろうと思ってる患者さんや家族にも、そう言わなくちゃならない」

返す言葉が見つからなくて、テーブルのかたわらに飾られた木彫り人形に目を走らせた。女性像であることが荒々しく彫られた乳房でかろうじてわかるシンプルな人形だ。抱いているのは赤ん坊だろう。千帆の視線を追って裕二が呟いた。

「それ、身代わり人形だと思う」

「身代わり人形？」

「うん、子どもと産婦への災厄を引き受けて欲しいっていう願いがこめられているんだ。アフリカは乳幼児の死亡率が高いからね。国によっては、10人のうち1人が1歳未満で死んでしまう。5歳未満だと7、8人に1人。妊産婦の死亡率も100人に1人ぐらい」

新郎新婦には野球チームができるほどの子宝を、なんてスピーチしてた親戚のおっちゃんに聞かせてやりたい言葉だ。

「病院が過剰に出している薬を、ほんの少しでも回せればと思うよ。食べ物もね」

裕二は大量の食べ残しが片づけられている奥のテーブルに目を走らせて、ため息をつく。千帆はカロリーが高そうなビーフシチューを少し残そうかと止めていた手を再び動かした。

「助けが必要なんだよ。勝手に人口を増やして、食糧危機に陥ってるところの赤ん坊を助けてどうする、なんて言う人もいるけれど。正しい医学的知識があれば、逆に人口増加も抑制できる。みんなわかってないんだ。同じ船に乗ってるってこと。船が沈没しかけていること。船尾が沈むのを船首から高みの見物していて、足もとに水が迫っていることに気づいてない。第一、子どもには罪はないだろう。生まれてくる場所は選べないんだし」

裕二が饒舌《じょうぜつ》だったのは、最初に会った夜だけで、このあいだも今日も、どちらかというと聞き役だった。その裕二が遠い国の痛みを、自分のことのように語り続ける。

千帆は、自分のことにせいいっぱいで、自分のことしか考えていない、自分を思った。毎日の仕事にはもう何も期待していなくて、給料の計算ばかりしている。残業を命じられると、小顔エステ10分ぶん、マンションのローン1日ぶん、なんて心の中で唱えて、奪われる時間をお金に換算している。

裕二が熱く語る話は半分しか耳に入っていなかった。熱く語る裕二に見とれていたからだ。

千帆は思った。あ、この男だ、と。

†

裕二の背中の傷痕に気づいたのは、年が明けてまだ間もない一月の中旬だった。初めて行ったホテルのベッドの天井が鏡になっていたからだ。

知り合って二カ月もたたない男と寝るのは、千帆の最短記録だ。裕二から求められていることは、前回の別れぎわのキスと、腰に回された指先で感じていたし、こちらから誘ったわけじゃないけれど、今夜は服が意思表示をしていたと思う。ちょっとだけ胸を開けた丈の短いワンピース。下着もシルクをつけていった。

正月に帰った実家は、もう完全に千帆の家ではなくなっていた。知らない匂いに満ちていた。同居を再開した百代が使う天然由来洗剤と、粉ミルクと、おむつの中の排泄物と、死んだ父親の名をひと文字とった赤ん坊の甘ったるい肌の匂いだ。

誰かにすがりつきたかった。自分の居場所が欲しかった。自分の匂いが欲しかった。

最初はにきび痕だと思った。初めての男が、背中までにきびのある男だったから、それと同じだと思って。薄暗がりの中だと黒く見えるそれは、星座みたいに規則的にも不規則にも思える距離を置いて、点々と散っていた。

腕を回した時に触ってみた。裕二のほかの部分の肌とは違う、合皮みたいなつるりとした感触だった。

調光ダイアルに腕を伸ばした裕二は、明かりが灯ると同時に上半身をこちらに向き直らせて背中を隠した。一瞬の隙もない、慣れた動作に見えた。アフターのキスに応じる千帆の唇の硬さに気づいたのか、こわばった笑いを含んだ声で言った。

「背中の北斗七星のこと、気になる？」

首を横に振ったけれど、顔には気になる、と書いてあったと思う。

「子どもの頃、宇宙人にさらわれたことがあってね。その時につけられた。月面の裏側の秘密基地に関する暗号らしい」

面白くないジョーク。どう見ても火傷の痕だった。二番目の男が自慢していた前腕の根性焼きにそっくりだ。当たって欲しくない予想だけれど、たぶん煙草をおしつけられた痕。

裕二が煙草のけむりを吹き出すような息を吐いた。

「母親につけられた」

「どういうこと」

聞き返した瞬間に気づいた。答えがひとつしかないことに。

「そういうこと。俺が裕福で幸せな家庭で育ったと思ってた？」

思ってた。医者になる人はたいていそうだ。彼の目には、田舎育ちで中学生から母子家庭だった自分が貧乏臭く見えるんじゃないかって気にしていた。千帆の目を覗きこんできた裕二は、少し迷ってから、こちらにくるりと背中を向けた。

「しね、って書きたかったんじゃないかな。『し』だけは読めるだろ。『ね』の途中でやめたんだ。根気のないヤツだったから。こんなことにまで」

意地を張ったように千帆に向け続けている背中に尋ねた。

「お兄さん、いるんだよね」

裕二という名前を聞いた時、自分の頭に最初に何が浮かんだか、千帆は思い出していた。「あ、次男だ」だ。その時に気づいていた。結婚しない女になる、というのは自分で自分についている嘘だって。

「ああ、ずっと会ってない。まだ北海道にいるのかな。向こうは父親が引き取ったからね」

お母さんは、とは聞けなかった。

「女って、男ができると、変わっちゃうんだよね」

千帆は裕二の肩に甘噛みをした。強く歯を立てないようにいままで以上に気をつけて。女を代表して謝罪するように。私は違う、自信はないけどそう伝えようと。二度目の裕二は、最初よりずっと荒々しかった。

再び灯された明かりが眩しくて、組んだ両手で顔を覆っていると、千帆の隣じゃないどこかから、裕二の声が降ってきた。

「アフリカに行こうと思う」

「え？　なに？」

「アフリカに病院をつくるプロジェクトに参加するんだ」

いきなり言われても。なんて答えればいいの。男ってセックスのすぐ後に、どうしてあんなに冷静に話ができるんだろう。すぐ後だからだろうか。

見つからなかった探しものだと思っていた男は、壊れやすいガラス細工で、しかも千帆の手の届かない場所への配送品だった。

†

東京に雪が降った二月の終わり、千帆は裕二と横浜にいた。裕二とは横浜で会うことが多い。千帆の家が東京のはずれで便利ということもあるのだけれど、おもに裕二の都合だ。「職場の近くは嫌なんだ。呼び出しがあったら真っ先に指名されちまう」

高台から港が見渡せる公園だ。昼間はどうってことない場所なのだけれど、もうすぐ始まる夜景は、夢みたいにきれいなのだ。

前を歩いていた裕二が突然振り向いて、顔の横に片手をさしあげた。

「ムリブワンジ」

「なに？」

「アフリカに行った時の挨拶」

一週間越しの答えだった。先週会った時、千帆が「アフリカに行ったら、向こうの人にはなんて挨拶すればいいのかな」と聞いたのだ。私も行ってみたい、と遠回しに言ったつもりだったのだけれど、その時の裕二は、笑うだけで答えてくれなかった。千帆の本当は揺れている心を見透かしたのかもしれない。

「もちろん国によっても違うし、同じ国でも地域によって変わるけど、僕らが行こうとしているところは、ムリブワンジ。英語が公用語だけど、使えない人が多いからね」

僕ら。それが裕二と仲間たちのことだとわかっているのに、千帆の胸は高鳴った。何もかも捨てて一緒に行きたい気持ちは本当だ。でも、人の心にはひとつだけじゃなく、いくつも本当がある。映画なら、裕二と旅立つシーンでエンドマークが入るのだろうけど、ラストシーンなんてないまま続く現実が怖いのも本当だった。

夕暮れが夜の闇に変わる頃、横浜にも雪が降りはじめた。千帆はミトンを嵌めた両手を広げて、空に向けて大きく口を開けた。若い子じゃないと似合わない仕草だとわかっていたけれど、別に計算ではなく、そんな自分を裕二に見て欲しくて。

「雪が珍しい？」

裕二は可笑しそうに笑ってくれた。

「うん。広島の海の方はめったに降らないし。そうか、北海道じゃ珍しくないものね」

「ああ、雪は眺めるものじゃない。いつもそこにあるもの」

夜の雪は、古いモノクロ映画が始まる前の黒いスクリーンに降るフィルムの傷跡みたいだった。

「小樽ってどんな所？」

何も映っていないスクリーンの向こうから、裕二の声がした。

「小樽の話はやめよう」

ニット帽を目深にかぶり直して振り向いて、無邪気に聞こえる声で言ってみた。

「北海道に行ってみたいな。一度も行ったことがないんだ」

アフリカよりなにより、まず北海道へ行ってみたかった。生まれた街が嫌なら、違う場所でもいい。同じ空気を吸って、裕二が見ていた風景を見れば、一緒にアフリカへも行けそうな気がした。

「旅行するだけなら……」

裕二が顔を近づけてきた。いままでに見たこともない表情になっていた。

「や、め、ろ」

肩に手をかけられた。千帆の体を引き寄せる時とはまるで違う、突き放すような力のこめ方だった。

「痛いよ」

「ごめん」

千帆からも雪からも顔をそむけた裕二が、華やかな夜景の光の影だけを映している暗い海を見つめて呟いた。

「俺、たぶん、千帆が考えてるような人間じゃないよ。アフリカに行きたいのは、本当は自分のためだと思う。変えたいんだ、何もかも」

何も変える必要はないよ、裕二は裕二でいいんだよ。言葉でそう言うかわりに、ミトンを脱いで、手すりを握り締めた裕二のかたくなな拳を両手で包んだ。

「ありがとう。こんな俺と一緒にいてくれて」

言葉とは裏腹に、裕二の手は冷たかった。

†

「アフリカに行くことになった」

千帆のほうから誘った魚のおいしい和食の店で、唐突に裕二が切り出した。

いつから？　いつまで？　聞きたいことはたくさんあったが、言葉が出てこなかった。「いつ帰れるかわからない」あるいは「日本にはもう戻らない」そんな返事が怖くて。裕二との四カ月間が千帆にとって何を意味していたのか、結果報告を聞くつもりで言葉の続きを待った。

「とりあえず一カ月ぐらい」

大きな音を聞かれないように、おちょこを口に運んで安堵の息を吐き出した。

「仮設だけど、診療所を立ち上げるメドが立ってね。準備を手伝いに行く」

一緒に行かないか。裕二がそう切り出してくれるのを待った。自分がどう答えるのかはわからないまま、とにかく待った。その時にとっさに出た言葉が、自分にも深さが測れない心の底に沈んだ真実だと思ったのだ。でも、裕二の口から飛び出してきたのは、熱に浮かされたような饒舌だけだった。

「向こうで調達できないものは、日本で用意するんだ。調達できないものばっかりなんだけどね。ＡＥＤ、超音波診断装置、中古の４ＷＤが手に入らないかって言われてる。道路がそうとう凄いらしい。雨季になると道が川になっちゃうんだって」

「だいじょうぶなの」

「うん、忙しいのには慣れてる。これからは毎週会うのは難しくなるかもしれないけど」

「そうじゃなくて」

最近、裕二が選ぶ店もホテルも安い所ばかりだ。割り勘にすることが多いのだが、裕二の手持ちが足りないことも一度ならずあった。そのことに文句はないけれど、ちゃんとした食事をとっているようにも見えなかったから、心配になって問いただしたら、給料を支援物資に使ってしまっている、渋々そう認めた。先週のことだ。

「お金のこと」

「なんとかなる、と思うよ。別に自腹ばっかり切ってるわけじゃない。あちこちからカンパを募ってるし」

だいじょうぶだろうか。裕二は現実から目を背けたくて、悲しい過去とも楽観できない未来とも無縁の、映画の中にしかない世界を生きようとしているふうに見えた。

「私にも協力させてくれない」

何かしないと、裕二がこのままどこかへ行ってしまう気がした。ずるいかもしれないけれど、どんな手段を使っても、自分と裕二とのいつ切れるともしれない細い糸を、繋ぎ止めたかった。永住型マンションの購入資金なんか、いまの千帆にはアフリカ料理店の残飯のようなものだった。

「だめだよそれは。だから、この話はしたくなかったんだ。もうやめよう。約束するよ。僕はすぐに帰ってくる」

帰ってこないかもしれない。いつになくぎこちない裕二の口調が、本心じゃないことを言葉より確かに語っている。

「あとどのくらい必要なの」

「君には関係ない」

その言葉は、千帆を深く傷つけた。目の前でいきなりドアを閉められた気分だった。ドアをこじ開ける勢いで言った。

「もう関係なくないよ。いくら？」

ふて腐《くさ》れ顔で金目鯛の煮つけをつついていた裕二が、怒ったように言葉を吐き出す。

「五十万」

「正直に言ってる？」

「いや、ほんとは、百万」

†

携帯に電話をしても裕二が出ないのはいつものことだけれど、それにしても返事が遅かった。木曜日にかけた電話のコールバックも、その後に送ったメールへの返信もない。

忙しいのなら断りの連絡をしてくれれば、それでいいのに。週末に会えればと思って、千帆は約束も用事もつくらず連絡を待っていた。まさかもうアフリカへ行ってしまった？　自宅に押しかけてやりたかったが、知っているのは最寄り駅だけだ。

土曜の夕方まで待っても同じだった。諦めて一人で過ごすことにした。一人の週末には慣れていたつもりだったのに、この四カ月でやり過ごし方をすっかり忘れてしまっていた。マキヨに連絡をしてみようかとも思ったが、お互いに不可侵条約を締結中のいまは、やめたほうがよさそうだった。久しぶりにレンタルビデオ店で、DVDを借りることにした。

たまには派手な流行りの映画でも、と考えて店へ入ったのに、いつものように、旧作の棚の片隅の、長らく誰にも手に取られていないような映画を選んでしまった。こういうの、なんだか放っておけなくて。

いつ呼び出されてもいいように整えていた化粧を落とし、ジャージに着替える。つくり置きの肉じゃがをもくもくと食べながら、リモコンを手に取ってDVDをスタートさせた。

舞台はニューヨーク。主人公は情報通信の会社に勤めるキャリアウーマンだ。本人は自立した女として世の中と渡り合っているつもりだが、じつは人生の重さと自分の弱さに怯えている、痛々しい女。よくある話だ。

主人公がカフェで一人、パソコンを開きながら夕食をとっていると、目の前に男が現れた。

「隣、いいですか」

迷惑顔の女に男が問いかける。

「君、さっきダリル・ロスで夜公演《イブニング》を観ていたよね」

ぐずぐずに煮崩れたじゃがいもを頬張りながら思った。なんだか私たちに似ている。妙な出会いだと思っていたけれど、意外にありがちな展開なのかも。

女が再び会う約束をし、指定された場所へ行くと、男から携帯電話がかかってくる。

「すぐ近くにいるんだ」

女が顔を上げる。通りの向こうで男が手を振っていた。白衣を着て。女の目は情けないほど輝いている。

似ているどころじゃない。そっくり同じ。どういうこと？

男がじつはＣＩＡの諜報部員で、女が自分でも知らないうちに国家機密にかかわるデータを握っていたという展開が読めたところで、ＤＶＤを止めた。それ以上、見続ける勇気がなくて。あまりに陳腐なストーリーだったから。

†

裕二がシャワーを浴びに行った。浴室のドアの曇りガラスの向こうに、肌色の影が立つのを見届けてから、千帆はシーツも巻かずにベッドを抜け出した。

裕二と連絡が取れたのは、日曜の午後になってからだった。宿直で二日間泊まりこんでいた、と謝り続ける裕二に、今夜会えないかとねだった。迷っている様子だったが、「忙しいなら、直接ホテルに行こうよ」と甘い声で囁いたら、すぐにオーケーしてきた。

丸裸でティーテーブルに置かれた裕二の布バッグの中を探ったが、目当てのものはなかった。どこだろう。

千帆はホテルまで歩く道すがら、さりげないお喋りを装って昨日観た映画のタイトルを口にしてみた。「観たことある？」

「ああ、聞いたことがあるようなないような。俺、題名をすぐ忘れちゃうから」

裕二の表情を探ったけれど、もともと惚《とぼ》けた顔をした男だから、うまく読めなかった。

そうか、男はあれをバッグの中には入れないのか。今度はワードローブに吊るされたジャケットを手に取った。

心臓が肋骨を叩きそうなほど躍っている。自分がいましでかしていること以上に、これから判明するだろう事実に。明らかになるのは、渡辺裕二、と名乗る男の正体だ。

裕二について知っていることは全部、裕二の口から聞いたことだけだ。すべてが幻だったと言われても、千帆には否定する術《すべ》はなかった。おそらく事実だと思えるのは、動かしがたい刻印のように背中に残っている火傷の痕だけ。

千帆には、この四カ月のすべてが夢に思えていた。夢じゃないとしたら、映画の中だ。目が覚めたら、あのミニシアターの座席に自分がいるのだ。人生は劇場。どこかで聞いたそんな言葉が、いまは正しいものに思える。

耳を澄ましてシャワーの音が続いていることを確かめながら、ジャケットのポケットを探る。あった。裕二の財布。札が何枚も入っていない合成革の財布のカード入れから、免許証を抜き出した。車を持っていないから、ここにしまっているはずだと睨んでいたのだ。

ベッドサイドの明かりに免許証をかざした。

写真は確かにいまより少し若い裕二。問題は氏名欄だ。

千帆は免許証の一番上の小さな文字を読む。

まばたきが速くなった。

渡辺裕二、だった。

住所に記されているのも、教えられていた街の番地だ。

財布には新聞の切り抜きが挿しこんであった。さっき会うなり、裕二が興奮した様子で語っていた『アフリカの避妊知識の変化』についての記事だった。

私、最低だ。こんなことをして、バスルームから出てきた裕二に、どんな顔を向ければいいのだろう。

免許証をカード入れに戻そうとした時に気づいた。一番手前に差しこまれた診察券に。病院の名前が半分だけ読めた。

抜き出してみたら、やっぱり。それは裕二が勤めているはずの大学病院のものだった。心療内科。医師が自分の病院の診察券など、持つものだろうか。

†

「渡辺ですか？　どういったご用件でしょう」

大学病院のカウンターの向こうで、医療事務の女性が訝しげな声を返してくる。私は受付嬢じゃないのよ、という感じで。

「急ぎの用事なんです」

自分はいったいどんな顔をしていたんだろう。千帆が身を乗り出すと、後ずさるようにのけぞって、胸の前で両手を広げた。

「ちょっとお待ちを」

事務室の奥へ引っこみ内線電話を手に取っていた。戻ってくるまではたった一、二分だっただろうけれど、千帆には酷く長い時間に思えた。

「渡辺は、お約束していないと申しておりますが」

居留守？　私が来たことが迷惑なの？　そうか、ありふれた苗字だ。同姓の別人かもしれない。

「あのぉ、外科と言っても、救急医療のほうの渡辺先生です。渡辺裕二」

女性が眉間にしわを刻んだ。

「救急救命室に、渡辺という者はおりませんが」

†

またもや存在が不確かになった裕二とようやく連絡が取れたのは、十日ほど経ってからだ。呼び出したのは、何度も二人で行ったアフリカ料理の店。おびき寄せたと言ったほうがいいか。

「今日は壮行会だから。私が奢る。なんでも頼んで」

テーブル一杯に料理を並べ、笑顔でグラスにタスカービールを注いでやった。逃げ出せないように、裕二を出口から遠い奥の席に座らせて。

ヤムイモのお餅〝フーフー〟を辛いスープにひたしながら、裕二の顔にひたりと視線を据えた。魚の燻製のスープに猫みたいに目を細めている。目が合った瞬間を狙いすまして、言った。

「ねぇ、あなたは本当は誰？」

裕二が喉に干し魚を詰まらせる。

「どう、いう、意味」

「このあいだ、病院に行ったの。あなたに会いに」

「ああ」

裕二の目が原色のタペストリーが飾られた壁に泳ぐ。でもそれはほんの一瞬だった。

「僕の名前、なかったでしょ」

やけにさばさばした口調だ。居直り？　新しい嘘を考えてる？　アフリカに行くからもう病院は辞めた、なんてせりふは通用しないからね。過去にも在籍していないことはちゃんと確かめてある。

「ごめん。嘘をつくつもりはなかったんだ」

いきなりテーブルに両手をついて、頭を下げた。スープに前髪がひたってしまうほど深々と。

「言いわけは聞きたくない」

「聞いてくれ」

「嫌、だ」

「ほんとは俺、救急救命士なんだ」

「は？」

「あの病院の近くの消防署勤務。ほら、ちゃんと消防手帳も持ってる」

ジャケットの胸ポケットから取り出したのは、黒革の表紙に金色のマークと文字が入った手帳だった。警察手帳のようなものらしいけれど、こんなの見るのも初めてだから、本物かどうかなんてわかるわけない。

「初めて待ち合わせをした時に着ていたの、あれ救急救命士の制服なんだ。聴診器も俺たちの標準装備」

「だからなに」

「だから、本当にごめん。うちの署の制服は白いから紛らわしいことはわかってた。君に少しでも好かれたくて、正直、誤解してくれればラッキーだな、ぐらいには思ってた。医者のやつらは無駄にもてるから。だけど、あんなに目をきらきらさせてくれるとは想像もしてなくて、引っこみがつかなくなって」

「目をきらきら？　私が、してた？」

「うん、してた、と思う」

腹は立つが、違うと言いきれる自信はなかった。

「でも、病院のことをぺらぺら喋ってたでしょう」

「あそこにはしょっちゅう出入りしてるからね。内情はよく知ってる。全部ほんとのことだよ。第一、俺、自分から医者だって、いままでひとことも言ってない」

「言ってた」

「言ってない」

「まぁ、いいや。で、私が渡したお金、何に使ったの？」

「車を買わせてもらった」

ぬけぬけと。百万ぽっちじゃ中古のツーシータも買えないだろうけれど。

「八年落ちの４ＷＤの軽トラック。輸送費込みで六十万」

「もういいよ。嘘はやめて」

聞きたくない。また騙されてしまいそうだ。両手を胸の前で組み合わせて、きらきら目で信じようとしているもう一人の自分を、千帆は心の奥へ懸命に押し戻した。

「アフリカに診療所をつくるって話は、ほんとだよ。アフリカに必要なのは、医者だけじゃない。救急救命士の技術も求められてるんだ」

この五カ月で、この男のことはだいぶ理解しつつあった。早口でまくし立てる言葉は、本当。ぎこちなくつっかえながら喋る時は、嘘。いまはどっちだろう。

「なんとか必要な品物は送れそうだ。今日はお金を返そうと思って」

バッグをひっくり返す勢いで中を漁ってから、封筒を差し出してきた。

「残りも必ず返す。医者のふりをしたのは、なんていうか、俺、ときどきやけくそ気味に大胆になるから。どうしても君と。君のこと、最初に会った時から」

もう聞きたくないと言うかわりに、背を向けて新しいビールを注文した。「すいませーん」最近は一人で入った牛丼屋でも臆することなく大きな声を出しているから、店員はすぐに応じてくれた。「オーケー、マイドドモ」

「信じてくれ」

「信じさせてよ」

「どうすればいい」

「アフリカに行きましょ」

裕二が目を見開いた。

「どういうこと……」

「私も行く」

確かめもしなかったけれど、差し出してきた封筒の厚みは、どう見ても貸したお金の半分も入っていなさそうだった。少しだけ返済して安心させて、さらにお金を引き出そうっていう魂胆かもしれない。だとしても、かまわない。

最初はアフリカというより裕二をもっと理解したくて、千帆はアフリカの医療問題や食糧危機についてあれこれ調べてみた。自分なりに考えてみた。そのうちに、確かに誰かが行くべきだと思うようになった。そして、その誰かというのは他でもない、パートナーも子どもも持ち家もない、フットワークが軽くて働き盛りの自分だ。

給料とひきかえに会社へ時間を差し出す仕事には、もう飽き飽きしている。英語が公用語みたいなものだった外資系に十五年以上勤めたのは、だてじゃない。英語に関わる仕事なら足手まといにはならないはず。決めるということと、できるということは別物だけれど、今度こそ両者を一致させようと思う。

「かまわないでしょ」

「もちろんだとも」

惚けた顔は本心から喜んでいるんだか、訴える、なんて千帆が言い出すのに怯えて、内心は焦っているのか。ほんとにつかみどころのない男。この表情をべりっと剝がしたら、何が出てくるんだろう。

たとえこの男がインチキだったとしても、一緒に引きずってでも行ってやる。

自分でも馬鹿みたいだと思うけれど、いままであまたの女たちが犯したのと同じ過《あやま》ちかもしれないけれど、別れはしない。千帆はこの男が放っておけない。まだ離れたくない。

だいじょうぶ。本名も確かめたし、こっちのほうが人生経験は豊富だし。アドバンテージは私にある。

裕二が初めて会った時と同じ、すべてを曖昧にとろかせる笑顔を浮かべた。

「謝らせてくれ。君の好きな店の好きな酒の前で」

それが古い映画の中のせりふであることには、すぐに気づいたが、千帆は三歳年上の鷹揚さを見せつけて笑い返した。

エンドロールは最後まで見なければ。たとえハッピーエンドでなくっても。それが劇場に足を踏み入れた人間の義務だから。

【END】

引用
『夢の中へ』
作詞／作曲　井上陽水

参考資料
『世界子供白書』
特別版２０１０

「ムリブワンジ！」

# 解　説

藤田香織

二〇一六年七月、第一五五回直木賞を受賞した『海の見える理髪店』（集英社）を、その刊行直後に読んだとき、僭越《せんえつ》ながら「巧《うま》くなったなぁ」としみじみ唸《うな》った。これは五度目の直木賞候補もあり得るんじゃないか。短編集で直木賞はハードルが高いかもしれないけど、期待していいんじゃないか。いやいや楽しみですなーと、当時連載していた新刊紹介の対談（「GINGERL。」2016 SUMMER 23号）で若干浮かれ気味に語り、いくつかの雑誌書評でもキタコレ！　的に取り上げさせてもらった。結果として、こちらが勝手に想定したハードルなど見事に飛び越えて受賞にまで至ったのは御承知のとおりだが、その嬉《うれ》しい結果以上に、初読の際の感慨がいつまでも胸に残った。

正直に打ち明けると、いいよ、すごいよ、巧いよと熱く語りながらも、実は心の奥底に、「なんだよ、巧くなっちまいやがって」とでも言うような、ちょっとした寂しさもあった。でも、それは書評家としてではなく、デビュー当時から読み継いで来たファン心理のようなもので、ある日突然「巧くなった」わけではないことも、充分わかっているつもりだった。特に、収録されていた作品のなかでも、ままならない母娘関係を描いた「いつか来た道」や、育児に非協力的な夫にキレ、幼い娘を連れて実家に帰省した妻を主人公に据えた「遠くから来た手紙」は、本書なくしては生れなかった作品、と言っても過言ではないだろう。

それは一体なぜなのか。まずは収録順に八つの物語の内容に軽く触れておこう。

本書『冷蔵庫を抱きしめて』は、二〇一五年一月に単行本が刊行された、三十一冊目の荻原作品である。

冒頭の「ヒット・アンド・アウェイ」は、幼い娘をもつバツイチ二十八歳の幸乃《ゆきの》が、じっと耐えてきた同棲相手のDVと闘う決意を固める物語。およそ格闘技と縁のなさそうな幸乃が、なぜボクシングを習い始めるに至ったのか。VS塚真《たくま》だけでなく、前夫や母親との確執も描かれ、そうした呪縛《じゅばく》を打ち破ろうとする姿に読者の心も強くなる。良い味出しているジムの会長は、荻原作品の登場人物「らしさ」たっぷりだ。

「ヒット・アンド・アウェイ」からの冷蔵庫繋《つな》がりでもある表題作は、新婚旅行から帰国したばかりの新妻・直子が主人公。同い年で何もかも相性抜群だと思っていた夫との新生活で、日常的な食事の好みがまったく違うことが次第に判明し、直子はかつて患《わずら》っていた摂食障害をぶり返す。摂食障害という病を描いているけれど、人生において自分が「異物」と感じたものをどう消化していくか、という話でもあり、「冷蔵庫」でありながら表題作に相応《ふさわ》しい温かな余韻が残る。

三話目は、実名仮名を使い分け、SNSで自らの「分身」を操っていた慎一の周囲に、ドッペルゲンガーさながらの影が忍び寄る「アナザーフェイス」。どんな展開になるのかまったく想像できずに読み進んでいくと、戦慄《せんりつ》の結末が待っている。叱責《しっせき》する上司の言葉を聞き流しながら慎一が考える〈僕はこんなもんじゃない。本当の僕は、こんなところには、いないのだ〉という何気ない一行が、実に意味深だ。荻原浩って、こんな小説も書くんだ!? と驚いた人は、ぜひこの後『押入れのちよ』(新潮社→新潮文庫)にも手を伸ばして欲しい。ユーモア溢《あふ》れる軽妙洒脱《しゃだつ》なだけじゃない、荻原作品の深味を堪能《たんのう》できるはず。

顔がいいだけで浮気性なダメ男である恋人に見切りをつけた麻衣が、何の因果《いんが》かその元彼をテレビでしょっちゅう見かけることになる「顔も見たくないのに」は、ついついもしも自分だったら、と想像してしまう人も多いだろう。これは嫌だ。嫌すぎる。つきつめていくと自分と他人の価値観の違いのようなものを考えさせられるハメになるのも恐ろしい。

「マスク」の謙吾《けんご》は風邪でマスクを着用した際に顔を隠せる気軽さを体感したことがきっかけで、他人に自分を認識されたくない、と変装をエスカレートさせていく。過剰な自意識が裏返ったかのような〈病気のようなもの〉によって、仕事を失い、素顔で街に出ることも出来なくなった謙吾の闇《やみ》は深く、「アナザーフェイス」のようなホラー展開になるのかとも思わせるのだが——。予想外の結末が何とも心ニクイ。

八話の物語は、読者それぞれにシンパシーを感じる話が異なると思うが、個人的には「カメレオンの地色」の痛痒《いたがゆ》さに痺《しび》れてしまった。恋人が遊びに来ることになり、タイムリミットが迫るなか必死で部屋を掃除する梨代《りよ》は、いわゆる片付けられない・捨てられない女。

周囲に合わせて自分を装いがんじがらめになっていた梨代が、ゴミと一緒に自分の気持ちも整理していく過程が読ませる。あらゆる意味で、雑多な情報や物に紛れて大切なものを見失いがちな人（私もです）の胸を衝《つ》く一篇である。

「それは言わない約束でしょう」もまた、苦笑しつつ読み進めながら、笑い事じゃないぞ、と、思わされる物語だ。転勤に伴い二十八歳にして初めて一人暮らしをすることになり、いつしか思ったことがそのまま口から出てしまうようになった礼一が、自ら心療内科を訪れる場面が印象的。安易にあれこれ病名をつけようとする医師と対峙《たいじ》した礼一の「心の声」＝〈頭も体も完璧《かんぺき》な人間なんてどこにもいない〉は、本書のテーマといえるだろう。

最後に収められた「エンドロールは最後まで」は、実は八話のなかでいちばん初め(「小説新潮」二〇一一年十二月号掲載)に書かれている。翌年刊行された文庫アンソロジー『最後の恋 MEN'S つまり、自分史上最高の恋。』(新潮文庫)にも収録されていて、当初は「恋愛小説を書いて下さい」というオーダーだったとか。〈結婚しない女〉として生きていく決意をした三十八歳の千帆が、思いがけず出会った裕二と恋に落ち、しかしどうにも雲行きは怪しくなっていくのだが、そこからの千帆の更なる決断に、おぉー！と、感嘆させられる。読者へのエールとも聞こえる、しなやかで強《したた》かな幕切れだ。

現代を生きる人々が抱える心の闇に焦点をあて、そこから主人公たちが自分の足で陽のあたる場所へと新たな一歩を踏み出すまでを描いた短編集でありながら、予定調和な物語はひとつもなく、様々な荻原節が楽しめる一冊であることは間違いない。常々感じているのだけれど、荻原さんは、ままならない日常の物語に夢をのせるさじ加減が絶妙なのだ。今、そこにある現実のなかで見つける、ささやかだけど確かな希望。なんとなく、それは前職のコピーライター時代に磨かれた感覚なのかもしれないとも感じるが、デビュー以来、荻原作品に一貫してあり続ける大きな魅力だ。

けれど、そうした変わらぬ美点の一方で、作者としては本書に密《ひそ》かな「裏テーマ」もあったという。二〇一六年に直木賞受賞記念でロングインタビューをさせてもらった際（「小説すばる」二〇一六年十二月号掲載）に聞いたのだが、雑誌ではスペースの都合で省略してしまった詳細をこの機会に記しておくと、当時、荻原さんには若い女性を描くことを避けている、という自覚があったのだとか。

「だって、まず自分が男でおっさんで、一番遠いところにいるじゃないですか。若くて普通の女性を主人公にするのは、ある意味宇宙人を書くより難しいと思ってたんですよ」。確かに、これまでの荻原作品は、ほぼほぼ老若男性が主人公だった。子供や妻という立場ではまだしも、二十代三十代の独身女性となると、苦手意識が先に立っていた、と。「でも、そこを描けないと、この先何を書くにしても不完全なままだなって。自分の小説を劇団に喩《たと》えると役者が男ばかりで、主演してくれる女優がいないんですよ（笑）。これはまずい、ちゃんと若い女の人をその人物の視点で書かないとだめだと思い始めていたころだったので、気合いを入れて頑張りました」。

もちろん、たとえむさ苦しい（失礼）男の園であっても、荻原劇団は人々から愛されていたのだけれど、長く続けていくうちに、主演女優不在という闇は目を逸《そ》らせないものになっていたのだろう。そうした意味で、本書は作家・荻原浩にとっても、新たな一歩を踏み出した作品であり、『海の見える理髪店』の女性主人公たちが、本書なくしては生れなかったと語る所以《ゆえん》でもある。

先に記したデビューからの軌跡を振り返ったインタビューでは、新人賞を受賞した当時は作家を続けていく覚悟はなく、本が出てからもせめて五冊までは続けよう、いや十冊はいけるかも、と、まさに一歩一歩歩み続けてきたとも聞いた。その歩みは現時点での最新刊、『ストロベリーライフ』（毎日新聞出版）まで続き、現在、小説だけでも三十五冊が刊行されている。かつて私は『神様からひと言』（光文社→光文社文庫）の解説で、荻原さんがデビューから約五年、コピーライターとの兼業を続けていたのは「小説だけでは食べられなかった」からだと記し、これから先、もっともっと多くの荻原作品が読めることを願っている、と書いたが、その十二年前の願いはこうして叶《かな》った。三十一冊目だった本書で、物語が終わっても主人公たちの人生は続いていくのだと感じられたように、荻原さんの作家人生が今も続いている、これからも続いていく、と確信できるようになったことが、一読者として本当に嬉《うれ》しい。

……と思っていたのだけれど。

荻原さんは今、新たに「漫画家になりたい」という驚きの野望も抱いているという。その話を聞いた際は、冗談半分に受け取ったのだが（みなさんも、いやいやいや、と思うでしょう?）、どうやらこれが、かなり本気らしい。長年のファンだからと分ったつもりでいたのに、荻原浩を「読み切る」ことなんて所詮《しょせん》、無理だったのである。でもまぁ、それもまた人生だ、と、なんだか楽しくなってきてしまうのもまた事実。

ともあれ。小説であれ、漫画であれ、これからも、何度でも、荻原作品は私たちに語りかけてくれるだろう。「ムリブワンジ！」（元気ですか?）。その声に笑って応《こた》えられるような日々を生きていきたいと、心新たに願っています。

（平成二十九年八月、書評家）

この作品は平成二十七年一月新潮社より刊行された。文庫化にあたり、加筆・修正を行った。

JASRAC 出1706156-701

# 冷《れい》蔵《ぞう》庫《こ》を抱《だ》きしめて

新潮文庫　お－65－8

平成二十九年十月一日発行

著者　荻《おぎ》原《わら》浩《ひろし》

発行者　佐藤隆信

発行所　株式会社 新潮社

郵便番号　一六二―八七一一
東京都新宿区矢来町七一
電話 編集部(〇三)三二六六―五四四〇
読者係(〇三)三二六六―五一一一
http://www.shinchosha.co.jp

価格はカバーに表示してあります。

乱丁・落丁本は、ご面倒ですが小社読者係宛ご送付ください。送料小社負担にてお取替えいたします。

印刷・大日本印刷株式会社　製本・憲専堂製本株式会社


ISBN978-4-10-123038-2 C0193